MELISSA DE LA CRUZ

São Paulo
2025

Grupo Editorial
UNIVERSO DOS LIVROS

The Isle of the Lost – A Descendants Novel
Copyright © 2015 by Disney Enterprises, Inc.

© 2025 by Universo dos Livros

Todos os direitos reservados e protegidos pela Lei 9.610 de 19/02/1998.

Nenhuma parte deste livro, sem autorização prévia por escrito da editora, poderá ser reproduzida ou transmitida, sejam quais forem os meios empregados: eletrônicos, mecânicos, fotográficos, gravação ou quaisquer outros.

Diretor-geral Alessandro Gerardi	**Preparação** Nathalia ferrarezi	**Capa** Marci Senders
Gerente editorial Marcia Batista	**Revisão** Alessandra Miranda de Sá	**Ilustração da capa** James Madsen
Produção editorial Letícia Nakamura Raquel F. Abranches Victoria Viana	**Tássia Carvalho** **Arte** Barbara Garoli Renato Klisman	**Lettering** Russ Gray
Tradução Jacqueline Valpassos	**Diagramação** Nadine Christine	

Dados Internacionais de Catalogação na Publicação (CIP)
Angélica Ilacqua CRB-8/7057

D82i
      De la Cruz, Melissa
       Descendentes: A Ilha dos Perdidos / Melissa De la Cruz ;
      tradução de Jacqueline Valpassos. -- São Paulo : Universo dos Livros, 2025.
      288 p. : il. (Série A Ilha dos Perdidos, vol 1)

      ISBN 978-65-5609-812-8
      Título original: *The Isle of the Lost – A Descendants Novel*

      1. Literatura infantojuvenil norte-americana
      I. Título II. Valpassos, Jacqueline III. Série

24-2184   CDD 028.5

Índice para catálogo sistemático:
1. Literatura infantojuvenil norte-americana

Universo dos Livros Editora Ltda.
Avenida Ordem e Progresso, 157 — 8º andar — Conj. 803
CEP 01141-030 — Barra Funda — São Paulo/SP
Telefone/Fax: (11) 3392-3336
www.universodoslivros.com.br
e-mail: editor@universodoslivros.com.br

Para Mattie, sem a qual este livro não seria possível. E para as duas mulheres mais duronas do ramo, Emily Meehan e Jeanne Mosure, que me ofereceram uma chance de trabalhar em uma ilha cheia de vilões e acreditaram em mim. Obrigada, meninas, por tudo.

"Eu realmente com tristeza estranhei não ter sido convidada."

— Malévola,
A Bela Adormecida

Prólogo

Era uma vez, numa época após todos os finais felizes para sempre e talvez até mesmo após os finais felizes para sempre depois disso, uma ocasião em que todos os vilões do mundo foram banidos do Reino Unido de Auradon e aprisionados na Ilha dos Perdidos. Lá, sob uma cúpula protetora que mantinha todo tipo de encantamento fora de suas garras, os terríveis, os traiçoeiros, os verdadeiramente horríveis e os absolutamente sinistros foram condenados a viver sem o poder da magia.

O Rei Fera decretou que os vilões fossem exilados para sempre.

Para sempre, dá para imaginar, é um tempo bem longo. Mais longo do que uma princesa encantada consegue dormir. Mais longo do que os cabelos dourados de uma donzela, compridos como a torre que a aprisionava. Mais longo do que uma semana transformado em sapo e, sem dúvida, muito mais longo do que o tempo de espera para que um príncipe finalmente coloque aquele sapatinho de cristal no seu pé.

Pois é, para sempre é um tempo longo, muito longo, longo demais.

Dez anos, mais especificamente. Dez anos que esses vilões lendários estão encarcerados em uma prisão flutuante de rocha e cascalho.

Tá, você pode concluir que dez anos não é *tanto* tempo assim, pensando bem; mas, para aqueles conjuradores e bruxas, vizires e feiticeiros, rainhas más e fadas do mal, viver sem magia era uma sentença pior que a morte.

(E alguns deles foram, inclusive, *trazidos de volta* da morte, apenas para serem banidos para essa ilha. Então, bem, eles estavam em posição de avaliar.)

Sem seus poderes incríveis para dominar e hipnotizar, aterrorizar e ameaçar, criar nuvens carregadas e tempestades de raios, transformar e disfarçar suas feições ou mentir e manipular para conseguir exatamente o que queriam, eles foram reduzidos a uma existência miserável, ganhando a vida com a venda de restos e se alimentando deles, sem ter ninguém para apavorar além dos próprios lacaios e roubando uns dos outros. Para eles, era difícil até mesmo imaginar que já haviam sido formidáveis e poderosos, esses envenenadores de maçãs da floresta e ladrões de vozes subaquáticas, usurpadores de poderes reais e donos de espelhos carrancudos.

Agora, suas vidas eram tudo, menos poderosas. Agora, eles eram comuns. Todos os dias.

Na real? Um tédio.

Então, foi com grande entusiasmo e não pouco estardalhaço que a ilha se reuniu para um evento único: uma festa de aniversário de seis anos perversamente maravilhosa para uma princesa. *Perversamente* sendo um termo um tanto relativo sob uma cúpula que abriga um bando de antigos vilões impotentes.

Seja como for, uma festa.

Foi a celebração mais magnífica que a isolada ilha e seus cidadãos banidos já tinham visto, e histórias de sua grandiosidade gótica e repulsiva opulência seriam contadas por muitos anos. Uma festa para desbancar todas as festas, essa ocasião extravagante transformou o mercado oriental em ruínas e suas decadentes fachadas de lojas no centro da ilha em um playground assustadoramente espetacular, cheio de lanternas fantasmagóricas e velas tremeluzentes.

Semanas antes, um bando de abutres havia circulado o território da ilha, deixando convites em todas as portas e todos os casebres estropiados para que todo pirralho imundo de todo canto da prisão insular pudesse participar do encantador e extraordinário evento. Isto é, todo pirralho da ilha, *com exceção de uma pequena e maligna fada.*

Se seu convite foi levado pelo vento e se perdeu, rasgado em pedaços, se foi devorado pelos próprios abutres famintos ou — céus! — *nunca sequer foi enviado* naqueles caracteres pomposos e floreados, como se suspeitava, jamais saberemos. Mas o resultado foi o mesmo.

Acima do tumultuado mercado oriental, lá no alto de sua sacada no castelo, Mal, de seis anos, retorcia as mechas de seus cabelos grossos e roxos, franzindo os lábios enquanto observava as festividades sombrias e deliciosas lá embaixo. Pelo menos, o que conseguia enxergar delas.

Dali, ela via a princesinha, a mais bela da ilha, sentada em seu trono precário, os cabelos tão azuis quanto o mar, os olhos tão escuros quanto a noite e os lábios tão rubros quanto rosas. Seus cabelos estavam presos para trás em uma linda trança em v, e ela ria de alegria com a variedade de maravilhas diante de si. A princesa tinha uma risadinha adorável, tão encantadora que até levou um sorriso ao rosto da arrogante Lady Tremaine, que tivera frustrados os planos de casar suas filhas com o Príncipe Encantado. O feroz tigre Shere Khan estava praticamente ronronando como um gatinho satisfeito, e, pelos velhos tempos, o Capitão Gancho corajosamente enfiou a cabeça entre as mandíbulas abertas de Tick-Tock, apenas para fazê-la rir e ouvir de novo aquela adorável gargalhadinha.

A princesa, ao que parecia, era capaz de fazer até os mais terríveis vilões sorrirem.

Mas Mal não estava sorrindo. Ela quase conseguia sentir o cheiro do bolo de dois andares feito com maçãs azedas, pecaminosamente vermelho e recheadíssimo de vermes; e, por mais que tentasse, não podia deixar de ouvir os berros estridentes do papagaio Iago enquanto ele repetia, sem parar, a história de cavernas falantes que continham riquezas incomensuráveis, até os aldeões reunidos desejarem poder torcer seu pescoço emplumado.

Mal suspirou, corroendo-se de inveja, contemplando as crianças que rasgavam com alegria as embalagens amassadas de suas lembrancinhas de vilões, que continham uma variedade de ajudantes malignos para escolher — filhotes de moreias de estimação semelhantes aos furtivos Pedro e Juca nadando em minúsculos aquários; pequenas hienas malhadas e ululantes que não eram mais silenciosas que os infames Shenzi, Banzai e Ed; e gatinhos pretos saltitantes e adoráveis da última ninhada de Lúcifer. Seus destinatários malcomportados gritavam de empolgação.

À medida que a festa escalava em regozijo febril, o coração de Mal se tornava tão sombrio quanto seu humor, e ela jurou que um dia mostraria a todos o que significava ser verdadeiramente má. Ela cresceria e se tornaria mais gananciosa que Mamãe Gothel, mais egoísta até que as meias-irmãs da Cinderela, mais esperta que Jafar, mais ardilosa que Úrsula.

Mostraria a todos que era igual à sua...

— Mãe! — ela gritou quando a sombra de dois chifres assomou de modo ameaçador em direção à sacada e sua mãe surgiu, a capa roxa balançando com suavidade ao vento.

A voz de sua mãe era grave, melodiosa, com um toque de intimidação.

— O que está acontecendo aqui? — exigiu saber enquanto as crianças lá embaixo riam ao ver a apresentação de um teatro de marionetes formado por sombras e altamente inapropriado, conduzido pelo assustador Dr. Facilier.

— É uma festa de aniversário — fungou Mal. — E eu não fui convidada.

— Não diga! É mesmo? — perguntou sua mãe. Ela olhou para a celebração por cima do ombro de Mal, e ambas observaram a princesa de cabelos azuis rindo sobre uma almofada de veludo corroída por traças enquanto os jovens e peludos gêmeos de Gaston, Gaston Jr. e Gaston Terceiro, realizavam proezas de força, em grande parte equilibrando os enormes pés calçados em botas nos rostos esmagados um do outro, para impressioná-la. Pelo jeito, estava funcionando. — Celebrações são para a ralé — zombou.

Mal sabia que a mãe desprezava celebrações de qualquer tipo. Ela as desprezava quase tanto quanto desprezava reis e rainhas que adoravam seus preciosos bebês, fadinhas rechonchudas com um talento especial para design de vestidos e príncipes insuportáveis em corcéis destemidos ainda mais insuportáveis.

— A Rainha Má e sua abominável cria, no entanto, logo receberão uma lição sobre seu pequeno e despeitado equívoco!

Sua mãe era a grande Malévola, Senhora das Trevas, a fada mais poderosa e perversa do mundo e a vilã mais temível de toda a terra.

Ou, pelo menos, tinha sido.

Houve um tempo em que a ira de sua mãe amaldiçoara uma princesa.

Houve um tempo em que a ira de sua mãe deixara um príncipe de joelhos.

Houve um tempo em que a ira de sua mãe fizera um reino inteiro adormecer.

Houve um tempo em que sua mãe tivera as forças do inferno sob seu comando.

E não havia nada que Mal desejasse mais em seu coração que crescer e ser igual a ela.

Malévola foi até a beirada da sacada, de onde podia ver toda a ilha até as luzes brilhantes de Auradon. Ela se empertigou em toda a sua altura enquanto trovões e relâmpagos estalavam e ressoavam; a chuva começava a cair dos céus. Como não havia magia na ilha, isso não passou de uma mera coincidência diabolicamente agradável.

A festa parou, e os cidadãos reunidos ficaram paralisados ao ver sua líder encarando-os com toda a força de sua ira.

— Esta celebração acabou! — declarou a mãe de Mal. — Agora, xô, fujam e se espalhem, como as pulguinhas que são! E vocês, Rainha Má e sua filha, de agora em diante, estão mortas para toda a ilha! Vocês não existem! Não são nada! Nunca mais mostrem os rostos em lugar algum! Senão...

Tão rapidamente quanto se reuniu, o grupo se dispersou sob o olhar cauteloso dos capangas assustadores de Malévola, os guardas com aparência de javali usando gorros de aviador puxados para baixo sobre os olhos

• *13* •

encapuzados. Mal teve um último vislumbre da princesa de cabelos azuis olhando com medo para a sacada antes de ser levada embora por sua mãe, igualmente aterrorizada.

Os olhos de Mal brilharam de triunfo, seu coração sombrio feliz que sua tristeza houvesse provocado tão maravilhosa maldade.

Dez terríveis anos depois...

"Fala, Mágico Espelho meu, quem é mais bela do que eu?"

— Rainha Má,
Branca de Neve e os Sete Anões

Capítulo 1

Esta é a história de uma fada má...

Só pode ser um sonho, Mal disse a si mesma. *Isso não pode ser real.* Ela estava sentada à beira de um lindo lago, no chão de pedra das ruínas de um antigo templo, comendo o mais delicioso morango. A floresta ao redor era exuberante e verde, e o som da água correndo a seus pés era relaxante e sereno. Até o ar por ali era doce e fresco.

— Onde estou? — ela perguntou em voz alta, pegando uma uva rechonchuda do espetacular piquenique diante de si.

— Ora, você está em Auradon já faz dias, e este é o Lago Encantado — respondeu o garoto sentado ao seu lado.

Ela não o havia notado até ele falar, mas, agora que o notara, desejou não tê-lo feito. O garoto era a pior parte de tudo aquilo — o que quer que *aquilo* fosse —; alto, cabelos bagunçados de um castanho cor do mel, dolorosamente bonito, com o tipo de sorriso que derretia corações e fazia todas as garotas desmaiarem.

Mas Mal não era como todas as garotas e sentia que o pânico começava a invadi-la, como se estivesse de alguma forma presa ali. Justo em *Auradon*, entre todos os lugares. E que talvez aquilo não fosse um sonho...

— Quem é você? — exigiu saber. — Por acaso é algum tipo de príncipe ou algo assim? — Olhou de soslaio para sua fina camisa azul bordada com um pequeno brasão dourado.

— Você sabe quem eu sou — respondeu o garoto. — Sou seu amigo.

O alívio tomou Mal no mesmo instante.

— Então, isso é *mesmo* um sonho — falou com um sorriso astuto. — Porque eu não tenho amigos.

O rosto do rapaz adquiriu uma expressão de desânimo, mas, antes que ele pudesse responder, uma voz ecoou pela tranquila paisagem, escurecendo os céus e fazendo a água correr com fúria sobre as rochas.

— TOLOS! IDIOTAS! IMBECIS! — a voz trovejava.

Mal acordou, assustada.

Sua mãe gritava com seus súditos da sacada mais uma vez. Malévola governava a Ilha dos Perdidos da mesma maneira que fazia tudo o mais — com ódio e espalhando medo, sem mencionar uma boa quantidade de capangas. Mal estava acostumada com essas explosões ruidosas, mas aquele foi um despertar muito desagradável. Seu coração ainda batia forte por causa do pesadelo quando afastou as cobertas de cetim roxo com um chute.

O que diabos ela estava fazendo sonhando com Auradon*?*

Que tipo de feitiço tinha enviado um belo príncipe para falar com ela enquanto dormia?

Mal balançou a cabeça e estremeceu, tentando piscar para afastar a visão horrível daquele sorriso com covinhas, e foi confortada pelo som familiar de aldeões temerosos implorando a Malévola que fosse misericordiosa com eles. Ela correu os olhos pelo quarto, aliviada por descobrir que estava exatamente onde deveria estar, em sua enorme e barulhenta cama de ferro forjado com suas gárgulas em cada extremidade e dossel de veludo que cedera tanto, que ameaçava cair em cima dela. O quarto de Mal era permanentemente sombrio, assim como era sempre cinzento e nublado na ilha.

A voz de sua mãe retumbou da sacada, e o chão do quarto chacoalhou, fazendo as gavetas da cômoda laqueada em violeta se abrirem de repente, derrubando seu conteúdo roxo por toda parte.

Quando Mal se decidia por uma paleta de cores, atinha-se a ela, e se vira atraída pelos tons de riqueza gótica das nuanças de roxo. Era a cor do mistério e da magia, obscura e nefasta, embora não fosse tão comum em trajes de vilões célebres quanto o preto. Na opinião de Mal, o roxo era o novo preto.

Ela cruzou o quarto passando pelo grande e desnivelado armário que exibia com destaque todas as suas bugigangas recém-furtadas — quinquilharias de vidro cortado e imitações baratas de pedras preciosas, cachecóis metálicos brilhantes com fios soltos, luvas descombinadas e uma variedade de frascos de perfume vazios. Empurrando as cortinas pesadas para o lado, de sua janela, ela podia ver a ilha inteira, em toda a sua monotonia.

Lar, bizarro lar.

A Ilha dos Perdidos não era muito grande; alguns diriam que era apenas um grão de poeira ou uma mancha na paisagem, com certeza mais marrom que verde, com um agrupamento de barracos e cortiços com telhados de lata erguidos de forma desorganizada, construídos uns sobre os outros, em uma semiameaça de desabamento a qualquer momento.

Mal olhava para aquela favela desagradável de um ponto de vista superior, já que estava no segundo andar do prédio mais alto da ilha, um antigo e grandioso palácio com torres elevadas que agora era a sede decadente, decrépita e com tinta descascada do primeiro e único Castelo da Barganha, onde túnicas de feiticeiro *levemente* usadas eram estocadas nas mais variadas cores e chapéus de bruxa *levemente* tortos estavam sempre com cinquenta por cento de desconto.

Era também o lar de algumas fadas *nem um pouco levemente* malvadas.

Mal tirou o pijama, vestindo uma jaqueta de motoqueira roxa artisticamente confeccionada com um toque de rosa em um braço e verde no outro, e uma calça jeans rasgada da cor de ameixas secas. Colocou com cuidado as luvas sem dedos e amarrou as botas de combate surradas. Evitou olhar para o espelho, mas, se tivesse olhado, teria visto uma menina pequena e bonita com um brilho maligno em seus penetrantes olhos verdes e uma pele pálida, quase translúcida. As pessoas sempre comentavam quanto ela se parecia com a mãe, em geral pouco antes de saírem correndo e gritando no sentido contrário. Mal sentia prazer com o medo delas; até mesmo o buscava. Penteou as madeixas lilases com as costas da mão e pegou seu caderno de desenho, enfiando-o na mochila com as latas de tinta spray que sempre carregava consigo. A ilha não ia se pichar sozinha, ia? Em um mundo perfeitamente mágico, sem dúvida, mas não era com isso que estava lidando.

Já que os armários da cozinha estavam vazios como sempre e na geladeira não tinha nada, a não ser os potes de vidro cheios de olhos e todo tipo de líquido mofado, de procedência duvidosa — tudo parte dos esforços contínuos de Malévola para preparar poções e conjurar feitiços, como costumava fazer —, Mal foi até o Ponto do Grude, do outro lado da rua, para seu café da manhã diário.

Estudou as opções no menu: café preto como a sua alma; *latte* com leite azedo; aveia de cevada endurecida com a escolha de maçã farinhenta ou banana madura demais; e mix de cereal velho, seco ou molhado. Nunca havia muitas opções. A comida — ou melhor, restos — vinha de Auradon: o que não era bom o suficiente para aqueles esnobes era enviado para a ilha. Ilha dos Perdidos? Estava mais para Ilha das Sobras. Ninguém se importava muito, no entanto. Creme e açúcar, pão fresco e pedaços perfeitos de fruta deixavam as pessoas fracas. Mal e os outros vilões banidos preferiam ser calejados e fortes, por dentro e por fora.

— O que vai querer? — um goblin mal-humorado perguntou sobre seu pedido.

No passado, aquelas coisas asquerosas eram soldados de infantaria no exército sombrio de sua mãe, implacavelmente despachados pelas terras para encontrar uma princesa escondida, mas agora a tarefa deles estava reduzida a servir um café tão amargo quanto seus corações, nos tamanhos alto, grande e *venti*. A única diversão que lhes restava era anotar, sem nenhum pudor, o nome errado dos clientes, escrito com marcador na lateral de cada copo. (Quem se dava mal eram os próprios goblins, já que quase ninguém sabia ler goblin, mas isso nunca pareceu fazer diferença.) Eles botavam a culpa pela prisão na ilha em sua lealdade a Malévola, e era de conhecimento geral que continuavam pedindo anistia ao Rei Fera, usando seus frágeis laços familiares com os anões como prova de não pertencerem àquele lugar.

— O de sempre, e seja rápido — disse Mal, tamborilando os dedos no balcão.

— Leite de um mês para acompanhar?

— Tenho cara de quem quer coalhada? Me dê o café mais forte e preto que você tiver! Onde estamos, afinal? Auradon?

Era como se ele tivesse visto os sonhos dela, e o pensamento a deixou enjoada.

A criatura raquítica grunhiu, sacudindo o furúnculo no nariz, e empurrou um copo escuro e com um líquido turvo em sua direção. Ela o apanhou e saiu correndo pela porta, sem pagar.

— PIRRALHA DOS INFERNOS! VOU FERVER *VOCÊ* NA CAFETEIRA DA PRÓXIMA VEZ! — gritou o goblin.

Ela gargalhou.

— Não se não puder me pegar primeiro!

Os goblins nunca aprendiam. Eles também nunca haviam encontrado a Princesa Aurora, mas, pudera... Os paspalhos estiveram procurando um bebê por dezoito anos. Não é de admirar que Malévola estivesse sempre frustrada. Era tão difícil encontrar ajuda decente nos últimos tempos...

Mal continuou seu caminho, parando para sorrir com desdém diante do pôster do Rei Fera aconselhando os cidadãos da ilha — SEJAM BONS, PORQUE É BOM PARA VOCÊS! — com aquela coroa amarela patética na cabeça e aquele sorriso largo no rosto. Era absolutamente nauseante, além de bastante perturbador, pelo menos para Mal. Talvez a propaganda de Auradon estivesse subindo à sua cabeça, talvez tivesse sido por isso que sonhara na noite anterior estar confraternizando com um príncipe pretensioso em uma espécie de lago encantado. O pensamento a fez estremecer de novo, e ela tomou um gole do café forte e pelando. Tinha gosto de lama. Perfeito.

Fosse como fosse, Mal precisava fazer algo a respeito daquela advertência na parede. Pegou suas latas de tinta spray e desenhou bigode e cavanhaque no rosto do rei, depois riscou sua mensagem ridícula. Tinha sido o Rei Fera quem trancara todos eles na ilha, afinal. Aquele hipócrita. Era ela quem tinha algumas mensagens para ele, e todas envolviam vingança.

Aquela era a Ilha dos Perdidos. O mal vivia, respirava e governava a ilha, e o Rei Fera e seus cartazes doces e enjoativos tentando persuadir os antigos vilões do mundo a fazerem o *bem* não tinham lugar nela. Quem iria querer fazer limonada com limões, quando poderia fazer granadas de limão maravilhosas?

Ao lado do cartaz, traçou um contorno fino e preto de uma cabeça com chifres e uma capa aberta. Acima da silhueta de Malévola, rabiscou *VIDA LONGA AO MAL!* em tinta verde brilhante, da cor de gosma de goblin.

Nada mal. Ainda pior. E isso era *muito* melhor.

Capítulo 2

Um ladrão astuto...

Enquanto Mal morava em cima de uma loja, Jay, filho de Jafar, vivia, na verdade, *dentro* de uma, dormindo em um carpete gasto embaixo de uma prateleira, sob antigos aparelhos de televisão com seletores manuais, rádios que nunca funcionavam e telefones com fios de verdade presos a eles. Seu pai fora o ex-grão-vizir de Agrabah, temido e respeitado por todos, mas isso tinha sido há muito tempo, e o feiticeiro maligno era agora o proprietário da loja Velharias do Jafar, e Jay, seu único filho e herdeiro, também era seu único fornecedor. Se o destino de Jay um dia fora se tornar um grande príncipe, apenas seu pai se lembrava disso atualmente.

— Você deveria estar em cima de um elefante, abrindo um desfile, acenando para os súditos — Jafar lamentou naquela manhã enquanto Jay se preparava para a escola, colocando um gorro vermelho sobre o longo cabelo escuro e liso, e escolhendo seu costumeiro traje composto de colete de couro roxo e amarelo e jeans escuros. Ele flexionou os admiráveis músculos enquanto colocava as luvas pretas com rebites, estilo punk.

— Como quiser, pai! — Jay piscou com um sorriso travesso. — Vou tentar encontrar um elefante e roubá-lo.

Porque Jay era um príncipe, sem dúvida; um príncipe dos ladrões, vigarista e conspirador, cujas mentiras eram tão belas quanto seus olhos escuros. Enquanto caminhava pelas estreitas ruas de paralelepípedos, desviando das carroças comandadas pela equipe de valentões do Professor Ratagão, ele aproveitou para afanar uma ou duas carteiras dos passageiros assustados que se abaixavam sob varais carregados de túnicas esfarrapadas e capas respingantes. Úrsula o expulsou de sua loja de peixe com batatas fritas, mas não antes que ele conseguisse surrupiar um punhado de batatas gordurosas, parando um momento para admirar uma coleção de jarras de plástico de todos os tamanhos e formatos oferecida por outra loja, enquanto imaginava se conseguiria colocar uma no bolso.

Todo tipo de lixo de Auradon era reciclado e reaproveitado na ilha, de banheiras a maçanetas de portas, assim como os próprios apetrechos mágicos dos vilões. Uma loja anunciava VASSOURAS USADAS QUE NÃO VOAM MAIS, MAS VARREM BEM e bolas de cristal que agora só serviam como aquários para peixes dourados.

Enquanto os vendedores organizavam frutas podres e vegetais estragados sob tendas estropiadas, Jay passou a mão numa maçã machucada e deu uma mordida, os bolsos abarrotados de tesouros roubados. Ele acenou um alegre olá para um coro de bruxas com nariz adunco reunidas em uma sacada inclinada — as netas de Madame Min, que, embora aliviadas por estarem fora do alcance de seus dedos pegajosos, ainda assim derreteram-se com a saudação.

Os capangas de Malévola, grandes homens com aparência de javali em trapos de couro com os conhecidos gorros em estilo aviador puxados sobre os olhos, fungaram um olá quase ininteligível enquanto passavam por ele a caminho do trabalho. Demonstrando habilidade, Jay pegou os gorros sem que percebessem e os enfiou na parte de trás das calças, planejando vendê-los de novo para os caras no dia seguinte, como fazia toda semana. Mas resistiu à vontade de fazê-los tropeçar também. Simplesmente não havia tempo para fazer tudo em um só dia.

Procurando algo para tirar o gosto amargo da maçã, Jay avistou um rosto familiar bebendo em um copo de papel com o logotipo da Loja de Sobras e sorriu.

Perfeito.

— Em nome de Lúcifer, o que é isso? — Mal gritou quando o copo desapareceu de seus dedos. Ela hesitou por um segundo antes de perceber. — Devolva, Jay — disse, as mãos nos quadris, dirigindo-se ao espaço vazio na calçada.

Ele deu uma risadinha. Era muito divertido quando Mal ficava brava.

— Force-me a fazê-lo.

— Jay! — ela rosnou. — Forçá-lo a fazer o quê? Ficar roxo? Sangrar? Implorar? Hoje é o ladrão quem escolhe.

— Tá bom. Caramba — ele resmungou enquanto saía das sombras. — Hum, lama quente prensada, minha preferida. — Devolveu o copo, sentindo-se melancólico.

Mal tomou um gole e fez uma careta.

— Na verdade, é nojento, pode ficar com ele. Você parece faminto.

— Sério? — ele se animou. — Obrigado, Mal. Estava morrendo de fome.

— Não me agradeça, está particularmente horrível hoje. Acho que jogaram alguns sapos crus na bebida esta manhã — ela ponderou.

— Bônus! Proteína extra. — Com ou sem anfíbios, Jay bebeu tudo numa golada. Limpou os lábios e sorriu. — Obrigado, você é uma amigona — falou com toda a sinceridade, apesar de ele e Mal não serem exatamente amigos, e sim parceiros no crime.

Assim como os dele, os bolsos da calça jeans e da jaqueta de Mal estavam abarrotados de todo tipo de tralhas, furtadas das lojas da ilha.

Uma agulha de tricô se projetava de um bolso, enquanto o outro continha o que parecia ser o punho de uma espada.

— Quer trocar um bule de chá por essa espada velha? — ele perguntou, esperançoso. Tudo o que seu pai vendia eram itens que Jay tinha roubado de outro lugar.

— Claro — Mal concordou, pegando a chaleira enferrujada em troca.

— Olha o que mais eu consegui. O colar de Úrsula. — Ela o sacudiu no ar.

— Eu o peguei esta manhã quando a velha bruxa do mar me deu um olá.

— Legal. — Ele assentiu. — Tudo o que consegui dela foi um punhado de batatas fritas. Pena que o colar não pode se apoderar de mais nada, que dirá da voz de uma sereia.

Mal bufou.

— Continua valioso.

— Se você diz... — Ele deu de ombros.

Jay e Mal estavam em competição constante para ver quem era o ladrão mais talentoso. Seria difícil decretar um vencedor de forma clara. Seria possível dizer que haviam criado laços com base no amor em comum por roubar coisas, mas eles responderiam que laços de qualquer tipo eram para os fracos.

Ainda assim, caminharam juntos até a escola.

— Ficou sabendo das notícias? — Jay perguntou.

— Que notícias? Não há notícias novas — Mal zombou, querendo dizer que nada de novo acontecia na ilha. As antigas televisões de tela turva transmitiam apenas dois canais: a Auradon News Network, que era cheia de propaganda de gente boazinha, e o DSC, Dungeon Shopping Channel, especializado em decoração de esconderijos. — E vá devagar, ou chegaremos lá no horário — acrescentou.

Eles saíram da via principal e foram em direção ao cemitério desnivelado e caindo aos pedaços que era o gramado na frente da Dragon Hall. A venerável escola para o avanço da educação no mal ficava em um antigo mausoléu, uma estrutura cinza e opressiva com um teto abobadado e uma colunata quebrada, seu frontão inscrito com o lema da escola: NO MAL NÓS CONFIAMOS. Espalhadas pelos terrenos mal-assombrados, em vez de lápides normais, havia as com dizeres horríveis gravados nelas. Na opinião dos líderes da ilha, nunca era demais lembrar aos cidadãos que o mal governava ali.

— Nada disso, ouvi notícias. Notícias de verdade — ele insistiu, suas pesadas botas de combate pisando forte no terreno do cemitério rompido por raízes. — Saca só... tem uma garota nova na classe.

— Aham, claro.

— Estou falando sério — ele disse, quase tropeçando em uma lápide inscrita com a frase É MELHOR NUNCA TER AMADO QUE SER AMADO.

— Garota nova? De onde, exatamente? — Mal questionou, apontando para a cúpula mágica que encerrava a ilha e encobria o céu, obscurecendo as nuvens. Nada nem ninguém entrava ou saía, então, nunca havia nada de *novo*.

— Nova para nós. Foi educada no castelo até agora; é a primeira vez dela na masmorra — contou Jay, enquanto se aproximavam dos portões de ferro forjado, e a multidão reunida ao redor da entrada se abriu para deixá-los passar, muitos dos alunos agarrando as mochilas um pouco mais forte ao avistar a dupla de ladrões.

— Não diga. — Mal parou no meio do caminho. — O que quer dizer com "educada no castelo"? — perguntou, estreitando os olhos, desconfiada.

— Uma princesa de verdade também, é o que ouvi falarem. Tipo, aquele estilo básico de princesa-que-recebe-beijo-do-amor-verdadeiro- -e-espeta-o-dedo-e-pula-o-corte-de-cabelo-e-se-casa-com-o-príncipe. — Ele se sentiu zonzo só de pensar nisso. — Acha que eu conseguiria tirar uma coroa dela? Mesmo uma tiara...? — Seu pai sempre falava sobre O Prêmio Supremo, o único tesouro substancial que os libertaria da ilha de alguma forma. Talvez a princesa os levasse até ele.

— Uma princesa? — Mal perguntou com severidade. — Não acredito em você.

Jay não estava mais ouvindo.

— Quero dizer, pense em todas as joias que ela teria! Ela deve ter um monte de joias, certo? Espero que seja agradável aos olhos! Melhor ainda, aos bolsos. Um alvo fácil cairia bem.

A voz de Mal ficou ácida de repente.

— Você está errado. Não havia nenhuma princesa na ilha, e com certeza nenhuma que ousaria dar as caras por aqui...

Jay a encarou, e, lá no fundo, ele ouviu soarem sinos de alarme e teve uma vaga lembrança de uma festa de aniversário incrível que tinha a ver com uma princesa... e algum tipo de escândalo que envolvera Mal e sua mãe. Sentiu-se péssimo, lembrando agora que Mal não recebera um convite, mas reprimiu com rapidez a emoção desagradável, sem saber de onde vinha. Os vilões deveriam se deleitar com a tristeza dos outros, não sentir empatia!

Além do mais, no frigir dos ovos, Mal era como uma irmã, uma praga irritante e sempre presente, além de uma baita dor de cab...

Sinos. Tocando e ecoando pela ilha do topo da torre, onde Claudine Frollo estava puxando a corda e sendo puxada com ela enquanto anunciava o início oficial do dia escolar na Dragon Hall.

Jay e Mal compartilharam um sorriso irônico. Eles estavam oficialmente atrasados. A primeira coisa que dera certo a manhã toda.

Passaram pelo arco em ruínas e coberto de musgo, e entraram no túmulo principal, que fervilhava de atividade — membros do Conselho de Evasivos colocando placas para uma Venda de Bolos de Uma Semana e os sons ensurdecedores da orquestra júnior praticando para o Concerto de Outono, as bruxas do mar debruçadas sobre seus violinos.

Alunos assustados se esforçaram para sair do caminho enquanto Mal e Jay atravessavam o grande salão coberto de hera morta rumo às portas duplas enferrujadas, as quais levavam aos túmulos subterrâneos das salas de aula. Um pequeno pirata do primeiro ano, que fazia parte da tripulação de Harriet Gancho, perdeu-se na confusão, bloqueando a passagem deles.

A ILHA DOS PERDIDOS

Mal se deteve.

O garoto levantou a cabeça lentamente, o tapa-olho tremendo.

— D-d-d-desculpe, M-m-m-mal — ele falou.

— C-C-C-CHISPA — Mal disse, sua voz alta e zombeteira. Ela revirou os olhos e chutou os livros rasgados, afastando-os de seu caminho. O garoto correu para a primeira porta aberta que viu, apressado, deixando cair sua falsa mão em forma de gancho e fazendo-a rolar para longe.

Jay manteve o silêncio, sabendo que deveria pisar leve enquanto pegava o gancho e o enfiava na roupa. Não conseguiu deixar de perguntar, no entanto:

— Por que não dar uma festa em vez de ficar de mau humor?

— Do que está falando? — perguntou Mal. — Como se eu me importasse.

Jay não respondeu; ele estava muito ocupado abraçando a si mesmo com força e desejando ter pensado em trazer uma jaqueta mais quente em vez de um colete sem mangas, pois a temperatura caíra os habituais vinte graus enquanto desciam as frias escadas de mármore para a penumbra úmida do porão do campus.

Mal ficou em silêncio por um momento, e Jay presumiu que ela ainda estava pensando no que havia acontecido dez anos antes, quando, de repente, estalou os dedos e disse, com um brilho perverso nos olhos:

— Você está totalmente certo, Jay. Você é um gênio!

— Sou, é? Quero dizer, sim, eu sou — ele respondeu. — Espere... sobre o que estou certo?

— Dar uma festa minha. Afinal, há muito o que comemorar. Você acabou de dizer que havia uma nova princesa entre nós. Então, vou dar uma festa.

Jay arregalou os olhos para ela.

— Você vai? Quer dizer, eu só estava brincando. Todo mundo sabe que você odeia...

• *31* •

— Festas. — Mal assentiu. — Mas não essa. Você vai ver. Vai ser um verdadeiro desastre. — Ela sorriu. — Especialmente para a garota nova.

Jay respondeu com um sorriso débil, desejando nunca ter mencionado isso. Quando Mal ficava assim, geralmente havia consequências terríveis. Ele estremeceu. Tinha um frio definitivo no ar; um novo vento indomável soprava, e era esperto o suficiente para se preocupar com o que aconteceria.

Capítulo 3

Uma linda princesa...

No Castelo do Outro Lado, vivia uma dupla de mãe e filha muito diferente de Malévola e Mal. Ao contrário dos confins vitorianos decadentes do Castelo da Barganha, este era cheio de fuligem e poeira, com lustres quebrados e teias de aranha nos cantos. Não era bem um castelo, mas uma caverna — mais uma prisão dentro da prisão da ilha. E, por dez anos, essa mãe e essa filha tiveram apenas uma à outra como companhia. O banimento para o outro lado da ilha tornara a Rainha Má um pouco estranha, e Evie não pôde deixar de notar como sua mãe insistia em fazer declarações como um lendário "espelho mágico".

— Espelho mágico na minha mão, quem é a mais bela desta ilha-
-prisão? — perguntou a Rainha Má enquanto Evie se preparava naquela manhã.

— Mãe, você não está segurando *nada* na mão. E, de qualquer forma, essa é mesmo a *primeira* coisa em sua mente? Não o café da manhã? — perguntou Evie, que estava morrendo de fome. Ela verificou as ofertas do dia: croissants duros e café aguado da cesta que os abutres deixavam na porta delas todos os dias.

— *Sua filha é graciosa, mas deveria cuidar melhor da pele para ser a mais formosa* — declarou a mãe em um tom sinistro que ela chamava de sua voz de "Espelho Mágico".

A mais bela, a mais linda, a mais encantadora. Os cabelos mais volumosos, os lábios mais cheios, o nariz menor; era tudo com que sua mãe se importava. A Rainha Má colocava a culpa por todos os seus problemas no fato de não ser mais bonita que Branca de Neve, e parecia que não importava quão bem Evie arrumasse seus cabelos ou se maquiasse, pois nunca seria bela o bastante para a mãe. Isso às vezes deixava o belo estômago de Evie embrulhado. Tal mãe, tal filha — ou foi isso que sempre lhe disseram. A maçã envenenada nunca caiu longe da árvore.

E, embora Evie suspeitasse que *deveria* haver outra coisa na vida além de ser bela, isso não era algo que pudesse verbalizar à mãe; a mulher tinha uma mente fechada.

— Você não passou a quantidade adequada de blush. Como vai conquistar um príncipe bonito com uma aparência dessas? — a mãe a repreendeu, beliscando suas bochechas.

— Se ao menos houvesse um por aqui — comentou Evie, que obedientemente tirou o pó compacto e o reaplicou.

Não havia príncipes na ilha, pois todos viviam em Auradon agora. Era lá que *toda* a realeza do mundo vivia, e era lá que *ela* deveria viver também. Mas não era para ser. Assim como a mãe, ficaria presa na Ilha dos Perdidos para sempre.

Evie checou a aparência no espelho do corredor uma última vez e ajustou a capa azul em volta dos ombros, a parte de trás bordada com uma coroa no meio. Seu colar com pingente de maçã envenenada faiscava em vermelho entre as macias dobras azuis. Sua saia preta esfarrapada com respingos de tinta vermelha, branca e azul combinava bem com a legging preta e branca com estampa de floresta.

— Seu cabelo! — exclamou a Rainha Má com desespero, prendendo uma mecha solta na trança em v da filha e tirando o cabelo de sua testa. — Ok, *agora* você está pronta.

— Obrigada, mãe — disse Evie, cujo único objetivo era sobreviver ao dia. — Tem certeza de que é seguro ir para a escola?

— Ninguém consegue guardar rancor por dez anos! Além disso, estamos sem creme antirrugas! Pegue um pouco no mercado oriental... Não confio nos abutres para enviarem o certo.

Evie assentiu e torceu para que sua mãe estivesse certa.

Só que, ao sair dos portões do castelo, congelou no lugar: a maldição de Malévola ecoava em seus ouvidos. Mas nada aconteceu, e Evie seguiu em frente. Talvez, pela primeira vez, a velha fada má tivesse se esquecido dela.

Quando Evie pôs os pés na escola naquela manhã, todos a encararam enquanto ela percorria os corredores. Sentiu-se um pouco constrangida e se perguntou se algum dia se encaixaria ali. Ela deveria se apresentar ao Dr. F, o diretor, quando chegasse. Mas onde ficava o gabinete da administração?, Evie se perguntou, girando em um círculo completo.

— Posso ajudá-la? — um garoto bem-apessoado, embora um tanto peludo e muito grande, questionou-a quando a viu.

— Oh, estou procurando o diretor...

— Siga-me — ele disse com um largo sorriso. — Gaston, ao seu dispor... e este é meu irmão, Gaston. — Ele apontou para seu gêmeo idêntico, que lhe lançou o mesmo sorriso radiante e arrogante.

— Obrigada, hã, Gastons — Evie respondeu. Os garotos a conduziram pelo corredor até os túmulos administrativos.

— Dr. F, você tem uma visita — falou Gaston, esticando a mão para a maçaneta da porta.

— Eu quero abrir — adiantou-se seu irmão, dando-lhe uma cotovelada para afastá-lo. Mas o primeiro Gaston desferiu-lhe um soco sem nem olhar para trás. — Você na frente, princesa — ele ofereceu com exagero, enquanto o irmão deslizava para o chão, segurando o queixo.

— Hum, obrigada, eu acho — disse Evie.

O Dr. Facilier ergueu os olhos e deu aos três alunos um sorriso de abóbora de Halloween.

— Pois não? Oh, Evie, bem-vinda à Dragon Hall. É um prazer vê-la novamente, criança. Já faz tanto tempo. Dez anos, não é? Como está sua adorável mãe?

— Ela está bem, obrigada. — Evie assentiu educadamente, mas se apressou a ir direto ao ponto. — Dr. Facilier, só queria ver se poderia trocar minha aula de Maldade pela de Vaidades Avançadas, que acontecem no mesmo horário. — O sinistro homem franziu a testa. Evie piscou os cílios, bancando a inocente. — Significaria muito para mim. A propósito...

— Ela apontou para a gravata de cordão, com sua lamentável corrente de prata. — Isso é tão legal! — declarou, pensando exatamente o oposto.

— Ah, isto? Eu peguei no Bayou d'Orleans logo antes de ser trazido para cá. — Ele suspirou, e sua carranca se suavizou em um sorriso verdadeiro. — Acho que Vaidades se encaixa melhor na sua agenda geral. Considere o assunto resolvido.

— Ótimo, estou nessa aula — os Gastons afirmaram em coro. — Às terças-feiras, é logo depois do almoço.

— Almoço! — Evie deu um tapa na testa.

— O que houve?

— Esqueci de trazer o meu! — Por causa de toda a animação e ansiedade por enfim sair do castelo, ela havia deixado sua cesta em casa.

— Não se preocupe — os gêmeos responderam. — Podemos dividir o nosso com você! — acrescentaram, segurando duas enormes cestas de comida. Um bloco gigante de um queijo particularmente fedorento apareceu, além de dois pães pretos salpicados de mofo e várias fatias grossas de salsicha de fígado.

Evie viu-se tocada por terem se oferecido para compartilhar o almoço, embora parecesse que o caminhão de comida que carregavam, com ou sem mofo, não daria para encher um buraquinho do dente deles.

Eles a levaram pelo corredor sinuoso. As paredes de pedra eram cobertas do mesmo musgo verde-ervilha do lado de fora, de onde parecia vazar algum tipo de líquido marrom por todo o chão de cimento empoeirado. Evie sentiu algo peludo enroscando-se em seus tornozelos e encontrou um gato preto gordo com um sorriso presunçoso encarando-a.

— Oi, gatinho — ela murmurou, inclinando-se para acariciá-lo.

— Esse é Lúcifer — falou um dos Gastons. — Nossa mascote.

Vários gritos de alunos do primeiro ano podiam ser ouvidos de dentro dos armários enferrujados que se alinhavam desordenadamente no corredor. Com apenas algumas lâmpadas tremeluzindo no alto, Evie quase esbarrou em uma teia gigante tecida sobre uma pesada porta de aço. Uma aranha do tamanho de um caldeirão de bruxa situava-se no centro. *Legal.*

— Onde isso vai dar? — ela quis saber.

— Ah, isso? Essa é a porta para o Ateneu do Mal — respondeu o outro Gaston.

— Como assim?

— A Biblioteca dos Segredos Proibidos — ele explicou. — Ninguém tem permissão para descer lá, e apenas o Dr. F possui a chave.

— Que tipo de segredos? — questionou Evie, intrigada.

— Sei lá, do tipo proibido? — Gaston deu de ombros. — Quem se importa? É uma biblioteca. Parece bem chato para mim.

Por fim, chegaram à porta de madeira em arco da sala de aula. Evie entrou e se dirigiu até a carteira desocupada mais próxima, sorrindo para aqueles que se reuniram ao seu redor, curiosos. Todos olhavam para ela com tanto espanto e admiração, que sentia estar causando um frisson.

A mesa que escolhera tinha um caldeirão notavelmente grande e uma ótima vista do púlpito do professor. Ela se sentou e houve um suspiro na multidão. Uau, aqueles jovens eram realmente fáceis de agradar.

Evie já se sentia bastante confiante em seu primeiro dia, até ouvir o som de alguém limpando a garganta.

Quando ergueu os olhos, havia uma linda garota de cabelos roxos parada diante do seu caldeirão, encarando-a com um olhar inconfundível de rancor. O "espelho" de sua mãe teria umas boas palavrinhas sobre isso, sem dúvida. Evie sentiu um pavor enregelante quando a lembrança de uma famigerada festa veio à tona. Talvez, se ela se fizesse de boba e a bajulasse, a garota não se lembraria do que ocorrera dez anos antes. Não custava tentar.

— Sou Evie. Qual é o seu nome? — perguntou de modo inocente, embora soubesse muito bem quem estava parada à sua frente. — E, a propósito, essa jaqueta é incrível. Fica ótima em você... Amei todo o trabalho feito no couro.

— Garota, esse é o caldeirão dela. Você deveria vazar — uma aluna que Evie descobriria mais tarde chamar-se Yzla sussurrou alto.

— Oh, esse é o seu...? — Evie perguntou à garota de cabelo roxo.

A garota de cabelo roxo assentiu.

— Não tinha ideia de que esse caldeirão era seu, sinto muito! Mas tem uma vista tão linda do púlpito — Evie disse com seu sorriso radiante, sua marca registrada, tão ofuscante que deveria vir acompanhado de óculos de sol. Enfim percebeu por que os alunos a encaravam tanto: esperavam que uma catástrofe de enormes proporções viesse a acontecer.

— Sim, tem — a garota de cabelo roxo respondeu, sua voz suave e ameaçadora. — E, se não tirar o seu traseiro de cabelo azul daí, vai ganhar uma bela de uma vista, pode apostar — ela rosnou, passando de maneira brusca por Evie e jogando a mochila ruidosamente no meio do caldeirão.

Evie captou a mensagem, pegou suas coisas e encontrou um caldeirão vazio no fundo da sala de aula, atrás de uma coluna, de onde não conseguia ver a lousa.

— Aquela é quem eu acho que é? — ela perguntou ao menino sentado ao seu lado, cujos cabelos eram pretos na raiz, mas brancos nas pontas.

A ILHA DOS PERDIDOS

Na verdade, tudo o que ele usava era preto e branco, com um toque de vermelho: uma jaqueta metade preta, metade branca, com gola de pele e mangas de couro vermelho; uma camisa preta de botão com listras brancas; e bermuda longa com uma perna branca e a outra preta e branca. Era um visual bem bacana. Para um maldito de um cangambá.

— Se está se referindo a Mal, você está certa, e eu ficaria fora do caminho dela se fosse você — o garoto advertiu.

— Mal... — Evie sussurrou, a voz trêmula de nervosismo.

— É. A mãe dela é a Malvadona por aqui. Você sabe... — Ele fez sinais de chifre com as mãos nas laterais da cabeça. Não era preciso ter vivido na ilha por muito tempo para saber exatamente de quem ele estava falando. Ninguém ousava pronunciar seu nome, a menos que fosse absolutamente necessário.

Evie engoliu em seco. Era seu primeiro dia, e ela já tinha feito a pior inimiga na escola. Fora Malévola quem banira Evie e sua mãe dez anos antes e fizera Evie crescer sozinha em um castelo distante. Sua própria mãe podia ser chamada de Rainha Má, mas todos na Ilha dos Perdidos sabiam que era Malévola quem usava a coroa por aquelas bandas. Ao que parecia, sua filha fazia o mesmo nas masmorras da Dragon Hall.

Espelho, espelho meu, quem é mais tola do que eu?

Capítulo 4

Um garotinho inteligente...

Carlos De Vil ergueu os olhos da engenhoca que estava montando e lançou um sorriso tímido para a nova garota.

— Vai ficar tudo bem. Mal só gosta de ficar sozinha — assegurou ele. — Ela não é tão durona quanto parece. Só faz o jogo da ostentação.

— Verdade? E você? — perguntou a princesa de cabelos azuis.

— Eu não tenho jogo nenhum. A menos que considere apanhar e ser empurrado um jogo, o que, de certa forma, acho que é. Mas na verdade não é tão divertido, a menos que seja você quem esteja batendo e empurrando.

Carlos voltou sua atenção para a profusão de fios à sua frente. Ele era menor e mais jovem que o restante da classe, mas mais inteligente que a maioria dos outros alunos. Era um aluno PA: Propensão Avançada (para o Mal), o que era bastante apropriado, já que a infame Cruella era sua mãe. Sua mãe era tão célebre que tinha a própria música. Ele a cantarolava às vezes. (Que foi? Era contagiante!) Em alguns momentos, fazia isso só para deixá-la enfurecida, o que não era tão difícil. Os curandeiros de Cruella acreditavam que ela era sustentada por pura fúria metabólica. Carlos tinha com ele que essa era sua Dieta da Raiva: nada de carboidrato, só destrato; nada de comer, só carcomer; nada de casquinha de sorvete, só casca-grossa.

Seus pensamentos foram interrompidos por sua nova e amigável companheira de assento.

— Eu sou Evie. Qual é seu nome? — ela perguntou.

— Oi, Evie, sou Carlos De Vil — ele respondeu. — Nós já nos encontramos antes, na sua festa de aniversário. — Ele a reconhecera no minuto em que ela tinha entrado. Parecia exatamente a mesma, só que mais alta.

— Ah. Desculpe. Não me lembro muito da festa. Exceto como terminou.

Carlos assentiu.

— Sim. Bom, eu também sou seu vizinho. Moro na mesma rua, no Hell Hall.

— Mora, é? — Os olhos de Evie se arregalaram. — Mas pensei que ninguém morasse lá além daquela velha louca e seu...

— Não fale a palavra! — ele deixou escapar.

— Cachorro? — ela completou ao mesmo tempo.

Carlos estremeceu.

— Nós... nós não temos cachorros — ele disse baixinho, sentindo a testa úmida de suor só de pensar. Sua mãe lhe dissera que cachorros eram animais de matilha ferozes, os animais mais perigosos e aterrorizantes do planeta.

— Mas ela está sempre chamando alguém de mascote dela. Pensei que você fosse um ca...

— Já disse, não fale isso! — alertou Carlos. — Essa palavra é um gatilho para mim.

Evie levantou as mãos.

— Tá bom, tá bom. — Então, deu uma piscadela. — Mas como você cabe na caminha pet à noite?

Carlos apenas a olhou feio.

A primeira aula deles era Fundamentos do Egoísmo, ou "Ego", para abreviar, ministrada por Mamãe Gothel, que tirava muitas fotos de si mesma com uma velha câmera polaroide.

As fotos estavam espalhadas pela sala de aula: Mamãe Gothel fazendo biquinho, Mamãe Gothel com olhos sonolentos em uma imagem de "Acordei assim", Mamãe Gothel na postura da "cobra". Mas a própria Mamãe Gothel não estava lá. Ela sempre chegava pelo menos meia hora atrasada e, quando finalmente chegava, ficava irritada ao encontrar os alunos lá antes dela.

— Será que não lhes ensinei nada sobre chegar elegante e irritantemente atrasados para todos os compromissos? — ela cobrou, soltando um suspiro exasperado e desabando na cadeira de modo dramático, uma das mãos sobre os olhos.

Pela meia hora seguinte mais ou menos, eles estudaram Retratos do Mal, comparando as semelhanças dos vilões mais famosos da história, muitos dos quais viviam na ilha e alguns, inclusive, eram seus pais. A aula do dia, por coincidência, apresentava como protagonista Cruella De Vil.

É claro.

Carlos conhecia o retrato de cor, estivesse olhando para ele ou não.

Sua mãe. Lá estava ela com toda sua elegância, o cabelo armado e o longo carro vermelho, o olhar desvairado e suas peles voando ao vento.

Estremeceu de novo e voltou a mexer em sua máquina.

A aula terminou, e os alunos começaram a sair da sala. Evie perguntou a Carlos qual seria sua próxima disciplina e pareceu feliz ao descobrir que ambos tinham Esquemas Malignos, aula ministrada por Lady Tremaine.

— Essa é outra aula avançada... Você deve ter um QM bem alto — comentou ele. Apenas aqueles que ostentavam quocientes malignos fora do comum tinham permissão para frequentá-la. — É por aqui — ele disse, gesticulando em direção às escadas.

Mas, antes que pudessem se afastar, uma voz fria cortou a conversa atrás deles.

— Ora, ora, se não é Carlos De Vil.

Carlos reconheceria aquela voz em qualquer lugar. Era a segunda mais assustadora da ilha. Quando se virou, Mal estava bem atrás dele, ao lado de Jay. Em um gesto automático, Carlos verificou os bolsos para ter certeza de que nada havia desaparecido.

— Oi, Mal — ele cumprimentou, tentando parecer indiferente. Mal nunca falava com ninguém, exceto para assustar ou reclamar que estavam bloqueando a passagem dela. — O que foi?

— Sua mãe está no Spa neste fim de semana, não está? — Mal perguntou, dando uma cotovelada em Jay, que riu.

Carlos assentiu. O Spa era o único conforto de Cruella, sua única lembrança do passado luxuoso. Na realidade, ele não passava de um pouco de vapor quente escapando dos penhascos de rocha no porão em ruínas do que antes era um prédio de verdade.

Que fundo do poço os De Vil haviam alcançado, assim como o restante da Ilha.

— S-sim — ele confirmou, inseguro, sem saber se essa era a resposta correta, embora fosse a verdadeira.

— Resposta certa — Mal disse, dando tapinhas em sua cabeça. — Eu meio que não posso dar uma festa na minha casa sem minha mãe ficar gritando com todo mundo, sem mencionar toda a questão da louça voando. — Carlos suspirou. Assim como o restante da Ilha, ele sabia que festas traziam à tona o pior comportamento de Malévola. Não havia nada que ela odiasse mais que pessoas se divertindo abertamente. — E não podemos fazê-la na casa de Jay, porque o pai dele vai tentar hipnotizar todos para serem seus servos de novo — Mal continuou.

— Total — concordou Jay.

Carlos assentiu, embora não tivesse certeza de aonde isso iria levar.

— Ótimo. Perfeito. Festa na sua casa. Hoje à noite.

Festa? Na casa dele? Teria ouvido direito?

— Espere, o quê? Hoje à noite? — Ele empalideceu. — Eu não posso dar uma festa! Quer dizer, você deveria entender, minha mãe não gosta muito quando as pessoas vão lá... e, hum, tenho muito trabalho a fazer... tenho que afofar as peles dela, passar suas roupas íntimas, quer dizer... — Ele engoliu em seco, envergonhado.

Mal o ignorou.

— Espalhe a notícia. O Hell Hall vai ter uma festança dos infernos. — Ela pareceu se entusiasmar com o pensamento. — Conte para todo mundo. Ative o latido crepuscular, ou seja lá o que vocês, filhotinhos, fazem.

— Au-au-au — Jay latiu com uma risada.

Carlos olhou feio para os dois, sem conseguir se controlar.

— Vai rolar uma festa? — Evie perguntou com timidez. Carlos tinha esquecido que ela estava ao seu lado e se sobressaltou com o som de sua voz.

— Bisbilhotando agora? — Mal praticamente rosnou para a outra garota, embora fosse óbvio que Evie não poderia evitar escutar, já que estava parada ao lado deles. Antes que Evie pudesse protestar, Mal suspirou. — Claro que vai. A festa do ano. Uma verdadeira festança, não ficou sabendo? — Mal a mediu de cima a baixo e balançou a cabeça com pesar. — Ah, acho que não ficou sabendo. — Ela fez uma careta afetada, olhando para Carlos de forma conspiratória. — Todo mundo vai estar lá.

— Vai? — Carlos parecia confuso. — Mas você acabou de me dizer para espalhar a not... — Ele logo entendeu o recado. — Todo mundo — concordou.

Evie sorriu.

— Parece muito legal. Eu não vou a uma festa há muito, muito tempo.

Mal levantou uma sobrancelha.

— Ah, sinto muito. Essa é uma festa muito exclusiva, e temo que não tenha recebido um convite.

Com essas palavras de despedida, Mal foi na frente deles para a sala de aula — ela também frequentaria a próxima disciplina deles, é claro; seu QM era lendário —, deixando-os a sós.

— Sinto muito — Carlos murmurou. — Acho que eu estava errado; Mal *nem sempre* faz o jogo da ostentação.

— É, eu também. A festa parece divertida — Evie lamentou.

— Quer ver o que estou fazendo? — ele perguntou, tentando mudar de assunto enquanto se acomodavam nos assentos. Tirou da bolsa uma caixa preta com fios e uma antena saindo de uma das laterais; a mesma engenhoca em que estava mexendo antes. — Fiz isso com algumas coisas antigas de um mágico.

— Claro. — Evie sorriu. — Ei, isso é um núcleo de energia? Parece que está fazendo uma bateria, certo?

Carlos assentiu, impressionado.

— Sim.

— O que isso faz?

— Você consegue guardar um segredo? — ele perguntou, sussurrando.

Evie assentiu.

— Eu os guardo da minha mãe o tempo todo.

— Estou tentando fazer um buraco no domo.

— Sério? Isso pode ser feito? Pensei que o domo fosse impenetrável.

— Bem, eu pensei que talvez pudesse tentar obter um sinal com esta antena aqui. Na verdade, é uma varinha mágica velha, e acho que, se encontrar a frequência certa, podemos trazer um pouco do mundo exterior para dentro do domo e conseguiremos assistir a algo diferente daquele Rei Fera peludo sempre nos dizendo para sermos bons ou daquele canal que só vende algemas.

— Até que eu gosto do canal de Auradon — Evie confessou, o olhar perdido. — Ainda mais quando eles apresentam o Príncipe da Semana. São tão encantadores! — Carlos bufou. Ela olhou do garoto para a bateria. — Frequência? Mas como?

— Não tenho certeza, mas acho que, se conseguir atravessar o domo, seremos capazes de captar as ondas de rádio de Auradon... Você sabe, sinais de internet e wi-fi. Não sei exatamente qual é a frequência, mas acho que é assim que eles conseguem todos esses canais e tal.

Evie voltou a suspirar.

— O que eu não daria para ir a Auradon. Ouvi dizer que tudo é tão lindo lá.

— Hum, acho que sim. Se você gosta desse tipo de coisa — observou Carlos.

Ele não se importava com príncipes, lagos encantados, animais cantando ou anões alegres, e sim em descobrir mais do mundo on-line, um refúgio virtual seguro, onde tinha ouvido dizer que você poderia até encontrar pessoas com quem jogar videogames. Isso parecia divertido, já que ele nunca tinha ninguém com quem jogar.

Tinha que haver algo mais na vida além de se curvar aos jovens mais descolados, organizar os casacos de pele de sua mãe e se esconder de seus acessos de raiva.

Tinha que haver. Embora agora não fosse apenas sua mãe que ele teria de atender. Se Mal estivesse falando sério, e ela parecia estar, nas próximas horas, de alguma forma, ele precisaria descobrir como dar a festa do ano.

Capítulo 5

...E um príncipe bonito que vivia longe, muito longe

Enquanto isso, do outro lado do Mar da Serenidade, que separava a Ilha dos Perdidos do restante do mundo, ficavam os EUA — os Estados Unidos de Auradon —, uma terra de paz e encantamento, prosperidade e deleite, que englobava todos os bons reinos. A leste, situavam-se as cúpulas coloridas do trono do Sultão, onde Aladdin e Jasmine viviam, não muito longe de onde Mulan e Li Shang guardavam o palácio imperial. Ao norte, encontrava-se o Castelo Encantado, de propriedade de Cinderela e seu rei, vizinho do "Chalé Lua de Mel", o palácio de quarenta cômodos que Aurora e Phillip chamavam de lar. E, ao sul, era possível espiar as lanternas da deslumbrante morada de Rapunzel e Eugene Fitzherbert, próxima do ponto da costa onde Ariel e Eric tinham estabelecido sua residência real submarina e sobre o mar, em Seaside.

Mas, bem no centro, estava o maior castelo de toda Auradon, com torreões e sacadas luxuosas, suas torres mais altas ostentando o orgulhoso estandarte azul e dourado dos bons e velhos EUA. A magnífica construção comportava em seu interior muitos salões de baile, espaçosas salas de estar e salões nobres, uma sala de jantar formal que podia acomodar centenas de convidados, onde todos se sentiam como hóspedes mimados, e uma extraordinária biblioteca, que abrigava todos os livros já escritos.

Isso tudo era muito apropriado, é claro, já que esse era o Castelo da Fera, lar do Rei Fera e da Rainha Bela, o trono de Auradon. Vinte anos antes, o Rei Fera havia unido todos os reinos dos contos de fadas em um só sob sua coroa, e, nas últimas duas décadas, ele governara os bons súditos com equilíbrio, de maneira firme, mas justa, com pitadinhas ocasionais de seu temperamento bestial.

Bela exercia uma influência calmante sobre o Fera cabeça quente: ela não apenas era o amor de sua vida, mas a pacificadora de seu temperamento, a voz da razão em uma tempestade que se aproximava e a mãe de seu único filho.

A joia da coroa era o belo filho deles, o príncipe Ben, de quinze anos. Não houve fadas em seu batizado para lhe conferir dons, talvez porque ele não precisasse de nenhum. Ben era tão bonito quanto o pai, com sua testa forte e maçãs do rosto bem pronunciadas, mas tinha os olhos gentis e o intelecto aguçado da mãe. Era um menino de ouro em todos os sentidos, com um bom coração e um espírito vencedor — capitão da equipe de torneio, amigo de todos, destinado a governar Auradon um dia.

Resumindo: era exatamente o tipo de pessoa que o povo da Ilha dos Perdidos desprezava. E, assim como na Ilha dos Perdidos, a magia não era mais um elemento presente na vida diária em Auradon. O Rei Fera e a Rainha Bela enfatizavam a erudição acima do encantamento, exortando os jovens a trabalhar duro em vez de depender de encantamentos de fadas ou amigos dragões para obter ajuda. Como Fera era a figura mais poderosa de todos os reinos, quando ele propôs a nova ética de trabalho, ninguém discutiu. De fato, tratava-se de uma nova era (... uma vez) para o povo dos lendários reinos dos contos de fadas.

Mas, mesmo sem magia, a vida em Auradon era quase perfeita: o sol sempre brilhava, os pássaros sempre cantavam, ninguém aguardava mais que cinco minutos na fila de espera do DVMA (Departamento de Veículos Mágicos Antigos) e, ainda que ninguém permanecesse feliz o tempo *todo* (afinal de contas, não era o *Paraíso* — caiam na real, pessoal), todos estavam satisfeitos.

Exceto, é claro, quando não estavam.

Não é sempre assim?

Os vários ajudantes baixinhos, fofos, peludos ou minúsculos — e às vezes animais — do reino vinham causando problemas outra vez. Os membros da União dos Ajudantes, como chamavam a si mesmos, estavam longe de se sentir felizes; estavam, em uma palavra, descontentes.

— Bom, então, como podemos ajudá-los hoje? Vejamos... — Ben não se dirigia a pessoas, mas a um pedaço de papel ou a milhares deles.

Ele olhou para os documentos à sua frente, tamborilando neles com sua pena. Seu pai havia lhe pedido que liderasse a reunião do Conselho naquela manhã, uma forma de treinamento para se tornar rei dali a alguns meses.

Como parte da tradição, o primogênito da casa real assumiria o trono de Auradon aos dezesseis anos de idade. Fera e Bela estavam prontos para se aposentar; estavam ansiosos por longos cruzeiros de férias, jantares que invadissem a madrugada, jogos de golfe (Fera) e bingo (Bela), e pegar leve de modo geral. Além disso, Bela tinha uma pilha de leituras tão alta aguardando-a na mesinha de cabeceira da cama que ameaçava desabar sobre uma Sra. Potts irritada quando ela vinha recolher a bandeja do desjejum todas as manhãs.

A reclamação não era a única coisa em sua mente. Ben tinha despertado naquela manhã de um pequeno pesadelo ou do que pareceu um pesadelo — e, sem dúvida, tinha a aparência de um. No sonho, ele andava por uma vila estranha cheia de pessoas miseráveis e malvestidas que comiam frutas podres e bebiam café puro. Sem creme. Sem açúcar. Sem pão doce com passas para mergulhar na bebida. Um horror! E ele tinha caído em algum tipo de vala, mas alguém o ajudara a sair dela.

Uma linda garota de cabelos roxos, que não se parecia em nada com ninguém em Auradon...

— Obrigado — ele dissera, agradecido. — E quem é você?

Mas ela desaparecera antes que ele pudesse saber seu nome.

Ben retornou aos papéis em sua mão e tentou esquecê-la.

Estudou a reclamação da União dos Ajudantes — a primeira do tipo —, e seu coração bateu um pouco mais rápido ao pensar em ter de falar com todas aquelas pessoas e convencê-las de que esse nível de descontentamento não era necessário.

Suspirou, até que uma voz familiar interrompeu seu devaneio.

— Cuidado com os ajudantes, filho. Mais cedo ou mais tarde, eles roubam os holofotes.

Ben ergueu os olhos, surpreso ao ver seu pai parado na porta. O Rei Fera estava com o semblante de sempre, tão sorridente, feliz e realizado quanto em seus outdoors, que, por toda Auradon, traziam escrito: *Bom trabalho sendo bom! Continue assim! O Rei Fera ruge sua aprovação!*

O pai gesticulou para a pilha de papéis na mesa de Ben.

— Parece que está trabalhando duro.

Ben esfregou os olhos.

— É.

O Rei Fera bateu a mão com o peso de uma pata no ombro do filho.

— Esse é meu garoto. Então, o que eles querem, exatamente?

Ben coçou atrás da orelha com sua pena.

— Parece que estão um pouco chateados, pois fazem todo o trabalho por aqui e mal são recompensados por seus esforços. Se olhar pelo ponto de vista deles, eles têm razão.

— Hum — o Rei Fera assentiu. — Todo mundo tem voz em Auradon, embora você não possa deixar que um vozerio abafe a razão, é claro. É isso que significa agir como um rei — ele aconselhou, talvez com um pouco mais de ênfase que o necessário.

— Se continuar erguendo a *sua* voz, meu querido, vai quebrar toda a porcelana, e a Sra. Potts nunca mais irá lhe preparar uma xícara de leite morno ou um banho quente. — A mãe de Ben, a boa Rainha Bela, entrou na sala e deslizou a mão sob o braço musculoso do marido (mais uma qualidade da Fera que o rei ainda parecia possuir, a força de uma criatura selvagem na forma de um mero homem). Estava tão encantadora quanto no dia em que chegara ao Castelo da Fera, resplandecente em um lindo vestido amarelo. Se havia linhas de riso ao redor de seus olhos agora, ninguém parecia notar; e, na verdade, só serviam para torná-la mais atraente.

No segundo em que viu a mãe, Ben se sentiu mais à vontade. Sendo ele tímido e discreto, e sua mãe gentil e compreensiva, Ben e Bela eram a cópia um do outro, zanzando pelos jardins do castelo — sempre preferindo ter o nariz enfiado em livros a lidar com assuntos de estado.

— Mas metade dos funcionários do castelo assinou esta petição... Veja, há a rubrica de Lumière e de Horloge — disse Ben, franzindo a testa. Injustiça de qualquer tipo era algo perturbador de se pensar, e o incomodava o fato de que as mesmas pessoas de quem sua família dependia para manter suas vidas em ordem acreditassem que tinham motivos para reclamar.

— Lumière e Horloge assinam qualquer coisa que alguém lhes peça que assinem. Na semana passada, assinaram uma petição para declarar todos os dias feriado — esclareceu o pai, com uma expressão de divertimento. Ben riu. O Rei Fera tinha razão. O francês meticuloso e o britânico alegre concordariam com qualquer coisa para que pudessem voltar ao trabalho. Zip Potts, que era conhecido por aprontar pequenas travessuras pelo castelo, provavelmente os havia incitado a isso. — Eis o necessário. Ouça seu povo, mas reivindique seu direito de governar. Lidere com um coração gentil e uma mão firme. É assim que um rei deve reinar!

O Rei Fera estendeu o próprio punho, e Ben apenas o encarou. Ele olhou para a própria mão, que parecia a de uma criança pequena em comparação com a de seu pai.

A Fera puxou Ben pelo braço, fechando a mão em volta da do filho.

— Aí está. Forte. Poderoso. Real.

A mão do Rei Fera era tão enorme que Ben percebeu que não conseguia mais ver a sua.

— Forte. Poderoso. Real — Ben repetiu.

A Fera rosnou, então deu um tapa nas costas do filho, quase o arremessando na direção do abajur decorativo mais próximo. O chão tremeu enquanto ele deixava o aposento, ainda rindo.

A Rainha Bela parecia aliviada; Fera não se importava em fazer piada à própria custa — embora fosse muito menos indulgente quando qualquer outra pessoa tentava a mesma linha de humor. Ela colocou os braços em volta do filho, puxando-o para perto de si.

— Ben, você não precisa ser outro Rei Fera. Seja apenas você mesmo... Isso basta e ainda sobra.

— Não é isso o que o papai diz.

Bela sorriu. Ambos sabiam que não adiantava tentar explicar a lógica do pai, e ela não tentou.

— Não importa o que aconteça, seu pai e eu acreditamos em você. É por isso que queríamos que começasse a se reunir com o Conselho. É hora de aprender a governar. Você será um rei maravilhoso, do jeitinho que é. Eu lhe prometo.

— Espero que sim — disse Ben, inseguro.

— Eu sei que será — afirmou Bela, beijando sua bochecha.

Enquanto os passos suaves de sua mãe desapareciam à distância, Ben pegou a pena e voltou para suas páginas. Desta vez, porém, tudo o que conseguia ver era seu punho, com o mesmo anel dourado em forma de cabeça de fera que seu pai usava.

Forte. Poderoso. Real.

Cerrou os dedos com força.

Ben jurou que deixaria seu pai orgulhoso.

Capítulo 6

Garota má

— Bem, você parece muito satisfeita consigo mesma — comentou Jay, enquanto Mal se acomodava em sua carteira na primeira fileira e apoiava os pés na carteira ao lado.

— E estou mesmo — ela disse. — Acabei de ensinar àquele mirtilo ambulante o que significa se sentir excluída.

— Parecia que Carlos ia surtar quando você lhe disse que ele daria a sua festa.

— Você quer dizer ficar enfurecido como um cão? — Mal riu, embora a piada estivesse ficando batida.

Jay deu uma cotovelada nela com uma piscadela antes de desaparecer em sua carteira no fundo da sala.

Mal estava de bom humor. Essa aula era sua favorita: Esquemas Malignos Avançados e Truques Sórdidos, ministrada por Lady Tremaine, também conhecida como Madrasta Malvada. Mal gostava particularmente de Travessuras Maldosas.

— Olá, crianças detestáveis — Lady Tremaine disse, entrando na sala com um farfalhar de anáguas e lançando um olhar entediado para a turma diante de si. — Hoje daremos início ao nosso projeto escolar anual: Criando o Plano Maligno Supremo. — Ela se virou para a lousa e arranhou o giz de modo ensurdecedor, traçando as seguintes letras cursivas: *A história de Cinderela: Era uma vez um sapatinho de cristal quebrado.* Enquanto se voltava aos alunos, falou: — Como vocês bem sabem, manipular Cinderela foi meu maior ato maligno. Por anos, eu a mantive no sótão e a tratei quase como uma criada. Se não fosse por alguns ratos intrometidos abomináveis, uma das minhas filhas seria a rainha do Castelo Encantado neste exato momento, em vez daquela garota ingrata. Portanto, o objetivo de cada professor na Dragon Hall é treinar a nova geração de vilões para não cometer os mesmos erros que nós cometemos. Vocês devem aprender a se adaptar, a ser mais rápidos, mais astutos e mais perversos do que nunca. Vocês passarão este ano trabalhando em uma trama maligna de sua escolha. O aluno com o melhor artifício deplorável ganhará o prêmio de Mais Maligno do Ano da Dragon Hall.

Um burburinho de aprovação se elevou na sala de aula, cada um exprimindo uma variedade de ideias para artefatos terríveis. Mal coçou o nariz com a ponta da caneta-tinteiro de pluma roxa, imaginando qual seria seu projeto ardiloso para o ano. Ela olhou para os colegas rabiscando em blocos de notas, sobrancelhas franzidas, alguns cacarejando risadinhas. Sua mente estava a mil com ideias horrendas, cada uma mais terrível que a anterior. *Prender todos os calouros na masmorra?* Nenhuma novidade nisso. *Encher os corredores de baratas?* Fácil demais. *Deixar um estouro de goblins à solta no refeitório de restos?* Só mais uma terça-feira como qualquer outra...

Mal ouviu uma gargalhadinha suave vindo do outro lado da sala. Olhou por cima do ombro e viu que era aquela nova garota irritante, Evie, conversando alegremente com Carlos De Vil enquanto brincavam com algum tipo de caixa preta em sua mesa. Argh. Aquela garota não tinha motivo algum para estar alegre. Ora, por acaso ela, Mal, não havia acabado de dizer que a novata não poderia ir ao acontecimento do ano? Mal ficou um pouco desconcertada por um instante, até lhe ocorrer: sua trama maligna para o trabalho escolar determinado por Lady Tremaine estava bem diante de seu nariz.

Um sorriso perverso brotou em seus lábios, e ela mastigou a caneta--tinteiro por um momento antes de fazer anotações que tomaram uma página inteira.

Daria umas liçõezinhas àquela princesa de cabelos azuis.

Claro, já havia dito a Evie que ela não poderia comparecer à festa, mas isso não era *suficiente*. Muito simples, muito direto. Mal precisava agir sorrateiramente, como fizera Lady Tremaine ao fingir defender os interesses de Cinderela quando, na verdade, fazia exatamente o oposto.

Mal percebeu que estava aguardando essa chance há anos, quer soubesse disso de modo consciente, quer não. A lembrança do convite "extraviado" — se é que realmente existiu um convite, para começo de conversa; ainda não estava claro o que de fato havia acontecido — a deixara tão irritada hoje quanto quando ela tinha seis anos de idade.

Um dia como aquele só pode acontecer uma vez em dezesseis anos.

Um dia como aquele muda uma pessoa.

Um dia como aquele jamais voltaria a acontecer.

Não se Mal pudesse evitar.

E, sendo honesta, Mal queria fazer mais do que estragar o dia de Evie: queria estragar seu *ano*. Pensando bem, deixar Evie de fora da festa talvez fosse uma decisão equivocada. Se Evie não estivesse lá, Mal não teria a oportunidade de torturá-la, para o deleite de seu coração.

Ela terminou de rascunhar seus planos quando o sinal tocou, e correu para alcançar Jay, que estava todo cheio de charme e simpatia — e, quando chegaram à porta, os bolsos dele estavam ainda mais cheios.

— Espere — disse Mal ao avistar Carlos e Evie vindo em sua direção.

Evie parecia genuinamente temerosa, e Carlos, cauteloso quando se aproximaram de Mal, que bloqueava a porta.

— Oi, Evie! Sabe aquela festa que eu vou dar? — perguntou Mal. Evie assentiu.

— Hum, sim?

— Só estava brincando antes — alegou Mal com o sorriso mais doce que conseguiu oferecer. — *Claro* que você está convidada.

— Estou? — Evie soltou um gritinho. — Tem certeza de que quer que eu esteja lá?

— Não há nada que eu queira mais no mundo — declarou Mal de maneira solene e franca. — Não falte.

— Pode deixar — prometeu Evie com um sorriso nervoso.

Mal observou Evie e Carlos se afastarem, satisfeita. Jay levantou uma sobrancelha.

— Que negócio foi esse? Achei que não a queria lá — questionou ele, enquanto surrupiava com habilidade uma banana podre da lancheira de um calouro.

— Os planos mudam.

— Uma trama maligna, hein? — Jay levantou ambas as sobrancelhas.

— Talvez — respondeu Mal de forma misteriosa, não querendo entregar o jogo de bandeja. Afinal, Jay não era exatamente confiável. "Honra entre ladrões" significava que nenhum deles tinha nenhuma.

— Qual é?! Sou eu. O único que você consegue aguentar nesta ilha.

— Não fique se gabando — ela disse, abrindo um meio-sorriso.

— Você não odeia festas? Não foi à reunião para os mais chegados de Anthony Tremaine na outra semana e perdeu o "Dezesseis do Terror" da minha prima Jade. Foram melhores que uma pilhagem, como diria o bando de piratas. — Ele sorriu.

— Essas eram diferentes. Seja como for, você precisa arregaçar as mangas. Carlos não pode dar minha festa sozinho. — Ela agarrou o braço dele. — Precisamos de jarras de sidra picante, pacotes de batatas fritas velhas, gosma espumante, a coisa toda.

Jay descascou a banana e deu uma mordida.

— Tá feito.

— E certifique-se de que sejam as melhores do cais, dos primeiros barcos. Tenho uma reputação a zelar.

Ele fez uma saudação e jogou a casca de banana no chão, e ambos assistiram com alegria enquanto um colega escorregava e caía. Coisas assim nunca perdiam a graça.

Mal sorriu, os olhos verdes brilhando um pouco mais que o normal, como os de sua mãe.

— Vamos lá. Tenho uma festa para dar.

E alguém para se dar mal nela.

Capítulo 7

Tocando o terror

Carlos nunca se furtou a uma missão, e, se Mal queria uma festa de arrasar, não existia alternativa a não ser providenciar uma. Não havia nada que ele pudesse fazer a respeito, com ou sem Curso Preparatório de Pendor para o Mal. Ele sabia seu lugar na hierarquia.

Antes de mais nada: uma festa não seria uma festa sem convidados. O que significava pessoas. Muitas pessoas. Corpos. Dançando. Conversando. Bebendo. Comendo. Jogando. Ele precisava espalhar a notícia.

Felizmente, não demorou muito para que todos com quem cruzasse na escola e os lacaios de todos com quem *eles* cruzassem disseminassem a notícia. Porque Carlos não fazia exatamente um convite, mas, sim, uma ameaça.

Literalmente.

Ele não mediu palavras, e as ameaças só foram ficando mais exageradas conforme o dia avançava na escola. Os rumores se espalharam como o vento forte e salgado que soprava das águas infestadas de crocodilos ao redor da ilha.

— Esteja lá, ou Mal vai atrás de você — ele disse ao seu pequeno e atarracado parceiro de laboratório, Le Fou Deux, enquanto ambos dissecavam um sapo que nunca se transformaria em um príncipe na aula de Biologia Não Natural.

— Esteja lá, ou Mal vai atrás de você para bani-lo das ruas da cidade — sussurrou para os Gastons enquanto eles se revezavam enfiando um ao outro em redes de *doomball* na Educação Física.

— Esteja lá, ou Mal vai atrás de você, para bani-lo e fazer todo mundo te esquecer, e, desse dia em diante, você será conhecido apenas pelo nome de Grude! — advertiu, quase em um tom histérico, um grupo de calouros assustados em uma reunião do Clube Antissocial para planejar o Baile Sujo anual da escola. Eles empalideceram com suas palavras e confirmaram presença em desespero, mesmo estremecendo diante da ideia.

No fim do dia, Carlos havia garantido dezenas de confirmações de presença. Bem, até que *isso* não tinha sido tão difícil, pensou ele, guardando os livros em seu armário e soltando o calouro que estava preso lá dentro.

— E aí, cara — Carlos cumprimentou com a cabeça.

— Obrigado, eu realmente preciso fazer xixi — murmurou o pobre do aluno.

— Claro — autorizou Carlos, franzindo o nariz. — Ah, e tem uma festa. Na minha casa. Meia-noite.

— Ouvi dizer, estarei lá! Eu não perderia por nada! — garantiu o calouro, levantando o punho no ar de empolgação.

Carlos assentiu, sentindo-se apaziguado e bastante impressionado que até mesmo alguém que ficara preso dentro de um armário o dia todo tivesse ouvido a novidade sobre a festa. Ele tinha um dom! Talvez planejar festas estivesse em seu sangue. Sua mãe com certeza sabia como se divertir, não sabia? Cruella sempre dizia quão chato ele era porque tudo o que gostava de fazer era mexer em eletrônicos o dia todo. Ela tinha dito que Carlos estava perdendo tempo, que era um inútil no que quer que fosse, exceto nas tarefas domésticas, e então, talvez, se ele desse uma boa festa, poderia provar que ela estava errada. Não que ela fosse estar por perto para testemunhar, no entanto; provavelmente ficaria furiosa ao encontrar o Hell Hall cheio de adolescentes. Ainda assim, Carlos desejou que um dia Cruella pudesse vê-lo como mais que apenas um criado residente que, por acaso, era seu parente.

Voltou para casa, a mente em um turbilhão. Com os convidados garantidos, tudo o que precisava fazer era deixar a casa pronta para o bendito evento — e isso não poderia ser muito difícil, poderia?

Algumas horas depois, Carlos retirou o que havia pensado.

— Por que concordei em dar essa festa? — ele resmungou em voz alta, angustiado. — Eu nunca quis dar uma festa. — Passou os dedos pelos cabelos cacheados de duas cores, o que os fez ficarem espetados, bem parecidos com os da própria Cruella.

— Você quer dizer hoje à noite? — ecoou uma voz do outro lado do salão de baile em ruínas, atrás da gigantesca estátua enferrujada de um grande cavaleiro.

— Quero dizer *nunca* — suspirou Carlos. Era verdade. Ele era um homem da ciência, não da sociedade. Nem mesmo da sociedade *maligna*.

Mas ali estava ele, decorando o Hell Hall, que já tinha visto dias melhores muito antes de ele nascer. Ainda assim, a decrépita mansão vitoriana era uma das maiores da ilha, coberta de vinhas mais retorcidas que a mente da própria Cruella e cercada com o ferro mais forjado que os rompantes diários de histeria da própria Cruella.

O salão principal estava agora coberto com pedaços frouxos de papel crepom preto e branco e balões pretos e brancos parcialmente murchos, que Carlos furtara de uma pilha melancólica de caixas empoeiradas escondidas no porão de sua residência. Essas poucas caixas, carimbadas como *Indústrias De Vil*, eram tudo o que restava do antigo império da moda

De Vil — os insignificantes resquícios de uma vida melhor que há muito havia desaparecido.

Sua mãe, é claro, ficaria furiosa quando visse que Carlos havia mexido em suas caixas de novo — *Meus tesouros roubados*, ela gritaria; *meus bebês perdidos!* —, mas Carlos era pragmático e um bom fuçador de lixo.

Ele não fazia ideia de por que a mãe havia ficado obcecada por filhotes de pelo preto e branco de dálmata. Ele próprio tinha medo de filhotes de cachorro, mas ela estava preparada para ter cento e um deles, então, havia muita coisa para fuçar.

Ao longo dos anos, reaproveitou mais que algumas caixas vazias — *uma vez que cientistas precisam de estantes de livros* —, coleiras abandonadas — *já que náilon resiste aos elementos* — e brinquedos que não faziam mais barulho ao serem apertados — *já que borracha isola eletricidade* —, que tinham ficado de lado quando os planos da mãe haviam sido frustrados.

Um cientista e inventor com Curso Preparatório para o Mal como Carlos não podia se dar ao luxo de ser exigente. Ele precisava de materiais para pesquisa.

— Por que você concordou em dar essa festa? Fácil. Porque Mal te pediu — disse o segundo melhor amigo de Carlos, Harry, balançando a cabeça enquanto mexia os dedos, fita adesiva pendurada em cada um. — Talvez devesse tentar, em sua próxima invenção, construir algo que nos libertasse do controle mental dela.

Seu terceiro melhor amigo, Jace, tentou pegar um pedaço de fita, mas só conseguiu se prender a Harry.

— Tá, sei. Ninguém pode bater de frente com Mal — falou Jace. — Até parece.

Harry (Harold) e Jace (Jason) eram filhos de Horácio e Gaspar, os leais capangas de Cruella, os ladrões desajeitados que tentaram sequestrar os cento e um filhotes de dálmata para ela e falharam miseravelmente. Assim como seus pais, Harry e Jace tentavam parecer mais capazes e menos nervosos do que eram de fato.

A ILHA DOS PERDIDOS

Mas Carlos sabia muito bem da verdade.

Harry, tão baixo e gordo quanto o pai, mal conseguia alcançar a altura necessária para prender seu lado da serpentina cor de ébano. Jace, mais alto até que o próprio pai, que era alto e magricela, não tinha o mesmo problema, mas, como se viu, não conseguia se entender com o rolo de fita adesiva. Os dois não constituíam exatamente um conselho de sábios; era mais o caso de ser sábio não seguir os conselhos deles.

Carlos não os teria escolhido como amigos; a mãe os escolhera para ele, assim como fizera com todo o restante.

— Eles são tudo o que temos — Cruella havia dito. — Mesmo quando não temos mais nada, sempre teremos...

— Amigos? — Carlos tinha dado um palpite.

— Amigos?! — Cruella rira. — Quem precisa de amigos quando se tem lacaios para fazer o que você quer!

Sem dúvida, Cruella controlava Gaspar e Horácio com uma coleira de ferro, mas dificilmente se poderia dizer que Harry e Jace faziam o que Carlos mandava. Eles só pareciam ficar por perto porque seus pais os obrigavam, e só porque todos tinham medo da mãe de Carlos.

Por isso ele os considerava apenas *segundo* e *terceiro* melhores amigos. Ele não tinha um *primeiro* melhor amigo, mas conhecia o suficiente sobre o conceito de amizade, mesmo sem ter nenhuma, para saber que um melhor amigo de verdade teria de ser capaz de fazer algo mais que segui-lo por aí, tropeçando em seus pés e repetindo suas piadas que não valiam ser contadas nem na primeira vez.

De qualquer forma, era bom ter alguma ajuda para a festa, e era Harry quem assentia para ele agora com uma expressão de lamento.

— Se Mal não gostar desta festa, estamos condenados.

— Condenados — ecoou Jace.

Carlos analisou o restante da sala. Toda mobília velha e quebrada estava coberta com um pano de linho branco empoeirado. A cada poucos metros, havia buracos no reboco, revelando o compensado e o gesso por baixo.

O perfeccionismo dentro dele protestou. Ele podia fazer melhor que isso! Precisava fazer. Correu escada acima e desenterrou os candelabros de latão antigos da mãe, posicionando-os ao redor da sala. Com as luzes apagadas, as velas brilhavam e tremeluziam, como se estivessem flutuando no ar.

Em seguida, precisava resolver o balanço do lustre — um item básico em qualquer festa da ilha, ou ao menos era o que tinha ouvido falar. Ele fez Jace subir em uma escada improvisada e amarrar um balanço de corda na luminária. Harry pulou de um dos sofás cobertos de lençóis para testá-lo, fazendo uma nuvem de poeira se instalar sobre toda a sala. Carlos aprovou; parecia que uma nevasca fresca tinha sido espalhada sobre o salão.

Ele pegou o telefone de disco e ligou para seu primo Diego De Vil, que era o vocalista de uma banda local chamada Maçãs Podres.

— Querem fazer um show hoje à noite?

— Sempre! Ouvi dizer que Mal está dando uma festa de arrasar quarteirão!

A banda chegou pouco tempo depois, montando a bateria perto da janela e ensaiando suas músicas. A música era alta e rápida, e Diego, um cara comprido e magro que ostentava um moicano preto e branco, cantou em um tom desafinado. Foi maravilhoso. A trilha sonora perfeita para a noite.

Em seguida, Carlos desenterrou uma câmera instantânea antiga que encontrara no sótão. Criou uma cabine privada removendo o lençol de um sofá e prendendo-o em uma haste em um canto isolado.

— Cabine de fotos! Você tira as fotos deles — ele instruiu Jace. — E você as entrega — acrescentou para Harry.

Carlos admirou seu trabalho.

— Nada mal — declarou. — Agora, sim.

— E está prestes a ficar muito melhor — disse uma voz pouco familiar a ele.

A ILHA DOS PERDIDOS

Carlos virou-se e viu Jay entrando na sala com quatro enormes sacolas de compras cheias de todo tipo de salgadinhos de festa: queijo fedorento e uvas murchas, *deviled eggs*[1] (tão apropriados), asas de frango (pecaminosamente apimentadas) e muito mais. Jay tirou da jaqueta uma garrafa da melhor sidra picante da ilha e despejou na tigela de ponche rachada na mesa de centro.

— Espere! Pare! Não quero que as coisas saiam do controle — disse Carlos, tentando pegar a garrafa e tampá-la. — Onde arranjou todo esse açúcar?

— Ah, mas é aí que você se engana — respondeu Jay, sorrindo. — É melhor a sua festa sair do controle do que *Mal* sair do controle.

Jay afundou no sofá, apoiando as botas de combate perto da tigela de ponche. Os lacaios deram de ombros, e Carlos suspirou.

O cara tinha razão.

Quando o relógio bateu meia-noite, os convidados de Mal começaram a chegar em massa. Não havia carruagens em forma de abóbora ou criados com aparência de roedores à vista em lugar nenhum. Nada se transformou em coisa alguma, em particular no que alguém consideraria um meio de transporte legal.

Havia apenas pés, calçados em variados graus de má qualidade. Talvez porque seus pés fossem os maiores, os Gastons chegaram primeiro, como de costume. Eles nunca arriscavam uma entrada tardia, para não perder uma mesa de bufê cheia de comida que poderiam detonar por completo antes que alguém mais tivesse a chance de experimentar.

Durante o silêncio constrangedor que se seguiu aos Gastons batendo cabeça como forma de cumprimento e chocando competitivamente jarras

---

1. Ovos cozidos recheados e picantes, com toques de mostarda ou pimenta. (N. T.)

de cerveja contrabandeada, o que parecia ser a tripulação inteira de um navio pirata de Harriet Gancho entrou pela porta como se fossem os donos do pedaço.

Enquanto Carlos apoiava-se contra o papel de parede desbotado bebericando seu ponche picante, os Gastons e a turba de piratas se ocuparam em perseguir pela casa o grupo seguinte de convidados. Aconteceu de ser uma legião inteira de enteadas-netas malvadas, enfeitadas com fitas esfarrapadas e cachos desfeitos, abrindo caminho por todos os cantos em alta velocidade. "Não nos persigam!", elas imploravam, só esperando serem perseguidas. "Vocês são horríveis!", elas gritavam, horrivelmente. "Pa-a-a-a-a-a-rem", diziam, recusando-se a parar.

O primo das garotas, Anthony Tremaine, adentrou o recinto depois delas, revirando os olhos.

A banda começou a tocar uma música animada. Ginny Gothel, com seus cabelos escuros, chegou com um cesto de maçãs repletas de vermes, e teve início uma brincadeira de pegar a maçã mais cheia de vermes na banheira. Todos queriam sua vez no balanço do lustre, e o restante dos convidados estava envolvido em uma séria competição de dança ao som da banda. No fim das contas, tudo estava se encaminhando para ser uma diversão infernal.

Mais de uma hora após a festa ter começado oficialmente, houve uma batida incisiva na porta. Não era evidente o que tornava essa batida diferente de todas as outras, mas era diferente. Carlos levantou-se de um salto como um soldado chamado de repente à posição de sentido. Jay parou de dançar com o bando de enteadas-netas malvadas. Os Gastons ergueram os olhos da mesa do bufê. O pequeno Sammy Smee segurava uma maçã entre os dentes, curioso.

Carlos se acalmou e abriu a porta.

— Vá embora! — ele gritou, usando a saudação tradicional da ilha.

Mal estava parada na porta. Iluminada pela luz fraca do corredor, vestida de couro roxo reluzente da cabeça aos pés; parecia possuir não tanto uma aura, mas, sim, um brilho, como a vocalista principal de uma banda durante um show de rock muito bem iluminado, do tipo com fumaça, neon e glitter por todo lado.

Carlos quase esperava que ela começasse a cantarolar uma música com a banda. Talvez devesse ter ficado animado com o fato de uma personalidade tão célebre ter decidido vir à sua festa.

Ops, à festa *dela*.

Não haveria como desligar essa festa como um de seus aparelhos de som reconstruídos, não depois que ela começasse, especialmente não o tipo de festa que Mal parecia ter em mente.

— Oi, Carlos — ela falou de forma arrastada. — Estou atrasada?

— Nem um pouco — respondeu Carlos. — Entre.

— Animado por me ver? — Mal perguntou com um sorriso.

Ele assentiu. Só que Carlos não estava animado.

Estava *apavorado*.

Em algum lugar lá no fundo, até queria sua mãe por perto.

Capítulo 8

Apenas humanos

— Uma rodada de sangue de sapo! — declarou Mal, pulando para dentro da sala como se fosse apenas mais uma convidada. — Para todos!

E, assim, a festa recomeçou, tão rápido quanto havia parado. Foi como se o lugar inteiro soltasse um suspiro de alívio. *Mal não está brava. Mal não está nos banindo das ruas. Mal não está mudando nosso nome para Grude.*

Ainda não.

Mal podia ver o alívio no rosto deles, e não os culpava. Eles estavam certos. Considerando o jeito como estava se sentindo nos últimos tempos, com certeza era algo a se comemorar.

Então, a multidão aplaudiu, e uma rodada de sangue de sapo circulou pela sala aos borbotões, e Mal, em uma demonstração de generoso espírito esportivo, bebeu um copo viscoso com os demais.

Ela circulou pela festa, furtando uma carteira de um dos Gastons, parando para compartilhar uma risadinha maldosa com Ginny Gothel sobre o vestido que Harriet Gancho usava, curvando-se para passar por baixo de um pirata superentusiasmado que balançava no lustre, dando uma mordida no cachorro-do-diabo de outra pessoa e pegando um punhado de pipoca seca. Entrou no corredor e esbarrou em Jay, que estava sem fôlego depois de vencer a última competição de dança.

— Divertindo-se? — ele perguntou.

Ela deu de ombros.

— Cadê o Carlos?

Jay riu e apontou para um par de sapatos pretos projetando-se de trás de um lençol que cobria a maior das estantes de livros.

— Escondendo-se em sua própria festa. Típico.

Mal sabia como Carlos se sentia, embora ela nunca fosse admitir. Para falar a verdade, preferiria estar em quase qualquer outro lugar da ilha a estar naquela festa. Como sua mãe, ela odiava as imagens e os sons de uma celebração. A diversão a deixava desconfortável. Risadas? Davam-lhe urticária. Mas uma vingança era uma vingança, e ela tinha planejado para a noite mais do que apenas jogar Verdade sobre Segredinho Sujo ou Consequência de Desafiar a Morte.

— Vamos lá — disse Jay. — Eles estão brincando de prender o rabo no lacaio ali, e Jace está com, tipo, dez rabos. Vamos ver se conseguimos fazer uma dúzia.

— Talvez em um minuto. Onde está a Princesa Mirtilo? — Mal perguntou. — Rodei a festa inteira e não a vi em lugar nenhum.

— Está falando de Evie? Ela ainda não chegou. Ninguém parece saber se virá ou não. — Jay deu de ombros. — Mimadinha de castelo.

— Ela tem que vir. Ela é o objetivo disso tudo. A única razão pela qual estou dando esta festa idiota.

Mal odiava quando seus planos malignos não saíam exatamente como o planejado. Esse era o primeiro passo da *Operação Derrube Evie, Senão...* e *tinha* que funcionar. Suspirou, olhando para a porta. Fingir estar se divertindo em uma festa quando você odeia festas é a coisa mais cansativa do mundo.

Mal tinha que concordar com sua mãe nesse ponto.

— O que vocês dois estão fazendo? — perguntou Anthony Tremaine, o neto de dezesseis anos de Lady Tremaine, um garoto alto e elegante com cabelos escuros penteados de modo a deixar à mostra a testa altiva. Suas roupas eram tão gastas e esfarrapadas quanto as de todos os outros na ilha, mas, de alguma forma, ele sempre parecia estar usando alfaiataria personalizada. Seu casaco de couro escuro era cortado com perfeição, o jeans manchado na medida certa. Talvez porque Anthony tinha sangue nobre e provavelmente teria vivido em Auradon, não fosse por sua avó ser, bem, má e banida. No passado, ele tentara fazer todos na ilha o chamarem de Lorde Tremaine, mas os jovens vilões riram na cara dele.

— Só conversando — falou Mal.

— Conspiração maligna — disse Jay.

Eles se entreolharam.

Algo no rosto bonito de Anthony trouxe à mente de Mal outro garoto bonito, o príncipe de seu sonho. Ele dissera que era amigo dela. Seu sorriso era gentil e sua voz, calorosa. Mal estremeceu.

— Você quer alguma coisa? — Mal perguntou a Anthony com frieza.

— Sim. Dançar. — Anthony olhou para ela em expectativa.

Ela o encarou, confusa.

— Espere... *comigo*? — Ninguém nunca a havia convidado antes. Mas também ela nunca tinha ido a uma festa.

— Bem, não estava convidando *ele* — disse Anthony, olhando sem jeito para Jay. — Sem ofensa, cara.

— Tranquilo. — Jay sorriu amplamente, sabendo quão desconfortável Mal ficava com esse tipo de coisa. Achou hilário. — Vocês dois, jovens, vão lá se divertir. Anthony, escolha uma música lenta — sugeriu, enquanto deslizava para longe. — Tenho uma enteada-neta me esperando.

Mal podia sentir suas bochechas ficando rosadas, o que era constrangedor, porque ela não tinha medo de nada, muito menos de dançar com o arrogante Anthony Tremaine.

Então, por que estou corando?, pensou.

— Na verdade, eu não danço muito — ela comentou, sem jeito.

— Eu posso te mostrar — ele ofereceu com um sorriso suave.

Mal se irritou.

— Quero dizer, não danço com ninguém. Nunca.

— Por que não?

Pois é, por que não?

Mal pensou sobre isso. Sua mente voltou para o início daquela noite. Ela estava se preparando para a festa, tentando escolher entre jeans furados em tons violeta ou jeans de patchwork lilás, quando sua mãe fez uma rara aparição na porta do quarto.

— Aonde nesta ilha odiosa você poderia estar indo? — Malévola questionou.

— A uma festa — Mal contou.

Malévola soltou um suspiro exasperado.

— Mal, o que eu lhe falei sobre festas?

— Eu não vou me *divertir*, mãe. Vou para poder *atormentar* alguém.

Ela quase quis compartilhar a *Operação Trama contra Evie* naquele momento, mas pensou melhor. Contaria à mãe quando a concluísse com sucesso, para não decepcioná-la mais uma vez. Malévola nunca deixava de lembrar que às vezes simplesmente não parecia que Mal era má o suficiente para ser sua filha. *Quando eu tinha a sua idade, já estava amaldiçoando reinos inteiros* era uma frase familiar que Mal crescera ouvindo.

— Então está indo para atormentar alguém? — a mãe murmurou.

— *Destruir*, melhor dizendo! — entusiasmou-se Mal.

Um sorriso lento se formou nos lábios finos e vermelhos de Malévola. Ela atravessou o quarto e parou diante de Mal, estendendo a mão para deslizar uma unha comprida ao longo da bochecha da filha.

— Essa é minha garotinha desagradável — ela disse. Mal podia jurar que vira um brilho de orgulho cintilar nos olhos frios e verde-esmeralda de sua mãe.

Mal retornou à realidade quando a banda finalizou uma música punk rock com uma frenética virada de bateria, massacrando tambores e pratos. Anthony Tremaine ainda estava olhando para ela.

— Então, por que é mesmo que você não dança?

Porque eu não tenho tempo para dançar quando tenho planos malignos para tramar, teve vontade de dizer. Um plano que enfim deixará minha mãe orgulhosa de mim.

Ela torceu o nariz.

— Não preciso de um motivo.

— Não precisa. Mas isso não significa que não tenha um.

Ele a pegou de surpresa, porque estava certo.

Porque ela tinha um motivo, um motivo muito bom para ficar longe de qualquer tipo de atividade que pudesse sugerir ou levar a um romance. Seu pai desaparecido, também conhecido como Aquele Que Não Deve Ser Nomeado na Presença de Malévola.

Então, Anthony a pegara nessa. Mal precisava tirar o chapéu para ele, mas, em vez disso, fulminou-o com os olhos. Depois, fulminou-o mais uma vez, só por garantia.

— Talvez eu só goste de ficar sozinha.

Porque talvez eu esteja tão cansada da minha mãe me encarando como se eu fosse fraca, só porque sou resultado de seu próprio momento de fraqueza.

Porque talvez eu precise mostrar a ela que sou forte o suficiente e má o suficiente para lhe provar que não sou como meu pai humano e fraco. Que eu posso ser como ela.

Talvez eu não queira dançar porque não quero que haja nada de humano em mim.

— Não pode ser isso — Anthony rebateu, tirando fiapos de sua jaqueta. Sua voz era surpreendentemente grave e agradável, o que mais uma vez trouxe à cabeça de Mal o belo príncipe no lago encantado. Só que Anthony não era tão bonito quanto o garoto em seu sonho; não que achasse aquele garoto bonito (*veja bem!*), não que pensasse *nem por um segundo* nele. — Ninguém gosta de ficar sozinho.

— Bem, eu gosto — ela insistiu. Era verdade.

— Além do mais, todo mundo quer dançar com um lorde — ele declarou, todo presunçoso.

— Não, eu não!

— Beleza, faça como quiser — Anthony resmungou, recuando por fim, a cabeça erguida. No segundo seguinte, já havia convidado Harriet Gancho para dançar, e ela aceitara soltando um gritinho animado.

Mal suspirou. *Ufa.* Garotos. Sonhos. Príncipes. Era coisa demais para um dia.

— Mal. Mal. Terra para Mal? — Jay acenou com a mão na frente do rosto dela. — Você está bem?

Mal assentiu, mas não respondeu. Por um momento, perdera-se de novo na lembrança daquele sonho detestável. Só que, desta vez, não parecia tanto um sonho, mas uma... premonição? Que um dia ela poderia dar por si em Auradon? Como isso seria possível?

Jay franziu a testa, segurando um copo de sidra.

— Tome. É como se tivesse saído do ar ou algo assim.

Mal percebeu que não tinha se movido do hall de entrada. Estava parada ali, congelada no lugar como uma tonta, desde que Anthony saíra do seu lado. Isso fora há três músicas, e os Maçãs Podres estavam tocando seu hit atual, "Jamais me ligue".

Ela se animou, não por causa da sidra ou da música-chiclete, mas porque, com o canto do olho, avistou Evie pelas janelas que subiam do chão ao teto do saguão. Estava descendo a rua em um riquixá novinho em folha, sua linda trança em v brilhando ao luar. *Ela se acha tão especial. Bem, vou mostrar a ela*, pensou Mal. Seus olhos passaram pela sala e pousaram em uma porta de aparência familiar.

Era a porta que levava ao armário de armazenamento de Cruella De Vil. Mal só sabia que estava lá porque ela e Carlos a haviam encontrado por acidente uma vez quando trabalhavam em uma esquete sobre árvores genealógicas malignas no sexto ano, e Mal estava entediada e decidiu dar uma volta pelo Hell Hall. O armário de Cruella não era para os fracos de coração.

Mal nunca esquecera aquele dia. Era o tipo de armário que levaria a melhor sobre qualquer um, principalmente uma princesa que estava subindo os degraus até a porta da frente e apareceria a qualquer momento.

— Jay — ela disse, gesticulando para a porta da frente —, me avise quando Evie chegar.

— Hã? O quê? Por quê?

— Você verá — ela respondeu.

— Tudo parte da trama maligna, hein? — ele disse, feliz em fazer o que ela pedia. Jay sempre estava pronto para uma boa pegadinha.

Mas Carlos ficou lívido quando viu para onde Mal estava indo.

— Não... — ele gritou, afastando o lençol e quase tropeçando no tecido na tentativa de chegar à porta antes que Mal pudesse abri-la por completo.

Bateu-a com força, fechando-a bem a tempo, mas Mal cruzou os braços. Não iria abrir mão disso; era perfeito demais. Olhou mais uma vez pela janela. A Princesa Superelegantemente Atrasada estava na porta da frente agora.

Mal levantou a voz.

— Novo jogo! Sete Minutos no Paraíso! E não se joga Sete Minutos de verdade se não o jogar em um armário De Vil.

As palavras nem bem saíram da boca de Mal quando a maioria das enteadas-netas malvadas quase a pisotearam para chegar à porta. Elas adoravam jogar Sete Minutos e estavam se perguntando com entusiasmo com quem acabariam lá dentro. Algumas delas franziram os lábios e passaram pó no nariz enquanto batiam os cílios sedutoramente para Jay, que estava parado na porta da frente como uma sentinela.

— Quem quer ir primeiro? — perguntou Mal.

— Eu! Eu! Eu! — uivaram as enteadas-netas.

— Ela aqui quer — Jay gritou, segurando uma capa azul muito reconhecível.

— Eu quero, é? Quero o quê? — perguntou a dona da capa.

Mal sorriu.

Evie tinha chegado.

— Evie, querida! Que bom que conseguiu vir! — Mal declarou, jogando os braços teatralmente ao redor da garota e dando-lhe um gigante e falso abraço. — Estamos jogando Sete Minutos no Paraíso! Quer jogar?

— Hum, não sei... — hesitou Evie, olhando para a festa, nervosa.

— Vai ser superbacana — garantiu Mal. — Vamos lá, você quer ser minha amiga, não quer?

Evie olhou para Mal.

— Você quer que *eu* seja sua amiga?

— Claro... por que não iria querer? — Mal a conduziu até a porta do armário e a abriu.

— Mas um garoto não tinha que entrar aqui comigo? — Evie questionou, enquanto Mal a empurrava para dentro do depósito. Para alguém que havia recebido sua educação num castelo, Evie com certeza estava bem por dentro de jogos de beijo.

— Eu falei Sete Minutos no Paraíso? Não, você está jogando *Sete Minutos no Inferno*! — Mal gargalhou; não pôde evitar. Aquilo seria muito divertido.

A multidão ao redor do corredor se dispersou, amedrontada, depois que ficou claro que Mal não tinha interesse em ter outras pessoas se juntando ao jogo ou a Evie, trancada dentro do armário. Mas Carlos permaneceu de pé, seu rosto tão descolorido quanto as pontas de seus cabelos.

— Mal, o que está fazendo?

— Pregando uma peça vil... O que *parece* que estou fazendo?

— Não pode deixá-la aí dentro! Lembra o que aconteceu com a gente? — ele perguntou, apontando com raiva para sua perna, que tinha duas cicatrizes brancas distintas na panturrilha.

— Eu lembro! — Mal respondeu com alegria.

Ela se perguntou por que Carlos estava tão preocupado com Evie. Parecia até que tinham sido ensinados a se importar com outras pessoas, mas Carlos logo deixou claro que não estava sendo altruísta.

— Se ela não for capaz de sair sozinha, vou ter que limpar a bagunça, e minha mãe vai surtar! Você não pode deixá-la aí! — ele sussurrou com ferocidade, a ansiedade perante a punição de Cruella estampada em seu rosto.

— Tudo bem, vá buscá-la — falou Mal com um sorriso malicioso no rosto, sabendo muito bem que ele não faria isso.

Carlos tremeu nos mocassins gastos. Mal sabia que não havia nada que ele quisesse fazer menos do que voltar para lá de novo. Ele se lembrava muito bem do que acontecera a ele e Mal no sexto ano.

Houve um grito atrás da porta.

Mal fez como se limpasse as mãos.

— Quer ela fora de lá? Tire-a!

Seu trabalho estava feito. O plano maligno havia funcionado. Aquilo seria realmente um arraso.

Capítulo 9

Arranca-rabo

A primeira coisa que Evie pensou quando a porta se fechou sem cerimônia e com um estrondo atrás dela foi que tinha usado seu vestido mais bonito por nada. Estivera ansiosa pela festa o dia todo, correra para casa para examinar cada roupa em seu armário, segurando diante de si vestido após vestido para ver qual tom de azul lhe caía melhor. Azul-celeste? Pervinca? Turquesa? Ela se decidiu por um minivestido de renda azul meia-noite e botas de salto alto combinando. Chegara extremamente atrasada para a festa, pois sua mãe insistira em lhe fazer uma maquiagem de três horas.

Não que isso importasse, porque agora ela estava trancada em um armário sozinha. Não estava apenas imaginando coisas — Mal de fato *queria* pregar uma peça nela, possivelmente por não ter sido convidada para a festa de aniversário de Evie quando elas tinham seis anos. Ora, como se a culpa fosse dela! Evie era apenas uma criança. Foi sua mãe que não quis Mal na festa por algum motivo. Mal não podia ficar brava com ela, podia? Evie suspirou. Claro que podia. Evie ainda se lembrava da mágoa e da raiva no rosto de Mal aos seis anos, olhando para baixo da sacada, e supôs que talvez se sentiria da mesma forma — não que pudesse ver do ponto de vista de Mal ou algo assim. *Não existe* eu *na empatia*, como Mamãe Gothel gostava de dizer.

No fim, a Rainha Má provavelmente deveria ter deixado de lado seu rancor contra Malévola e convidado a filha dela para a celebração. Com certeza não fora nada divertido ficar confinada em seu castelo por dez anos. Evie nem sabia por que a mãe decidira que agora já era seguro para ela dar as caras; mas, até então, exceto por Evie estar trancada neste armário no momento, nada de muito ruim havia acontecido. Por enquanto.

Além disso, a escuridão do armário não a incomodava. Evie era bem filha de sua mãe, afinal, e estava acostumada aos horrores da noite — a coisas escuras e escondidas com olhos amarelos brilhando nas sombras, a velas pingando sobre castiçais de caveira, ao clarão dos relâmpagos e à fúria dos trovões enquanto cortavam o céu. Ela não estava assustada. Não estava nem um pouco assustada.

Exceto que...

Exceto que... seu pé acabara de bater em algo duro e frio... e o silêncio do armário foi quebrado pelo estalo alto e ecoante de aço se chocando contra aço.

Ela gritou. *O que foi isso?!* Quando seus olhos se ajustaram à luz fraca, viu armadilhas de mandíbula espalhadas por todo o chão, aguardando o próximo animal desavisado. Eram tantas, que um passo em falso poderia estraçalhar sua perna em duas. Virou-se para a porta e tentou abri-la, mas não adiantou; estava trancada lá dentro.

— Socorro! Socorro! Deixem-me sair! — ela gritou.

Mas não houve resposta, e a banda tocava tão alto que Evie sabia que ninguém a ouviria ou se importaria.

A ILHA DOS PERDIDOS

Era difícil enxergar, por isso Evie tateava seu caminho com cautela na escuridão, deslizando o pé esquerdo no chão primeiro. Quantas delas havia? Dez? Vinte? Cem? E qual o tamanho daquele cômodo, afinal?

Seu pé entrou em contato com algo frio e pesado, então ela recuou. Como sairia deste lugar sem perder um de seus membros? Havia outra porta do outro lado, talvez? Apertou os olhos. Sim, era outra porta; havia uma saída.

Ela se encaminhou devagar para o outro lado, as tábuas do assoalho rangendo ameaçadoramente sob os pés.

Evie moveu-se para a direita, esperando evitar a armadilha e procurando contorná-la, mas seu pé atingiu outra, e ela pulou para trás quando essa também foi ativada, provocando um estrondo, saltando no ar e quase roçando seu joelho. Seu coração trovejou no peito enquanto ela deslizava ao redor da armadilha seguinte, tomando cuidado para não atingir o metal, com medo de que ele pudesse se fechar em volta de seu tornozelo. Contanto que não acertasse o centro da armadilha, ficaria bem.

Ela conseguiria. Tudo o que precisava fazer era se movimentar devagar, com cuidado. Contornou outra. Estava ficando cada vez melhor nisso; encontraria o caminho para o fundo da sala e possivelmente até a outra porta. Venceu uma e depois outra, movendo-se mais rápido, deslizando um pé na frente do outro, encontrando e evitando as armadilhas. Mais rápido. Um pouco mais rápido. A porta devia estar perto, então...

Evie atingiu uma armadilha que, de repente, foi acionada com um violento estalo. Ela pulou para longe e, quando a armadilha caiu no chão, atingiu outra, que saltou e atingiu a próxima, todas em sucessão — e, desta vez, concluiu que não poderia se mover devagar e que precisava *correr*.

O coro de mandíbulas de metal estalando ecoou pela escuridão, lâminas de aço contra lâminas de aço, enquanto ela corria gritando em direção à porta dos fundos. As armadilhas se fecharam, *plá-plá-plá*, uma após a outra, uma delas a um milímetro de sua meia, enquanto outra quase

• *83* •

abocanhou seu calcanhar no momento em que ela girava a maçaneta da porta, saía do recinto e fechava a porta atrás de si.

Mas, quando pensou que estava em segurança, percebeu que havia mergulhado direto em uma presença escura e felpuda.

Seria um urso? Um monstro horrível e peludo? Teria ela saído da frigideira só para depois pular no fogo? Evie se contorceu e se virou, mas só conseguiu se emaranhar mais profundamente em pelo — denso, grosso e lanoso — *com duas cavas?*

Não se tratava de um urso... Que monstro, que nada. Ela estava presa em um casaco de pele! Evie tentou sacudi-lo, tirá-lo dos ombros, mas estava bem no meio de dezenas de casacos, todos eles só pretos ou só brancos ou preto *e* branco, feitos das peles mais grossas e extravagantes. Havia jaguatirica malhada e vison tingido, zibelina sedosa e gambá lustroso, todos eles embalados como sardinhas, volumosos, macios, espessos. Este era o armário de peles de Cruella De Vil, sua espantosa coleção, sua obsessão, sua maior fraqueza.

E aquelas armadilhas de mandíbula que tinham ficado para trás eram o sistema de segurança dela, só para o caso de alguém chegar muito perto de suas coisas.

Evie enfim conseguiu se desembaraçar e empurrar a parede de pele para o lado, bem quando uma mão agarrou seu punho e a puxou para o outro lado.

— Você está bem? — Era Carlos.

Evie respirou fundo.

— Sim. Acho que sim. Ganhei o jogo? — ela perguntou secamente.

Carlos riu.

— Mal vai ficar irritada por você ter sobrevivido.

— Onde estamos? — Evie olhou ao redor. Havia um colchão torto no chão ao lado de uma tábua de passar roupa e uma pia, junto com uma penteadeira que continha dezenas de perucas brancas e pretas. Quando Carlos pareceu envergonhado, ela percebeu que aquele era o quarto dele.

O armário de peles de Cruella dava para um closet, onde seu filho dormia. — Ah.

Carlos deu de ombros.

— É meu lar.

Mesmo que sua mãe a irritasse às vezes, pelo menos a Rainha Má era obcecada pela boa aparência de Evie e, ainda que não estivesse preocupada com que talvez a filha não fosse a mais bela de todas, tratava-a como a princesa que era. O quarto de Evie podia ser escuro e mofado, mas ela tinha uma cama de verdade, não uma improvisada, com um cobertor grosso e travesseiros relativamente macios.

— Não é tão ruim aqui, sério! — Evie afirmou. — Tenho certeza de que é aconchegante e, olha só... você nunca vai pegar um resfriado. Pode usar um dos casacos de pele dela como cobertor, né? — A temperatura do quarto era glacial: assim como sua própria casa, o Hell Hall não era preparado para o inverno.

Carlos balançou a cabeça.

— Eu não tenho permissão para tocá-los — revelou ele, tentando colocar as peles em ordem. Elas eram tão pesadas, e eram tantas. — Vou ajeitá-las mais tarde. Ela só volta no domingo.

Evie assentiu.

— Isso é tudo culpa da minha mãe. Se ela não tivesse tentado desafiar a liderança de Malévola quando chegaram à ilha, nada disso teria acontecido.

— Sua mãe *desafiou* mesmo Malévola? — Carlos arregalou os olhos. Isso era algo inédito.

— Bem, ela é uma rainha, afinal — Evie pontuou. — É, ela estava brava porque todos na ilha decidiram seguir Malévola em vez dela. — Ela andou até a penteadeira e começou a retocar a maquiagem, passando pó no nariz com delicadeza e aplicando gloss rosa nos lábios carnudos e rosados. — E agora estamos nessa.

— Mal vai superar isso — ele falou, esperançoso.

— Está brincando? Rancor é um saco sem fundo. Ela nunca vai me perdoar. Você não ouviu na aula de Ego? Pensei que você fosse mais inteligente. — Evie sorriu ironicamente. — Bem, eu deveria encarar isso, voltar para o nosso castelo e nunca mais sair de lá.

— Mas não vai fazer isso, certo?

— Não, acho que não. — Evie guardou seu pó compacto. — Ei — ela disse suavemente —, tenho um edredom velho que nunca uso... Quer dizer, se ficar com frio e não puder... Ah, deixa pra lá. — Ela nunca tivera irmãos, então, não tinha ideia de como seria ter um mais novo. Mas, se a Rainha Má tivesse parado de se olhar no espelho tempo suficiente para ter outro filho, Evie ponderou que seria tolerável ter um irmãozinho como Carlos. Ele pareceu não saber o que dizer, e Evie apressou-se em acrescentar: — Esqueça que eu disse alguma coisa.

— Não, não, traga-o. Quer dizer, ninguém nunca se importou se estou aquecido ou não — ele confessou, ficando vermelho enquanto sua voz sumia. — Não que *você* se importe, é claro.

— Pode apostar que eu não me importo! — concordou Evie. Importar-se era *definitivamente* contra as regras da Dragon Hall e poderia transformar qualquer aluno em motivo de chacota. — Nós íamos jogar fora.

— Excelente, considere minha casa sua lixeira.

— Hã... tá.

— Você sabe se teria também um travesseiro que vocês iriam jogar fora? Eu nunca tive um travesseiro. — Carlos ficou novamente vermelho de vergonha. — Quer dizer, eu tive *toneladas* de travesseiros, é claro. Tantos, que temos que continuar jogando fora. Ganho tantos travesseiros. Quer dizer, quem nunca teve um travesseiro na vida? Isso é absurdo.

— É, acho que íamos jogar um travesseiro fora — Evie respondeu, ficando tão vermelha quanto Carlos, com uma sensação quente e radiante tomando conta de seu peito. Ela mudou de assunto. — Ainda trabalhando naquela sua máquina?

— Sim. Quer ver? — ele perguntou.

— Sim, claro — disse Evie, seguindo Carlos para fora do quarto em direção aos fundos da casa, para longe da festa. Carlos saiu, segurando a porta aberta para Evie. — Aonde estamos indo?

— Para o meu laboratório — Carlos respondeu, pegando uma caixa de fósforos e acendendo uma vela para guiar o caminho até o quintal cheio de ervas daninhas.

— Seu o quê?

— Meu Laboratório de Ciências. Não se preocupe, eu não, tipo, sacrifico sapos ou algo assim.

Evie soltou uma risada hesitante.

Eles se aproximaram de uma árvore enorme e retorcida com uma escada de corda. Carlos começou a subir.

— Preciso guardar tudo na minha casa na árvore. Tenho medo de que minha mãe tenha a genial ideia de transformar minhas substâncias químicas em maquiagem e produtos para o cabelo.

Evie subiu a escada atrás dele. A casa na árvore era mais bem construída que qualquer outra que ela já tinha visto, com torres em miniatura e uma pequena sacada que dava para a floresta escura logo abaixo. Lá dentro, Evie girou, boquiaberta. As paredes estavam cobertas de prateleiras com recipientes de vidro, frascos e potes contendo vários líquidos de cores fluorescentes. No canto, havia uma pequena televisão velha com cerca de quinze antenas diferentes afixadas.

— O que é tudo isso? — Evie quis saber, pegando um pote que continha algo branco, com aparência de neve.

— Ah, isso é do Laboratório de Química. É poliacrilato de sódio... Eu estava tentando ver se conseguia usar como esponja quando misturado com água — explicou Carlos. — Mas olhe aqui, é isso que eu queria mostrar a você. — Ele pegou a engenhoca cheia de fios em que estava trabalhando na aula. — Acho que consegui fazer a bateria funcionar.

Carlos manuseou alguns botões e acionou alguns interruptores. Ela ganhou vida e morreu, e seu rosto desabou de desânimo. Ele tentou

• 87 •

novamente. Desta vez, a coisa emitiu um guincho agudo antes de parar de funcionar.

Ele olhou para Evie com timidez.

— Desculpe, pensei que tivesse conseguido.

Evie espiou a caixa preta.

— Quem sabe tentando conectar esse fio àquele? — ela sugeriu.

Carlos olhou para os fios.

— Você está certa, eles estão no lugar errado. — Ele trocou os fios e apertou o interruptor.

Uma poderosa explosão elétrica disparou da caixa, fazendo Carlos e Evie serem arremessados de volta contra a parede e caírem no chão. O feixe de luz explodiu em direção ao teto de compensado, abrindo um buraco no telhado da casa na árvore e subindo para o céu.

— Malévola! — Carlos praguejou.

— Oh, meus goblins! — Evie gritou. — O que aconteceu?

Ambos saíram correndo para a sacada da casa na árvore e olharam para cima, onde a luz se elevava, riscando o céu, subindo, subindo, subindo através das nuvens, até o domo!

A luz atravessou a barreira com tanta facilidade quanto havia feito um buraco no telhado da casa na árvore.

Um relâmpago brilhou, e a própria terra tremeu com um estrondo supersônico. Por um segundo, eles puderam ver através do domo, diretamente, o céu noturno. A caixa preta começou a emitir um estranho bipe.

Carlos e Evie voltaram correndo para dentro, e ele pegou a caixa, que fazia um som que nenhum deles tinha ouvido antes.

E, por um breve momento, havia algo na televisão da sala, que ligara de repente.

— Veja! — Evie gritou.

A tela estava piscando com tantas cenas diferentes que era estonteante. Por um instante, eles viram um cachorro falante — Carlos soltou um grito diante daquela visão; então, mudou para gêmeas que não eram nada parecidas — uma era um tanto moleca e atlética, e a outra, meio diva, e ambas eram um pouco parecidas com Mal, exceto pelos cabelos amarelos; em seguida, mudou de novo para dois adolescentes que pareciam estar administrando um hospital para super-heróis.

— Olhe para todos esses programas de televisão diferentes! — disse Carlos. — Eu sabia! Eu sabia! Eu sabia que tinha que haver outros tipos!

Evie riu. Então, a tela piscou e escureceu de novo, e a caixa nas mãos de Carlos sucumbiu.

— O que aconteceu?

— Não sei. Funcionou, não é verdade? Penetrou a cúpula por um segundo, não foi? — ele perguntou, aproximando-se da caixa com medo e tocando-a com a ponta de um dedo. Estava quente ao toque, e ele recolheu a mão com rapidez.

— Deve ter funcionado — falou Evie. — Essa é a única explicação.

— Prometa que não vai contar a ninguém o que aconteceu, especialmente sobre a cúpula. Podemos ter problemas de verdade, sabia?

— Eu prometo — disse Evie, cruzando os dedos atrás das costas.

— Ótimo. Quer voltar para a festa?

— Temos que voltar? — ela perguntou, não querendo se ver presa em outro armário.

— Tem razão. E aquele programa de que você gosta na Auradon News Network, aquele que apresenta o Príncipe da Semana, vai passar em cinco minutos.

— Excelente!

Sem o conhecimento dos dois jovens vilões, longe dali, no coração da fortaleza proibida, escondido por uma névoa cinzenta do outro lado da ilha, um longo cetro negro com uma joia na ponta retornou à vida, seu brilho verde evidenciando seu poder novamente. A arma mais poderosa das trevas fora despertada por um momento.

Ao lado do cajado oculto, uma estátua de pedra de um corvo passou a vibrar, e, quando o pássaro começou a balançar suas asas, a pedra se desfez em pó, e em seu lugar estava um demônio de olhos pretos, o braço direito daquela fada má, o único e verdadeiro Diablo, o melhor e primeiro amigo de Malévola.

Diablo sacudiu suas penas e deu um grito gutural e triunfante. O mal voltaria a voar.

Vida longa ao mal...

Capítulo 10

Conselho dos ajudantes

Ben mexeu, nervoso, no anel de cabeça de fera em seu dedo, enquanto aguardava os membros do Conselho entrarem e se sentarem ao redor da mesa de conferência do rei mais tarde naquela manhã. A recomendação do pai ecoou em seus ouvidos. *Tenha pulso firme. Mostre a eles quem é o rei.*

Ele flexionou os próprios dedos, pensando no punho do pai. Seu pai não falava de maneira literal, mas Ben estava preocupado mesmo assim. Imaginou que precisaria improvisar.

— Está pronto, senhor? — Lumière perguntou.

Ben respirou fundo e tentou soar o mais sério possível.

— Sim, deixe-os entrar. Obrigado.

Lumière fez uma reverência. Embora já tivesse passado muito tempo desde que ele fora amaldiçoado e transformado em um candelabro, havia algo nele que ainda se assemelhava a um, e, por um momento, Ben pôde facilmente imaginar duas pequenas chamas tremeluzindo em suas palmas estendidas.

Lumière sabe quem ele é e está feliz sendo Lumière. Será que é mesmo muito mais complicado ser um rei do que um candelabro?

O pensamento foi, por um momento, reconfortante para Ben. Mas, então, o Conselho entrou na sala, e ele descobriu que não havia nada de reconfortante na visão repentina dos conselheiros reais.

Na verdade, eles são bem assustadores, Ben pensou.

Ele não sabia a razão. Eles conversavam de modo amigável, discutindo as pontuações do Torneio da noite anterior e qual Liga do Torneio de Fantasia estava ganhando. Os assentos foram ocupados, fofocas foram compartilhadas, taças de sidra picante foram servidas, assim como um ou outro prato de biscoitos açucarados da cozinha do castelo.

Representando os ajudantes estavam, como não poderia deixar de ser, os sete anões, ainda usando suas roupas de mineração e gorros cônicos. Sentados ao lado dos anões (ou melhor, sentados ao longo da beirada de um livro de *Regras e Regulamentos Cívicos de Auradon* que repousava na mesa perto deles, porque eram pequenos demais para tomarem um assento, como os demais), estavam os mesmos ratos que ajudaram Cinderela a conquistar seu príncipe — o astuto Jaq, o rechonchudo Gus e a doce Mary. A parte roedora do Conselho Consultivo tendia a falar em tons baixos e estridentes, que poderiam ser de difícil compreensão para Ben, não fosse o comunicador em seu ouvido, que traduzia tudo o que os animais diziam na reunião.

Todos na mesa usavam um dos engenhosos aparelhos auriculares, uma das poucas invenções mágicas permitidas no reino. Os guinchos dos ratos, os latidos dos dálmatas e o borbulhar de Linguado eram todos traduzidos para que pudessem ser compreendidos.

Além dos ratos, algumas das irmãs de Ariel (Ben nunca conseguia lembrar qual era qual, sobretudo porque todos os nomes começavam com *a*) e Linguado chapinhavam na própria banheira de cobre, empurrados por um Horloge muito contrariado, que fazia uma careta ao menor transbordamento de água.

— Cuidado com os respingos, por favor! Acabei de limpar este chão. Vocês sabem que isto não é um resort de praia, não sabem? Exatamente. É uma reunião do *Conselho*. Um Conselho *rrrrreal* — o antigo relógio declarou audivelmente, emitindo seus erres com grande alarde. Andrina (ou seria Adella?) apenas riu e o cutucou com suas grandes barbatanas molhadas.

Completando o outro lado da mesa, estavam as três boas fadas, Flora, Fauna e Primavera, parecendo alegres, com suas bochechas rosadas, chapéus e capas nas cores verde, vermelho e azul, sentadas ao lado do célebre e azulado Gênio de Agrabah. Estavam comparando anotações de férias. As fadas eram adeptas dos prados da floresta, enquanto o gênio preferia os vastos desertos.

— Acho que deveríamos começar — Ben arriscou, limpando a garganta.

Ninguém pareceu ouvi-lo. Os ratos se acabavam de rir, caindo de costas e rolando pelo livro de leis auradoniano. Até Pongo e Prenda, do contingente de dálmatas De Vil que fora libertado, juntaram-se à risada com um leve latido de animação. No geral, era um grupo afável, ou assim parecia. Ben começou a relaxar.

E por que não deveria? Ao contrário dos infames vilões presos na Ilha dos Perdidos, os bons cidadãos de Auradon passavam a impressão de que os últimos vinte anos não os tinham envelhecido nadinha. Ben precisava admitir: cada um dos conselheiros reais parecia exatamente como nas fotos que ele havia estudado sobre a fundação de Auradon. Os ratos ainda eram pequenos e fofos, e os dálmatas, elegantes e bonitos; as sereias — quaisquer que fossem seus nomes — permaneciam tão exuberantes quanto nenúfares, e as boas fadas tinham saúde para dar e vender. Até o famigerado Gênio de Agrabah havia atenuado sua performance hipermaníaca de sempre. Dunga continuava o mesmo, mudo e cativante, e, embora Mestre pudesse ter ganhado alguns fios brancos na barba, Zangado parecia quase alegre.

Não fosse por uma coisa...

— O quê? Sem bolinhos de creme? — Zangado pegou um biscoito açucarado, olhando para o prato.

— É uma reunião, não uma celebração — Mestre o lembrou, bufando.

— Bem, agora tenho certeza de que não é uma celebração — resmungou Zangado, examinando um dos biscoitos. — Não tem nem uma groselha ou lascas de chocolate? Qual é a questão? Vamos discutir problemas de orçamento hoje?

— Como eu estava dizendo — Ben interrompeu, afastando o prato de biscoitos de Zangado —, sejam todos muito bem-vindos. Eu declaro esta reunião do Conselho do Rei oficialmente aberta. Vamos começar?

Cabeças concordaram ao redor da mesa.

Ben olhou para os cartões que havia escondido sob sua mão direita. Torcia para que estivesse conduzindo corretamente a sessão.

Ele tossiu.

— Excelente. Então...?

— Não precisamos esperar pelo seu pai, garoto? — questionou o Gênio, colocando os pés em cima da mesa. Agora que a magia era desencorajada em Auradon, o Gênio havia assumido sua forma física e não era mais uma nuvem flutuante.

— Sim. Onde está o Rei Fera? — Linguado quis saber, desconfiado.

— Seu pai não vai se juntar a nós hoje, Ben? — Prenda perguntou em um tom gentil.

Um rubor tomou o rosto de Ben.

— Não, desculpem. Meu pai... quero dizer, o Rei Fera... hã, me pediu que conduzisse a reunião esta manhã.

Todos o encararam. Os ratos se sentaram direito. Zangado deixou o biscoito cair.

— Muito bem. — Ben limpou a garganta e tentou transmitir uma autoconfiança que não sentia. — Vamos aos negócios. — Estava enrolando.

Ele olhou para a pilha de papéis diante de si. Petições, cartas, requerimentos e moções de ajudantes de toda parte do reino...

Mostre a eles quem é o rei. Foi o que meu pai disse.

Ele tentou mais uma vez.

— No meu papel como futuro rei de Auradon, estudei suas petições e, embora aprecie as sugestões, receio que...

— Nossas petições? Está falando do Ato dos Ajudantes? — Zangado parecia irritado.

— Hã... sim, temo que não possamos recomendar a concessão dessas petições como...

— "Nós" quem? — indagou Mary.

Dunga parecia confuso.

— *Eu*, eu acho? O que quero dizer é que acolhi as sugestões de mudança, mas não parece que elas possam ser aprovadas como...

Uma das sereias inclinou a cabeça.

— Não podem ser aprovadas? Por que não?

Ben ficou nervoso.

— Bem, porque eu...

Mestre balançou a cabeça.

— Com licença, filho, mas você já pôs os pés fora deste castelo? O que sabe sobre todo o reino? Por exemplo, nossos primos goblins na Ilha dos Perdidos gostariam de perdão... eles estão exilados já há muito tempo.

Ao redor da mesa, os conselheiros começaram a murmurar em voz baixa. Ben sabia que a reunião estava indo por água abaixo e começou a rever suas opções em desespero. Não havia nada em seus cartões sobre o que fazer no caso de uma revolta do Conselho.

Um. O que meu pai faria?

Dois. O que minha mãe faria?

Três. Eu poderia fugir disso? O que isso acarretaria?

Ben ainda avaliava a opção número três quando Zangado se pronunciou.

— Permita-me interromper — ele falou, parecendo exatamente o oposto de, bem, Feliz, que estava sentado ao seu lado. — Como você sabe, por vinte anos, nós, anões, trabalhamos nas minas, coletando diamantes, metais e pedras preciosas para as coroas e os cetros do reino, para muitos príncipes e princesas que precisavam de presentes de casamento ou trajes de coroação. — Ben ficou ainda mais vermelho, olhando para os botões de ouro polido na própria camisa. Zangado olhou de modo incisivo para ele, depois continuou: — E por vinte anos não recebemos nadinha por nossos esforços.

— Ora, veja, seu Zangado — falou Ben. — Senhor.

— É só Zangado — bufou Zangado.

Ben olhou para os ratos.

— Posso?

— Fique à vontade — disse Gus, pulando para baixo.

Ben puxou o livro de leis de Auradon de baixo dos ratos, fazendo alguns roedores rolarem. Virou-se para um gráfico nos apêndices ao fim do grosso exemplar.

— Muito bem, Zangado, como cidadão de Auradon, parece que você e o restante dos anões têm direito a dois meses de férias... vinte feriados... e dias de licença médica ilimitados. — Ele ergueu os olhos. — Isso confere?

— Mais ou menos — respondeu Mestre. Zangado cruzou os braços, lançando outro olhar feio.

Ben pareceu aliviado. Fechou o livro.

— Então, não dá para dizer que vocês *trabalham* há exatamente vinte anos, dá?

— Matemática não vem ao caso aqui, rapaz... ou devo chamá-lo de jovem *fera*? — Zangado gritou atrás de Mestre, que estava fazendo o possível para não enfiar o próprio gorro na boca de Zangado.

— Príncipe Ben, por favor — disse Ben, com um leve sorriso. Não era de admirar que o anão fosse chamado de Zangado; Ben nunca tinha conhecido uma pessoa tão rabugenta!

A ILHA DOS PERDIDOS

— Se me permite interromper e sem a intenção de ofendê-lo, mas estamos um pouco cansados de não termos voz nem contrato — pronunciou-se Dengoso. Pelo menos Ben pensou que esse fosse seu nome, mesmo que só por quão enrubescido ele ficou enquanto falava.

— Vocês estão aqui agora, não estão? Não creio que dê para chamar isso de "não ter voz", não é? — Ben voltou a sorrir. *Dois a zero. Tomem essa. Talvez eu seja melhor nesse negócio de rei do que pensava.*

— Mas o que acontecerá com nossas famílias quando nos aposentarmos? — Dengoso questionou, sem parecer convencido.

— Tenho certeza de que meu pai tem um plano para cuidar de todos — respondeu Ben, esperando que fosse verdade.

Uma voz guinchou da mesa. Ben inclinou-se para ouvir.

— E será que alguém já notou que nós, ajudantes, fazemos todo o trabalho neste reino? Já que a Fada Madrinha desaprova a magia, nós, ratos, confeccionamos todos os vestidos! — disse Mary, indignada. A ratinha havia subido de novo no livro de leis para se fazer ouvir. — À mão, ou melhor, à pata!

— Isso é bastante... — Ben começou a se justificar, mas foi interrompido. Não estava mais no comando da sala. Isso estava claro.

— Sem mencionar as criaturas da floresta, que fazem todo o trabalho doméstico para Branca de Neve — acrescentou Jaq. — Elas também não estão muito contentes com isso.

Mary assentiu.

— Além disso, Branca de Neve precisa de um guarda-roupa totalmente renovado, já que vai fazer uma reportagem sobre a Coroação em breve! A *sua* coroação, devo acrescentar!

Ben recorreu em desespero aos papéis à sua frente.

— Todo cidadão tem o direito de registrar... de registrar uma...

— Eu ainda coleto tudo para Ariel — balbuciou Linguado. — Seus tesouros cresceram, mas o que eu ganhei com tudo isso?

Ben tentou mais uma vez.

— Você tem consciência de que apreciamos o que faz...

Linguado continuou:

— E as sereias oferecem passeios submarinos o ano todo sem cobrar um centavo. Mesmo em alta temporada!

As irmãs de Ariel assentiram, indignadas, suas caudas brilhantes espirrando água da banheira por toda a mesa. Horloge colocou a mão sobre os olhos, enquanto Lumière apertou seu braço em apoio.

Ben assentiu.

— Bem, isso sem dúvida é algo que vale a pena ser estudado mais a fund...

— E, se me permite acrescentar, viver sem magia tem afetado nossos nervos — suspirou Primavera. — Flora não sabe costurar, Fauna não sabe cozinhar, e eu não consigo fazer a limpeza sem nossas varinhas. Você encontrará nossa petição aí no fim, meu caro garoto. — Flora aproximou-a bem da cara do Príncipe Ben, e ele se recostou na cadeira, surpreso.

Fauna entrou na conversa.

— Embora apreciemos tudo o que a Fada Madrinha fez, não conseguimos entender: por que um pouco de magia não seria útil?

— Mas existe mesmo algo como "um pouco"... — Ben começou a falar.

Pongo sentou-se e o interrompeu, a voz sonora e elegante:

— E não quero parecer cansativo, mas Prenda e eu estamos um tanto exaustos depois de cuidar de cento e um dálmatas.

— Se ao menos o dia tivesse cento e uma horas. — Prenda bocejou. — Eu poderia dormir pelo menos por cinco delas. Imaginem só.

Mary, a ratinha, assentiu solidária, dando tapinhas na pata de Prenda com a sua.

Um borrão azul apareceu no rosto de Ben.

— Simplificando, Príncipe Ben, você não pode apenas dar um beijinho no ombro e ignorar nossas reivindicações — brincou o Gênio, fazendo uma mímica afetada do gesto.

Os anões aplaudiram de forma esfuziante.

As irmãs de Ariel riram, e agora a água na banheira agitava-se como um pequeno tsunâmi. Horloge, irritado, deixou o salão, e até Lumière fez sinal para o Príncipe Ben interromper a reunião.

Se ao menos Ben soubesse como...

O salão começou a descambar para o caos absoluto, uma vez que os ajudantes e os anões começaram a gritar uns com os outros, enquanto as boas fadas continuavam reclamando do trabalho exaustivo que até mesmo as tarefas comuns agora exigiam, e todo o restante da assembleia defendia a resolução das próprias queixas.

É difícil distinguir uma da outra, pensou Ben, enquanto se afundava na cadeira, tentando não entrar em pânico.

Respire, ele disse a si mesmo. *Respire e pense.*

Mas era impossível pensar em meio à confusão do salão. As sereias reclamavam que os turistas deixavam lixo em todo lugar; os anões choramingavam que ninguém mais gostava de assobiar enquanto trabalhavam; Pongo e Prenda latiam sobre o estresse de ter de pagar por cento e uma faculdades; e até o Gênio parecia mais azul que o normal.

Ben tapou os ouvidos. Não era mais uma reunião; era uma briga generalizada. Ele precisava pôr fim àquilo, antes que as pessoas começassem a atirar coisas — ou ratinhos.

O que meu pai faria? O que ele espera que eu faça? Como ele pôde me colocar nesta situação, esperando que eu soubesse o que fazer?

Quanto mais pensava sobre isso, mais irritado ficava. Por fim, Ben se levantou; ninguém se importou.

Ele ficou em pé na cadeira — e, mesmo assim, ninguém o notou.

É isso!

Meu pai disse para eu agir como um rei, e os reis são ouvidos!

— JÁ CHEGA! — gritou de cima da mesa. — ESTA REUNIÃO ESTÁ SUSPENSA!

Um silêncio chocado preencheu o salão.

Ben simplesmente ficou ali, parado.

— Ora essa! Eu nunca... — rosnou Prenda. — Que grosseria! Falar conosco dessa maneira!

— Impertinente e ingrato, sem dúvida — fungou Flora.

— Ah, essa foi a gota d'água! — disse Zangado. — Onde está o Rei Fera? Não somos surdos! Você não recebeu educação, filho?

— Meu Deus, nunca fomos tratados tão mal! — Primavera proferiu com voz trêmula.

Os anões e os ajudantes saíram do salão, lançando olhares desconfiados para Ben. As sereias bufaram e fizeram questão de jogar água no chão, e sobrou para Lumière empurrá-las para longe, balançando a cabeça. Os ratos torceram o nariz enquanto passavam, sem emitir nem mesmo um guincho; os dálmatas mantiveram suas caudas erguidas; e até Dunga lançou ao príncipe um olhar silencioso e magoado.

Ben baixou a cabeça, envergonhado por suas ações. Havia tentado liderar como o pai e fracassado. Não conseguiu tratar da petição nem inspirar confiança ao Conselho do Rei. Na verdade, só piorara a situação.

É por isso que eu seria um rei terrível, pensou Ben, descendo da mesa do salão do conselho de seu pai.

Ele não tinha se colocado à prova.

Só tinha provado uma coisa...

Que o príncipe Ben não era digno de usar o anel real de cabeça de fera que estava em seu dedo.

Capítulo 11

Vida longa ao mal?

Mal estava sozinha num canto, bebericando sua sidra picante, quando notou duas figuras tentando se esgueirar em direção à mesa do bufê para pegar algumas latas de refrigerantes vencidos. Eram Carlos, é claro, e a Princesa Mirtilo. Evie não parecia nem um pouco apavorada após passar um tempo no armário de Cruella. Sequer estava sangrando! Não tinha nenhum arranhão, nem mesmo um rasgo na meia. Raios. Carlos devia tê-la ajudado de alguma forma, aquele pirralhozinho ingrato.

Mal suspirou.

Mais uma frustração.

Assim como sua mãe, cuja própria maldição havia falhado.

Será que estavam destinadas ao fracasso para sempre?

Aquela festa estava sendo um fiasco. Definitivamente, era hora de vazar. Até as enteadas-netas malvadas pareciam cansadas de fingir que odiavam ser perseguidas pelos piratas desordeiros.

Mal jogou seu copo de sidra vazio no chão e foi embora sem olhar para trás. Passou a noite reorganizando os gramados malcuidados dos vizinhos, intercalando gnomos de jardim, caixas de correio e mobília externa. Ela se divertiu fazendo uma leve redecoração, cobrindo algumas casas com papel higiênico e jogando ovos em alguns riquixás. Nada como um pequeno dano à propriedade para fazê-la se sentir melhor. Deixou sua marca em cada casa com a mensagem *Vida longa ao mal!* pichada no gramado, para lembrar ao povo da ilha o que eles representavam e do que tinham de se orgulhar.

Sentindo-se como se tivesse salvado a noite, foi com certa surpresa e não pouca admiração que, quando voltou para o Castelo da Barganha, encontrou sua mãe acordada e esperando por ela.

— Mãe! — Mal soltou um gritinho, assustada ao ver Malévola sentada em sua enorme cadeira verde de espaldar alto em frente ao vitral. Era seu trono, poderíamos dizer; seu assento da escuridão.

— Olá, querida — disse a voz fria de Malévola. — Você sabe que horas são, mocinha?

Mal estava confusa. Desde quando Malévola impusera um toque de recolher? Por acaso agora sua mãe se importava com o local para onde ela ia ou quando voltava para casa? Afinal, a mulher não era chamada de Malévola à toa.

— Duas da manhã? — Mal chutou por fim.

— Foi o que pensei — disse Malévola, puxando a manga roxa e corrigindo o horário em seu relógio de pulso. Ela desceu a manga e olhou para a filha.

Mal aguardou, imaginando o rumo que aquilo tomaria. Não via a mãe há algum tempo, e, quando tinham contato, Mal costumava ficar surpresa com quão pequena sua mãe parecia nos últimos tempos.

A Senhora das Trevas havia literalmente encolhido com as restrições de suas circunstâncias. Enquanto antes era imponente, agora era quase uma versão em miniatura de seu antigo eu — pequenina, até. Se ela se levantasse, daria para ver que Mal era alguns centímetros mais alta que ela.

O tom ameaçador característico, no entanto, não havia diminuído, apenas vinha de um pacote menor.

— Onde eu estava? Ah, sim, *vida longa ao mal!* — Malévola sibilou.

— *Vida longa ao mal...* exatamente, mãe. — Mal assentiu. — É sobre isso que quer falar comigo? As pichações pela cidade? Bem legal, né?

— Não, você não me entendeu bem, querida — falou Malévola, e foi então que Mal percebeu que a mãe não estava sozinha; ela acariciava um corvo preto empoleirado no braço da cadeira.

O corvo grasnou, voou para o ombro de Mal e bicou sua orelha.

— Ai! — ela reclamou. — Pare com isso!

— É só Diablo. Não fique com ciúmes, meu pequeno amigo; é só Mal — explicou Malévola com desdém. E, mesmo que Mal soubesse que a mãe não se importava nem um pouco com ela (a garota tentou não levar para o lado pessoal, já que sua mãe não se importava nem um pouco com *ninguém*), ainda assim ficou magoada por ouvir isso em voz alta tão sem rodeios.

— Diablo? Esse é Diablo? — perguntou Mal.

Ela sabia tudo sobre Diablo, o primeiro e único amigo de Malévola. Sua mãe lhe contara a história muitas vezes: como, vinte anos atrás, Malévola lutara contra o Príncipe Phillip transformada em um grande dragão negro de fogo, mas fora derrubada e traída por uma arma de justiça e paz que algumas fadas irritantemente boas ajudaram a mirar direto em seu coração. Malévola acreditara estar morta e ter deixado este mundo, mas, em vez disso, despertara no dia seguinte, sozinha e arruinada, naquela ilha terrível.

O único resquício da batalha era a cicatriz em seu peito no ponto onde a espada a havia atingido, e, de vez em quando, ela sentia a dor fantasma daquele ferimento. Malévola contou a Mal muitas vezes como, quando acordou, percebeu que aquelas horríveis boas fadas tinham tirado tudo dela — seu castelo, seu lar, até mesmo seu corvo de estimação preferido.

— O único e inigualável Diablo — ronronou Malévola, parecendo realmente feliz pela primeira vez.

— Mas *como* é possível? Ele foi congelado! Eles o transformaram em pedra! — disse Mal.

— Sim, transformaram, aqueles monstrinhos detestáveis. Mas ele está de volta! Está de volta! *Vida longa ao mal!* — Malévola declarou, acrescentando uma gargalhada de bruxa, para não perder a tradição.

Certo. Sua mãe estava ficando um pouquinho repetitiva.

Mal lançou à mãe seu melhor revirar de olhos. Para o restante dos tolos, lacaios e idiotas na ilha, Malévola era a coisa mais assustadora com dois chifres nas redondezas, mas, para Mal, que a tinha visto passar geleia de goblin em torradas e deixar migalhas no sofá, polir seus chifres com graxa de sapato e costurar a bainha esfarrapada de sua capa roxa, ela era apenas sua mãe, e Mal não tinha *tanto* medo assim dela. Tá, ok, ainda tinha medo dela, mas não era um medo *nível Carlos*.

Malévola levantou-se da cadeira, seus olhos verdes brilhando para os idênticos de Mal.

— Meu Olho do Dragão, meu cetro das trevas, Diablo diz que foi despertado! *Vida longa ao mal!* E, o melhor de tudo, ele está nesta ilha!

— Seu cetro? Tem certeza? — Mal questionou com ceticismo. — É difícil acreditar que o Rei Fera de Auradon deixaria uma arma tão impressionante na ilha.

— Diablo jura que o viu, não é, meu amor? — Malévola ronronou. O corvo grasnou.

— Então, onde ele está? — perguntou Mal.

— Bem, eu não falo a língua dos corvos, falo? Está em algum lugar deste maldito pedaço de rocha! — Malévola esbravejou, jogando sua capa para trás.

— Ok, então. Mas e daí?

— E daí?! O Olho do Dragão voltou! *Vida longa ao mal!* Isso significa que posso ter meus poderes de volta!

— Não com o domo ainda no lugar — Mal pontuou.

— Isso não importa. Eu achava que aquelas três fadas desprezivelmente boas o haviam destruído, mas elas apenas o congelaram, como fizeram com Diablo. Ele está vivo, está lá fora em algum lugar, e o melhor de tudo: você, minha querida, vai encontrá-lo para mim! — Malévola anunciou com um floreio.

— Eu?

— Sim. Você não quer provar sua capacidade para mim? Provar que é digna de ser minha filha? — a mãe questionou com calma. Mal não respondeu. — Você sabe como representa uma decepção para mim; como, quando eu tinha sua idade, possuía exércitos de goblins sob meu controle, mas você... O que você faz? Espalha seus desenhinhos pela cidade toda... Precisa se esforçar MAIS! — Ela perdeu a paciência, levantando-se da poltrona. Diablo batia as asas e grasnava, concordando.

Mal tentou não demonstrar seus sentimentos. Ela achava que aquelas pichações eram bem legais.

— Tá! Tá! Vou pegar o seu cetro! — ela concordou, só para impedir que sua mãe ficasse furiosa.

— Excelente. — Malévola tocou o próprio coração, ou o espaço vazio em seu peito onde deveria haver um coração. — Quando aquela espada perfurou minhas escamas de dragão e caí daquele penhasco vinte anos atrás, tinha certeza de que havia morrido. Mas eles me trouxeram de volta para encarar um destino pior que a morte, muito pior. Porém, um dia, terei minha vingança!

Mal assentiu. Ela tinha ouvido o discurso tantas vezes que podia entoá-lo dormindo. Malévola pegou sua mão, e elas entoaram em coro:

— *Vingança contra os tolos que nos aprisionaram nesta ilha amaldiçoada!*

Malévola pediu que Mal se aproximasse, para que pudesse sussurrar um alerta em seu ouvido.

MELISSA DE LA CRUZ

— Sim, mãe — respondeu, para mostrar que entendera.

Malévola sorriu diabolicamente.

— Agora, saia daqui e traga-o de volta, para que possamos nos livrar desta prisão flutuante de uma vez por todas!

Mal subiu para seu quarto se arrastando, tamanho o desânimo. Tinha se esquecido de contar à mãe sobre a peça maldosa que pregara em Evie na festa; não que isso fosse maligno o suficiente para a grande Malévola, tampouco. Nada era. Por que ainda se dava ao trabalho?

Saiu pela janela e foi até a sacada, de onde podia contemplar toda a ilha e as torres brilhantes de Auradon à distância.

Poucos minutos depois, ouviu o ruído de bugigangas balançando, o que significava que Jay tinha aparecido para irritá-la ou filar um lanchinho noturno.

— Estou aqui fora — ela gritou.

— Você foi embora antes de a diversão realmente começar — ele disse, referindo-se à festa. — Nós abrimos um *mosh pit* e surfamos na multidão naquele salão de baile. — Ele se juntou a ela na sacada, um saco de salgadinhos de queijo fedorentos na mão. Ela deu de ombros. — Qual é a do corvo mal-humorado? — ele perguntou, mastigando ruidosamente o lanche, seus dedos ficando com um tom fluorescente de laranja.

— Aquele é Diablo. Você sabe, o antigo braço direito da minha mãe. Ele está de volta.

Jay parou de mastigar.

— Ele *o quê?*

— Ele *voltou*. Foi descongelado. Então, agora mamãe acha que o feitiço sobre a ilha pode estar se desfazendo, de alguma forma. — Os olhos de Jay se arregalaram. Mal desviou o olhar e continuou: — Isso não é tudo. Diablo jura que o Olho do Dragão também está vivo, que ele o viu brilhar e retornar à vida. Você sabe, o cetro, a maior arma de minha mãe, aquela que controla todas as forças do mal e da escuridão, e blá-blá-blá. Ela quer que eu o encontre para, usando-o, quebrar a maldição sobre a ilha.

Jay soltou uma risada alta.

— Bem, ela realmente caiu do penhasco até o fundo do poço para dar um mergulho com os crocodilos assassinos, não foi? Essa coisa está escondida para todo o sempre, sempre, sempre e...

— Sempre? — Mal sorriu com ironia.

— Exato.

Mal se virou, querendo mudar de assunto.

— Você já imaginou como é lá? — ela quis saber, apontando com a cabeça para Auradon.

Jay fez uma expressão de desdém.

— Aham, horrível. Ensolarado e feliz, e... horrível. Agradeço às minhas estrelas malfazejas todos os dias por não estar lá.

— Sim, eu sei. Mas o que quero dizer é... você nunca enjoa deste lugar, como se quisesse uma mudança? — Mal perguntou, pensativa. Jay olhou para ela, estranhando. — Deixa pra lá. — Ela não achou que ele entenderia e permaneceu encarando a noite. Jay continuou mastigando seus salgadinhos de queijo ondulados e brincando com algumas joias de fantasia recém-roubadas.

Uma lembrança veio à tona em Mal. Ela tinha cinco anos e estava no mercado com sua mãe quando um goblin tropeçou e caiu, espalhando as frutas de sua cesta por toda parte. Sem pensar muito, ela começou a apanhar as frutas, ajudando o goblin a juntar tudo. Uma por uma, ela pegou as maçãs, tirou o pó delas, limpando-as em seu vestido, e as depositou na cesta. De repente, Mal ergueu os olhos de onde estava agachada. O mercado mergulhara em silêncio, e todos, incluindo sua mãe, que estava vermelha como uma maçã podre e soltando fogo pelas ventas, a encaravam.

— Levante-se agora mesmo — sua mãe rosnou. Malévola chutou a cesta, e todas as maçãs voltaram a se espalhar. Mal obedeceu. Quando voltaram para casa, a mãe a trancou em seu quarto para pensar no que havia feito. — Se não tomar cuidado, mocinha, vai acabar igual a *ele*...

igual ao seu pai... fraca e impotente. E PATÉTICA! — Malévola berrou através da porta trancada.

A pequena Mal olhou para o espelho sujo, inclinado precariamente sobre sua penteadeira. Lutando contra as lágrimas, jurou nunca mais decepcionar sua mãe.

— Temos de encontrá-lo — Mal declarou para Jay enquanto um vento gélido soprava do mar lá embaixo e afastava a lembrança. — O Olho do Dragão. Ele está aqui.

— Mal, não é possív...

— Precisamos fazer isso — disse Mal.

— Hum — Jay respondeu, dando de ombros e se virando para a janela, para voltar para dentro. — Veremos.

Mal deu uma última olhada no horizonte, para o ponto iluminado e cintilante à distância. Sentiu uma pontada no estômago, como se fosse saudade. Mas não sabia dizer do quê.

"Miseravelmente, sempre, perfeito trapo."

— Cruella De Vil,
101 Dálmatas

Capítulo 12

Marcando pelo time da casa

Jay deixou o Castelo da Barganha para trás. Era o fim da noite, a hora em que começava a amanhecer, quando ainda estava escuro, mas você já podia ouvir o grunhido lamentoso dos abutres vasculhando a ilha. Ele estremeceu, refazendo seus passos pelas ruas secundárias e pelos becos sombrios da ilha, passando pelas árvores assustadoramente nuas e pelos prédios com venezianas quebradas, que pareciam tão abandonados e sem esperança quanto todos os que moravam lá.

Acelerou o passo. Não tinha medo do escuro; dependia dele. Fazia alguns de seus melhores trabalhos à noite. Nunca se acostumaria, no entanto, com a sensação da ilha na escuridão. Jay percebia isso principalmente quando todos os outros estavam dormindo e ele conseguia ver o mundo ao redor com clareza, como de fato era. Podia constatar que aquela ilha, aquelas árvores nuas e aquelas janelas quebradas eram sua vida, não importava que outra vida seu pai e os colegas vilões tivessem conhecido.

Não havia glória ali. Nenhuma magia e nenhum poder também. Era isso — tudo o que teriam ou seriam ou conheceriam.

Não importa o que Mal pense.

Jay chutou uma pedra pelos paralelepípedos arruinados, e um gato irritado bufou em resposta para ele das sombras, de forma ameaçadora.

Bobagem dela.

Mal não admitiria o fracasso deles, especialmente se estivesse de mau humor, como naquela noite. Ela era tão teimosa às vezes... Quase delirante. Em momentos como esses, Jay percebia com clareza nela os efeitos provocados em alguém por ser criado-por-um-vilão-maníaco. Não podia culpar Mal por não querer dizer não à mãe dela — ninguém faria isso —, mas, falando sério, não havia a menor possibilidade de o cetro de Malévola estar em algum lugar na Ilha dos Perdidos, e, mesmo que estivesse, Jay e Mal jamais o encontrariam.

Jay balançou a cabeça.

Olho do Dragão? Está mais para Olho do Desespero.

Aquele corvo é maluco. Deve ser o efeito de ter ficado congelado por vinte anos.

Ele deu de ombros e virou a esquina para sua própria rua. Tentou esquecer, meio que esperando — e meio que torcendo — que Mal fizesse o mesmo. Ela tinha seus caprichos, mas eles nunca pareciam durar. Aí estava uma coisa boa a respeito de Mal: ela ficava toda exaltada com alguma coisa, mas desistia por completo no dia seguinte. Eles se davam bem porque Jay tinha aprendido a apenas esperar a tempestade passar.

Quando enfim abriu a última tranca de um quebra-cabeça de fechaduras, correntes e ferrolhos afanados que protegiam sua própria casa (os ladrões são os mais paranoicos a respeito de roubos), empurrou a porta de madeira podre com um rangido e entrou furtivamente.

Um pé de cada vez. Desloque o peso do corpo ao pisar. Fique próximo à parede...

—Jay? É você?

Droga.

Seu pai ainda estava acordado, preparando ovos, com seu fiel papagaio, Iago, no ombro. Estaria Jafar preocupado porque seu filho único ficara fora até tão tarde? Preocupado com onde ele havia estado, com quem havia estado ou por que só agora voltara para casa?

Que nada. Seu pai tinha apenas uma coisa em mente, e Jay sabia exatamente o que era.

— Qual é o saldo do saque de hoje à noite? — Jafar perguntou com avidez, enquanto colocava seu prato de comida na mesa da cozinha, ao lado de uma pilha de moedas enferrujadas que faziam as vezes de dinheiro na ilha.

A mesa era onde Jafar praticava seu passatempo favorito: contar seu dinheiro. Havia uma pirâmide de moedas de bom tamanho na mesa, mas Jay sabia que isso não satisfaria a ganância de Jafar. Nada nunca satisfizera.

— Belo pijama. — Jay sorriu.

O truque com seu pai era continuar se movendo, ficar alerta e, acima de tudo, evitar responder às perguntas, porque nenhuma das respostas era a certa. Quando você não consegue vencer, não deve ceder e jogar. Isso seria um preparo para o desastre.

Quer dizer, o melhor amigo do meu pai é um papagaio. Isso já diz tudo.

— Belo pijama! — Iago gritou. — Belo pijama!

Jafar usava um roupão desbotado sobre um pijama largo com pequenas lâmpadas mágicas estampadas por toda parte. Se vinte anos de congelamento podiam deixar um corvo maluco, vinte anos vividos entre os perdidos haviam feito o mesmo para diminuir a notoriedade do antigo grão-vizir de Agrabah, com sua grandeza e sua elegância; pelo menos, era assim que seu pai pensava. As sedas suntuosas e as jaquetas de veludo felpudas tinham ido embora, substituídas por uma indumentária de moletons de veludo sintético surrados e camisetas manchadas de suor que cheiravam um pouco forte demais a barraca de mercado de sua loja, que ficava, infelizmente, bem em frente às baias dos cavalos.

A barba preta e lisa agora estava irregular e grisalha, e lá estava a famigerada barriga. Iago começou a chamá-lo de "Sultão", já que Jafar agora se parecia com seu antigo adversário em tamanho; embora, justiça seja feita, o próprio Iago parecesse estar em uma farra diária de biscoitos.

Em troca, Jafar chamava seu amigo emplumado de coisas condenáveis de se repetir segundo qualquer critério, até mesmo o de um papagaio.

Jay odiava o pijama de seu pai: era um sinal de como sua família, outrora tão próxima à realeza, decaíra. A flanela estava tão fina em alguns pontos que dava para ver a barriga de Jafar por baixo dela. Jay tentou não olhar muito de perto, mesmo agora, nas sombras da fraca luz do amanhecer.

Seu pai ignorou os insultos ao pijama. Já ouvira todos eles antes. Devorou seu lanche noturno com prazer, sem oferecer nem um bocadinho a Jay.

— Vamos, vamos, ande logo. O que pegamos? Vamos dar uma olhada.

Jay olhou para seu rolo de carpete na extremidade da sala, para além da mesa, mas ele também sabia que não havia como passar pelo pai agora. Relutante, esvaziou os bolsos.

— Sapatinho de cristal quebrado; peguei de uma das enteadas-netas. Com um pouco de cola, poderíamos conseguir um bom preço por ele. — O sapatinho rachado e sem salto se estilhaçou em uma pilha de cacos no momento em que tocou a mesa. Jafar ergueu uma sobrancelha. — Hum, supercola? — Jay continuou. — Uma das coleiras de Lúcifer, o chaveiro de pistola de Rick Ratcliffe e, veja, um olho de vidro de verdade! — Estava coberto de fiapos. — Está só um pouco usado. Peguei de um dos piratas. — Ele o segurou perto do próprio olho e olhou através do vidro, depois afastou-o, franzindo o nariz e abanando o rosto com a mão. — Por que piratas nunca tomam banho? Alô-ô, o nome é *chuveiro*, não é assim tão difícil. Eles nem zarpam mais. — Com isso, ele rolou o globo ocular pela mesa na direção do pai.

Iago soltou um gritinho de curiosidade enquanto Jay esperava pelo inevitável.

Jafar gesticulou com uma mão desdenhosa para os itens e suspirou.

— Lixo.

— Lixo! — Iago berrou. — Lixo!

— Mas é só isso que tem nesta ilha — Jay argumentou, encostando-se na pia da cozinha. — Esta é a Ilha dos Perdidos, a Ilha das Sobras, lembra?

Seu pai franziu a testa.

— Você foi até a casa dos De Vil e não conseguiu um casaco de pele? O que ficou fazendo lá a noite toda? Babando por causa da filha de Malévola?

Jay revirou os olhos.

— Pela milionésima vez, *não*. E até parece que fui *eu* o trancado no armário de casacos. — Ao dizer essas palavras, ele se perguntou por que não tinha pensado nisso.

— Você precisa se esforçar mais! E aquela princesa? Aquela que acabou de sair do castelo?

— Ah, sim, ela. Esqueci. — Jay enfiou a mão no bolso da calça jeans e tirou um colar de prata com um pingente de maçã vermelha envenenada. — Era tudo o que ela tinha. Estou lhe dizendo, até os castelos por aqui são um lixo.

Jafar colocou um par de óculos e examinou a peça, apertando primeiro um olho, depois o outro. Sua visão estava piorando, e suas costas doíam pelo trabalho extra de carregar a própria barriga de moletom; nem mesmo os vilões eram poupados das agruras do envelhecimento.

— Vidro barato imitando pedra preciosa. Na minha época, nem um *servo* usaria isso, que dirá uma princesa. Não é exatamente o Prêmio Máximo que buscamos. — Ele jogou a bugiganga de lado, suspirando enquanto parava para alimentar Iago com outro biscoito.

— Prêmio — tagarelou Iago, cuspindo migalhas de biscoito com alegria. — Prêmio Máximo!

Os ombros de Jay desabaram de desânimo.

O Prêmio Máximo.

O sonho de seu pai era que um dia seu único filho saqueasse um tesouro tão grande, tão fabuloso, tão carregado de ouro, que Jafar nunca mais precisaria administrar uma loja de sucata. Não importava que a Ilha dos Perdidos fosse um monte de lixo flutuante; de alguma forma, Jafar acreditava que o Prêmio Máximo estava logo ali na esquina — uma recompensa que poderia transportá-lo de volta ao seu lugar de direito como feiticeiro, com todo o seu poder e suas armadilhas.

Puro delírio.

Mesmo se existisse, será que tal tesouro poderia transportar qualquer um deles de volta no tempo para dias melhores ou libertá-los de sua pena de prisão perpétua? Como se um objeto, uma joia ou qualquer quantidade de moedas de ouro pudessem consertar a bagunça em que pessoas como Jafar os haviam metido, para começo de conversa?

O Prêmio Máximo. Seu pai estava tão louco quanto Mal naquela noite. Jay balançou a cabeça em uma negativa.

E, então, sobressaltou-se, porque pensou em algo.

Espere aí.

O que Mal lhe dissera esta noite? Que o corvo acreditava que o cetro de Malévola, o Olho do Dragão, estava escondido em algum lugar desta ilha? Se Diablo estivesse dizendo a verdade e Jay conseguisse encontrá-lo, seria o Prêmio Máximo do ano. Do século! Ele ponderou a respeito. Seria possível? Poderia ser assim *tão* fácil? Poderia seu pai estar certo em se apegar à mais tênue esperança de algo melhor, mesmo depois de todos aqueles anos?

Que nada.

Jay esfregou os olhos. Fora uma longa noite. Não havia como aquele negócio estar na Ilha dos Perdidos. Não havia nenhum poder ali — nem de pessoas, nem de seus apetrechos.

E, mesmo que *estivesse* ali — por mais improvável que fosse —, o domo sobre a ilha mantinha toda a magia do lado de fora. Olho do Dragão não passava de um nome chique para uma bengala agora. Como tinha dito a Mal, tratava-se de uma empreitada inútil; era melhor tentarem roubar um barco do Cais dos Goblins para irem a Auradon. Não que algum deles quisesse viver lá.

Talvez pertençamos à Ilha dos Perdidos, das Sobras e dos Esquecidos. Talvez seja assim que acabe essa história.

Só que... quem vai dar a notícia ao meu pai?

Jay observou o pai voltar a reunir as moedas em pilhas organizadas. Contar moedas lhe dava paz de uma maneira que seu filho nunca entenderia. Jafar estava assobiando e levantou os olhos quando percebeu que Jay o encarava.

— Lembra-se da Regra de Ouro? — seu pai perguntou com uma voz sedosa enquanto acariciava o dinheiro com as mãos.

— Totalmente. Boa noite, pai — disse Jay, indo para o carpete gasto sob as prateleiras dos fundos, onde ele dormia. *Quem tem mais ouro é que faz as regras*; era nisso que seu pai acreditava, e, embora Jay nunca tivesse visto ouro na vida, ele também fora ensinado a acreditar nisso.

Ele só não tinha certeza de se acreditava que havia ouro para ser encontrado; não na Ilha dos Perdidos. Ainda assim, enquanto se aninhava sobre o pedaço duro de carpete que lhe servia de cama, tentou imaginar como seria encontrá-lo.

O Prêmio Máximo.

Jay adormeceu sonhando com seu pai esfuziante de orgulho em um pijama feito de ouro.

Capítulo 13

Rebordosa

Cruella mataria Carlos se descobrisse que ele dera uma festa enquanto ela estava fora. As pessoas na ilha continuavam dizendo a ele que Cruella havia se abrandado com a idade, que estava mais redonda e menos escandalosa, mas não eram eles que precisavam morar com ela.

O filho de Cruella De Vil conhecia sua mãe melhor que ninguém.

Se ela soubesse que ele tinha deixado um bando de pessoas entrarem em sua casa... e, pior ainda, permitido que alguém *chegasse perto* de seu armário de peles — que dirá *entrar* nele e embolar-se em uma pilha de casacos de pele de primeira qualidade —, bem, digamos que não seria um filhote que ela tentaria esfolar.

Mas, felizmente, sua mãe ainda estava no Spa e não retornou inesperadamente como às vezes fazia, mesmo que fosse apenas para manter seu filho, Gaspar e Horácio na coleira.

Carlos saiu cambaleando da cama e encontrou alguns convidados com os olhos turvos vagando pelo Hell Hall, cheirando a sidra picante da noite anterior.

— Vocês devem estar procurando o banheiro. Por aqui. Sem problemas! — Ele os empurrou para fora pela porta da frente antes que pudessem perceber o que estava acontecendo. Enquanto fazia isso, Harry e Jace, os dois jovens lacaios De Vil da segunda geração que o tinham ajudado a decorar a festa, surgiram aos tropeços no salão de baile com papel crepom no cabelo.

— Bom dia — cumprimentou Carlos, sua voz ainda rouca de sono. — Por que estão vestidos assim?

— Eu avisei a ele para não me enroscar em suas serpentinas idiotas — Harry disse, ainda de mau humor.

— *Você* me avisou? Foi você quem ficou brincando de pega-pega a noite toda, arrastando metade das decorações atrás de si.

— Eu estava entretendo os convidados.

— Então, por que ninguém estava brincando *com* você?

Como de costume, não havia esperança de uma conversa real com nenhum deles. Carlos desistiu.

Seu primo Diego De Vil fez um "joinha" do sofá.

— Ótima festa. Um arraso total! — O restante da banda estava guardando seus equipamentos.

— Obrigado, eu acho. — Carlos torceu o nariz.

A luz sombria da manhã fazia tudo parecer mais triste e miserável. Até as velas do lustre haviam queimado até virarem tocos, e alguém tinha quebrado o balanço de corda, de modo que ele agora se movia com suavidade, roçando o chão.

— É melhor sairmos daqui para você limpar. — Diego sorriu maliciosamente. — Ou sua mãe disse para deixar o trabalho para ela quando chegasse em casa? — Ele começou a gargalhar.

— Muito engraçado. — Carlos ignorou o primo, abrindo caminho pela porta de vaivém que dava para a cozinha. Estava com fome, sua cabeça doía e não tinha dormido bem, pois sonhara, angustiado, sobre ter escondido a festa da mãe, mas também preocupado por causa da luz ofuscante que havia emanado de sua máquina e atingido o domo.

Aquilo aconteceu mesmo?

Naquele momento, por um instante, Carlos pensou ter sentido algo no ar. Algo intenso, elétrico e vibrante de energia. *Magia? Seria possível?*

Ele se perguntou se conseguiria fazer a máquina repetir aquilo.

Depois do café da manhã.

Enfiou a cabeça na cozinha; pela bagunça, a festa parecia mesmo ter sido um estouro... de bomba. Cada balcão e cada superfície estavam pegajosos e cheios de canecas, tigelas, migalhas de pipoca, batatas chips, ovos podres cozidos e recheados, restos de cachorros-do-diabo e garrafas vazias de sidra. Seus pés grudavam e desgrudavam a cada passo no chão, o movimento das pernas acompanhado pelo barulho que era parte velcro, parte pseudópode. Ele pegou uma vassoura e começou a varrer e limpar, apenas o suficiente para conseguir chegar à geladeira e às prateleiras.

— Ei, hã, posso só... — Carlos disse, empurrando Clay Clayton, que roncava, para longe do balcão da cozinha a fim de pegar seu café da manhã. Clay era filho do Grande Caçador que quase capturara o bando de gorilas de Tarzan (sendo *quase* a palavra-chave aqui: como todo vilão da ilha, as tramas malignas de cada um deles terminaram em fracasso).

Carlos encheu uma tigela com um pouco de mingau de aveia congelado e empelotado, e pegou uma colher no momento em que os Gastons enfiaram a cabeça para dentro da cozinha.

— Ei, cara! O que você tem aí? Café da manhã? Não temos nada contra tomar um. — Os irmãos corpulentos bateram as palmas no alto contra a dele enquanto roubavam seu mingau frio debaixo de seu nariz, saindo pela porta. Sendo os Gastons, eles eram os últimos a sair e os primeiros a roubar toda a comida, como sempre.

— Bom, acho que não estava mesmo com fome — Carlos disse em voz alta, embora só ele estivesse ouvindo. — Deveríamos nos apressar e limpar este lugar, antes que minha mãe chegue em casa.

Ele suspirou e pegou a vassoura.

Havia muita coisa para limpar. Mas ele era Carlos De Vil, um garoto genial, não era? Com certeza poderia descobrir uma forma de tornar essa tarefa mais fácil, não? Sim, ele poderia. Precisava se concentrar nisso. Cuidaria da limpeza mais tarde. Primeiro, precisava ir para a escola.

De volta ao próprio castelo, o sono de Evie não foi muito melhor que o de Carlos. Talvez seus sonhos não fossem atormentados por Cruella De Vil ou pela fissura na cúpula, mas, sim, por labirintos intermináveis de salas escuras e armadilhas estalando — e ela acordou suando em bicas quando uma estava prestes a prender de novo sua perna com as mandíbulas de aço.

Não posso voltar para a escola, ela pensou. *Não depois da noite passada.*

A ideia de precisar enfrentar Mal de novo fez seu estômago embrulhar.

Além disso, o que havia de errado em ficar em casa, seu lar? Lar era, bem, o lar. Não era? Talvez ele não fosse legal, mas era seguro. *Relativamente.* Aconchegante. *De um modo não tradicionalmente aconchegante.*

Ou não.

Ok, então era frio, mofado e basicamente uma caverna. Ou uma prisão, como ela tinha pensado que fosse durante os anos de *home-schooling* no castelo. E, hoje, como na maioria dos dias de sua vida, Evie podia ouvir mais uma vez sua mãe falando consigo mesma em sua voz imaginária de Espelho Mágico.

Mas, pelo menos, em casa não havia armadilhas e nenhuma fada malvada de cabelo roxo buscando vingança; não havia desnorteantes aminimigas, se é que ela e Mal sequer eram isso.

Não sei o que somos, mas sei que não gosto disso.

E aqui estava eu achando que, quando entrasse em uma escola de verdade, minha vida seria muito melhor.

Evie levantou-se e foi até sua mesa, que tinha alguns dos livros didáticos antigos dos anos de *home-schooling*. Pegou seu preferido, um grimório de couro gasto, o livro de feitiços pessoal da Rainha Má.

Claro, era inútil na ilha, mas Evie ainda gostava de ler todos os feitiços. Era como um catálogo dos melhores dias de sua mãe, de uma época antes de ela passar horas e horas inúteis zanzando pelos cômodos vazios do castelo imitando uma voz. Lembrar que as coisas nem sempre foram assim fazia Evie se sentir melhor, às vezes.

Ela folheou as páginas amarelas gastas do livro de feitiços, como fazia quando era garotinha. Havia se debruçado sobre elas do jeito que imaginava que as princesas de Auradon se debruçavam sobre seus contos de fadas idiotas. Ela as tinha estudado da mesma maneira que outras princesas estudavam, bem... outras princesas.

Havia feitiços de verdade envolvendo velas e água, feitiços de amor que exigiam pétalas de flores e sangue, feitiços de saúde e feitiços de riqueza, feitiços para sorte e feitiços para aniquilação total. Feitiços ludibriadores eram seus favoritos, em particular o Disfarce da Vendedora, que sua mãe usara para enganar aquela boba da Branca de Neve. Esse, sim, era um dos bons.

Um clássico, até.

— Oi, querida — disse a Rainha Má, entrando em seu quarto. — Você está pálida de novo! Deixe-me passar um pouco de blush em você! — Ela pegou um pincel grande e redondo, e começou a trabalhar nas bochechas de Evie. — Rosada como uma flor de macieira. Pronto. Muito melhor. — Olhou para o livro na mão da filha. — Ah, essa coisa velha? Eu nunca entendi. Por que iria querer pegar isso de novo?

— Não sei. Talvez porque não consiga imaginar. Quero dizer, você realmente fez esse feitiço? Você? — Evie de alguma forma não conseguia ver sua mãe como uma velha bruxa assustadora. Claro, ela era gordinha e de meia-idade, e não se parecia mais com seu formidável retrato pendurado na galeria principal, mas estava longe de ser feia.

— Ah, sim! Foi hilário! Branca de *Neve-Trouxa* foi completamente enganada! Que otária. — A Rainha Má riu. — Quer dizer, fala sério? Uma senhorinha vendedora de *maçãs* de porta em porta? No meio da floresta? — Ela suspirou. — Ah. Bons tempos aqueles.

Evie balançou a cabeça.

— Mesmo assim.

Sua mãe mexeu no cabelo dela.

— Espere. Por que está aqui? Não deveria estar na escola?

— Não estou com vontade de ir — Evie confessou. — Não tenho certeza de se é certo ir para uma escola grande. Talvez eu devesse ficar no castelo.

A Rainha Má deu de ombros.

— Quem precisa de educação, afinal? *A beleza vem de fora...* Lembre-se disso, querida.

— Não se preocupe. Você não me deixa esquecer.

— É a atenção aos pequenos detalhes. Você tem que trabalhar para isso e tem que querer. Seus cílios não vão se curvar sozinhos, sabia?

— Não. Você vai curvá-los para mim, mesmo que eu não queira.

— Isso mesmo. E por quê? Para que um dia possa ter o que é seu por direito, mesmo que esteja presa nesta ilha miserável. É seu direito ser a Mais. Bela. De. Todas. Essas não são simples palavras.

— Tenho certeza de que são, na verdade.

— É uma responsabilidade. Nossa. Sua e minha. Com grande beleza vêm grandes poderes. — Evie apenas a encarou. Quando sua mãe desembestava assim, era difícil fazê-la se acalmar. — Eu não posso querer isso mais que você, Evie. — Sua mãe suspirou, balançando a cabeça.

— Eu sei — Evie disse, porque era verdade. — Mas o que devo fazer? E se não souber o que quero ou como conseguir?

— Então, você se esforça mais. Você reaplica. Adiciona aquela camada extra de gloss sobre o batom matte. Usa seu blush e o pó bronzeador, certificando-se de não confundir os dois.

— *Pó bronzeador no osso, blush na bochecha* — Evie declamou, automaticamente.

— Você sabe qual rímel faz seus olhos se destacarem.

— *Azul para marrom. Verde para dourado. Roxo para azul* — Evie recitou, como se essas fossem a versão de sua família para o bê-á-bá.

— Exatamente. — A Rainha Má apertou os dedos em volta dos da filha em um gesto maternal tocante, embora raro. — E, por favor, minha doce menina, nunca se esqueça de quem você realmente é.

— Quem sou eu? — perguntou Evie, apertando a mão da mãe. Ela se sentia tão perdida... Era tudo o que queria saber, mais que qualquer coisa.

— Alguém que precisa usar elixir no cabelo para controlar o frizz. — Com essas palavras de despedida, a Rainha Má saiu do quarto, juntando suas saias escuras atrás de si. — Espelho! Espelho Mágico!

Sim, pensou Evie, ela poderia ficar em casa, lendo seus livros antigos e assistindo à Auradon News Network, como antes. Mais tarde, se tivesse muita sorte, sua mãe entraria no quarto para lhe fazer outro penteado interessante, embora Evie tivesse dito milhões de vezes que ela preferia a trança em v.

Essa é a minha vida quando estou no castelo.

Fazer tranças, passar blush e pó bronzeador.

Era isso que acontecia quando se saía de casa, ela imaginou. Uma vez lá fora, uma vez que você deixava a escuridão da caverna, era difícil retornar.

Até para deixar o cabelo sem frizz e ressaltar os olhos.

Quanto mais Evie pensava sobre isso, mais sabia que não poderia ficar no castelo nem mais um segundo. Lera todos os livros e assistira a todos os programas, e não tinha ninguém com quem conversar além da mãe, que só se interessava pelos cosméticos mais recentes que chegavam nas barcaças de lixo, pelos tubos de batom usados e pelos potes abertos de creme que as princesas de Auradon jogavam fora quando não os queriam mais.

Até a escola tem de ser melhor que isso.

Além disso, ela conseguia lidar com Mal, não conseguia? Não tinha medo dela.

Não tinha tanto medo *assim* dela.

Ok, talvez tivesse. Mas Evie tinha mais medo de apodrecer em uma caverna para sempre, e ela era jovem demais para começar a trabalhar na própria voz de Espelho Mágico. Sacudiu a cabeça diante do pensamento.

A beleza vem de fora?

Foi isso que minha mãe disse?

Mas qual é o sentido de ser bonita se não há ninguém para ver como você é bonita?

Até a rachadura no teto dela começava a parecer o Olho do Dragão.

Mal a olhava fixamente da cama, paralisada. Tinha acordado muito cedo — mais cedo até que Carlos e Evie —, porque não conseguia dormir, pensando na missão para a qual sua mãe a enviara quase de imediato. Malévola era assim: uma vez que tinha uma ideia na cabeça, não havia como detê-la. Não importava se era sua filha ou um de seus lacaios; ela esperava que todos parassem, largassem e arriscassem tudo para fazer o que ela queria.

Esse era o *modus operandi* de Malévola.

Mal sabia que não havia exceção para filhas, não quando você era um dos vilões mais vilanescos de todos os tempos da Ilha dos Perdidos. Não se chega ao número um sendo misericordioso ou mesmo razoável.

Não quando você faz parte da elite do mal.

Malévola queria o Olho do Dragão de volta, o que era ótimo e tal, e Mal compreendia perfeitamente, mas tentar, de fato, descobrir *onde* ele estava na ilha já era algo bem diferente.

Então, sim.

Não que Diablo fosse de alguma ajuda. Tudo o que o corvo fazia era grasnar quando Mal o cutucava.

— Onde está, hein, D? Se você voltou à vida, então não pode estar longe, certo? Mas onde? — Ele arrancaria os olhos dela se ela chegasse perto o suficiente para deixá-lo fazer isso. Aquele pássaro idiota sempre quis sua mãe só para ele; e, para ele, Mal não era nem uma ameaça, mas sim um mero incômodo.

Ainda assim, era mais que apenas um pássaro que a assombrava agora.

As ameaças de Malévola eram difíceis de afastar. Como sempre, sua mãe sabia exatamente onde atacar. Ela conseguia encontrar os pontos fracos da filha com tanta facilidade agora como quando era apenas um frágil bebezinho.

Você não quer provar sua capacidade para mim?

Provar que é digna de ter meu nome, Malévola*!*

Mal virou-se em sua cama dura e barulhenta, inquieta.

Sim, Mal recebera o nome da mãe, mas sua mãe gostava de dizer que, como Mal mostrara até então que era só um pouquinho má, poderia usar apenas parte de seu nome real, até que se mostrasse verdadeiramente digna de sua herança de fada das trevas. O que era ridículo, sério, se você pensasse a respeito. Mal não tinha exatamente um exército de recursos malignos sob seu comando; ela se contentava com o que tinha para trabalhar — latas de spray surrupiadas, jovens desafortunados do ensino médio, um armário cheio de velhos casacos de vison e armadilhas de mandíbula. Claro, talvez não estivesse envolvendo castelos inteiros em sebes de espinhos, mas todo vilão tinha que começar de algum lugar, não é?

E, se ela deixara Evie se livrar no fim da noite, isso também não tinha sido culpa dela, tinha? Por acaso dá para colocar um prazo nesse tipo de coisa? Uma boa trama exigia um pouco de planejamento, não é?

Mal se virou novamente.

O Castelo da Barganha ainda estava silencioso, o que significava que Malévola não saíra para a sacada a fim de disparar críticas e humilhar seus subalternos. Quando Mal enfim saiu da cama, deslizou para dentro da indumentária completamente roxa do dia e deixou o quarto na ponta dos pés, percebeu que a porta dos aposentos de sua mãe estava trancada, um indício de que Malévola não deveria ser perturbada sob nenhuma circunstância. Ela era inflexível sobre suas oito horas de "sono de maldade" e recomendava uma dieta saudável de pesadelos para manter as garras afiadas.

Tinha funcionado para ela até agora, não tinha?

Mal refletiu sobre o aviso da mãe enquanto descia correndo a escada em ruínas.

O Olho do Dragão era amaldiçoado, como Malévola lhe dissera, e isso queria dizer que qualquer um que o tocasse dormiria imediatamente por mil anos. Esta sempre fora a especialidade de sua mãe: fazer as pessoas dormirem contra a vontade delas. Claro, isso não funcionou muito bem no fiasco com Bela Adormecida, mas não significava que o cajado do Olho do Dragão era menos poderoso agora. Quando Mal encontrasse o cetro, precisaria tomar cuidado para não o tocar e, depois, teria de descobrir uma forma de trazê-lo de volta sem despertar a maldição.

Se ele ainda funcionar.

Se eu o encontrar.

Se ele sequer existir.

Enquanto Mal pegava sua mochila, só se sentia pior. Nem mesmo enfiar uma lata extra de tinta spray na bolsa a animou.

Talvez Jay estivesse certo.

Talvez toda aquela aventura fosse boba demais para embarcar nela. Não sabia por onde começar a procurar a arma perdida de sua mãe, não importava quão poderoso o objeto tivesse sido um dia.

Quem era ela para pensar que poderia encontrar algo que estava perdido há tanto tempo? Talvez devesse apenas esquecer e voltar à sua rotina habitual de pichar e furtar.

Além disso, qualquer coisa que Mal pudesse fazer não mudaria a forma como sua mãe a via. Mesmo que conseguisse encontrar o Olho do Dragão, Mal sabia que não poderia mudar quem fora seu pai, e, no fim, era isso que Malévola nunca poderia perdoar ou esquecer.

A única coisa que a própria Mal nunca poderia consertar.

Então, por que se incomodar?

Por que tentar?

Talvez ela devesse simplesmente aceitar e seguir em frente. Era isso que sua mãe esperava dela, fosse como fosse.

Fracassar. Decepcionar. Desistir. Ceder.

Assim como todos os outros neste lugar.

Mal abriu a porta do castelo e seguiu para a escola, tentando não pensar nisso.

Capítulo 14

Enriquecimentos malignos

Como muitos nerds antes dele, Carlos gostava da escola. Ele não tinha vergonha de admitir — teria dito isso a qualquer um que se importasse em perguntar. Como ninguém perguntou, no entanto, ele próprio avaliou o argumento.

Ele gostava da estrutura e das regras escolares. Também gostava do trabalho — responder aos tipos de perguntas que tinham respostas e explorar as que não tinham. Embora houvesse partes da escola que eram uma tortura, como quando ele era forçado a correr a extensão das sepulturas na aula de Educação Física (por que praticar *fuga a pé* quando eles viviam *em uma ilha*?) ou quando precisava trabalhar com parceiros designados (geralmente, o tipo que o provocava por não conseguir correr a extensão das sepulturas na aula de Educação Física), as outras partes mais do que compensavam.

As partes boas eram aquelas em que se usava realmente o cérebro e para as quais Carlos gostava de pensar que estava mais bem munido que o vilão mediano.

E ele tinha razão. Porque o cérebro de Carlos De Vil, a título de comparação, era quase tão grande quanto o armário de casacos de pele de Cruella De Vil.

Pelo menos, era isso o que ele tentava dizer a si mesmo, especialmente quando as pessoas o obrigavam a correr pelas sepulturas.

Sua primeira aula do dia era Ciência Estranha, pela qual sempre aguardava com ansiedade. Foi onde ele originalmente teve a ideia de montar sua máquina, na aula sobre ondas de rádio. Carlos não era o único aluno de destaque da classe; estava empatado, na verdade, com a coisa mais próxima que tinha de um rival em toda a escola: Reza, um magricela de óculos.

Reza era filho do antigo Astrônomo Real de Agrabah, que havia consultado Jafar para garantir que as estrelas se alinhassem em mais de uma nefasta ocasião, razão pela qual sua família terminara na Ilha dos Perdidos com todas as outras.

Ciência Estranha era a aula em que Carlos sempre se esforçava mais. A presença de Reza, que era tão competitivo no Laboratório de Ciências quanto ele, só o fazia se empenhar ainda mais.

E, por mais irritante que todos achassem Reza — ele sempre usava as palavras mais difíceis para tudo, não importando se estavam corretamente aplicadas e se ele inseria algumas sílabas extras onde não cabiam —, ainda assim, ele era inteligente. Muito inteligente, o que significava que Carlos gostava de superá-lo. Na semana anterior, estavam trabalhando em um elixir especial, e Reza ficara irritado porque Carlos descobrira primeiro o ingrediente secreto.

Sim, Reza era quase tão inteligente quanto irritante. Mesmo agora, estava levantando a mão, balançando-a freneticamente de um lado para o outro.

O professor da matéria, o poderoso feiticeiro Yen Sid, ignorou-o. Yen Sid fora enviado para a Ilha dos Perdidos de Auradon pelo Rei Fera para ensinar as crianças vilãs a viverem sem magia e conhecerem a magia da ciência, em vez disso. Carlos comentara certa vez que devia ter sido um grande sacrifício para ele desistir de Auradon, mas o velho mago rabugento dera de ombros e dissera que não se importava e que tinha a responsabilidade de ensinar todas as crianças, fossem boas ou más.

Yen Sid retomou a lição citando sua frase favorita: "Qualquer tecnologia suficientemente avançada é indistinguível da magia". O mágico reservado sorriu de seu púlpito, a cabeça calva brilhando sob a luz e a grande barba grisalha cobrindo metade do peito. Ele trocara suas vestes de feiticeiro por um jaleco branco de químico, agora que não havia mercado para magia e... bem, nenhuma magia sobre a qual falar.

Reza levantou a mão de novo. Mais uma vez, Yen Sid o ignorou, e Carlos sorriu consigo mesmo.

— Só porque não há magia na Ilha dos Perdidos não significa que não podemos fazer a nossa própria — disse Yen Sid. — Na verdade, podemos criar tudo de que precisamos para um feitiço bem nesta sala de aula. A resposta para a nossa situação está bem à nossa frente. De fogos de artifício a explosões, tudo pode ser feito com... *ciência*.

— Exceto que ciência é chata — comentou um dos Gastons.

— E, aliás, que cheiro é esse? — falou o outro Gaston, dando um tapa na cabeça do irmão. — Porque, vocês sabem, feijões são o fruto mágico.

— Cale a boca — Carlos sibilou. Ele queria ouvir.

A mão de Reza disparou mais uma vez para o alto. *Eu, eu, eu.*

— Estou falando sobre a *magia da ciência* — Yen Sid explicou, ignorando os Gastons e Reza.

— Com licença. Com licença, professor? — Reza não pôde mais se conter. Estava quase guinchando em seu assento. Carlos bufou.

O professor suspirou.

— O que foi, Reza?

Ele se levantou.

— Independentemente disso, a irrelevância dos comentários simplistas dos meus colegas não tem significado para esse experimento, na verdade.

— Obrigado, Reza. — Yen Sid entendeu, assim como Carlos, que Reza tinha acabado de dizer que os Gastons não passavam de dois idiotas. O que não era novidade para ninguém.

Reza pigarreou.

— Se a ciência é, de fato, magia, ou seja, magia por si só, alguém poderia, então, correspondente e consequentemente, propor o postulado de que a magia é, assim, a saber, também ciência, *quid pro quo*, *quod erat demonstrandum*, como queríamos demonstrar, c.q.d.?

Yen Sid revirou os olhos. Murmúrios abafados e risadinhas surgiram do restante dos alunos.

— Sim, Reza. A ciência pode ser descrita, de fato, como magia, de certas perspectivas. Mas vocês não precisam acreditar em mim. Por que não começam o experimento de hoje e descobrem por si próprios... — A mão de Reza voltou a disparar para o alto. A classe inteira começou a rir. Yen Sid encarou-o com severidade. — Como seu colega Carlos aqui, que, em vez de perder tempo com mais papo-furado, já está na metade da tarefa? — Ele levantou uma sobrancelha para Reza.

O rosto de Reza ficou vermelho. A turma riu mais alto.

O foco da aula de hoje era engenharia. O coração de Carlos se aqueceu enquanto se curvava sobre a mesa e se dedicava à tarefa de aprender a fazer uma vassoura robótica que fazia limpeza sozinha; era a solução para seu problema anterior. Com tal invenção, ele seria capaz de limpar o Hell Hall em um instante. Tinha até um nome para ela: Broomba.[2]

Os Gastons resmungavam, mas Carlos não era capaz de sequer ouvi-los. Não quando estava trabalhando. Ele apertou um parafuso no motor de sua vassoura.

Essa era a *verdadeira* magia.

---

2. Trocadilho com vassoura em inglês, "*broom*", e um conhecido robô aspirador, Roomba. (N. T.)

No fim da primeira aula, não era apenas Carlos que estava feliz por ter retornado à escola; Evie estava contente por ter decidido aparecer também. Para começar, não viu nenhum sinal de Mal, e foi reconfortante perceber que, embora sua mãe nunca achasse que ela fosse bonita o suficiente, com certeza era o suficiente para seu Seminário do Egoísmo, que apenas alguns alunos do Fundamentos do Egoísmo tinham permissão para fazer. Como se viu, ela poderia ter dado a aula sozinha.

— Estes são incríveis! — disse Mamãe Gothel enquanto olhava o dever de casa de Evie.

A turma recebera ordens de produzir uma série de autorretratos, e Evie passara as horas antes da festa de Carlos trabalhando duro em seu portfólio, tirando fotos de si mesma. A beleza requer esforço, não é? Não era isso que sua mãe sempre dizia?

E, como a mãe a havia deixado tão ciente de cada ângulo e cada truque de luz e dos cosméticos, Evie tinha as melhores fotos. (Na verdade, essa aula não era nada; desde a época em que Evie já conseguia segurar uma escova de cabelo, ela sabia como ficar com uma aparência dez vezes melhor do que a real.)

Tudo um truque de espelhos, ela pensou, estremecendo com a palavra *espelho*. É assim que você se torna a mais bela de todas.

Tentou ignorar as outras garotas da turma, em particular as enteadas-netas, que a olhavam com raiva.

— É como se você passasse *cada segundo* olhando para o próprio reflexo! — Mamãe Gothel se maravilhou. — Isso é que é um feito de egocentrismo!

Evie sorriu.

— Ora, obrigada. Eu tento.

— Sua mãe deve estar tão orgulhosa — falou Mamãe Gothel, devolvendo as fotos.

Evie apenas assentiu.

MELISSA DE LA CRUZ

Depois de levar bomba na prova de História do Mundo Maligno, Jay abaixou-se para se esconder de uma enteada-neta malvada, que acenou para ele de forma sedutora, fazendo-o se atrasar para sua aula de Enriquecimento. Ele se escondeu nas sombras atrás de uma estátua na escada.

Droga.

Não que não tivesse apreciado dançar com ela na noite anterior; tinha gostado muito, e roubar o coração das garotas era quase um hobby para ele, mas não tão divertido quanto roubar outras coisas, já que corações vinham acompanhados de muito comprometimento. E com certeza não rendiam tanto.

Além disso, Jay apreciava sua liberdade.

— Jayyyyyy — a voz dela entoava pelo corredor. — Oh, Jayyyyy, acho que você pode estar com algo da minha avó que eu preciso de volta. Estou muito, muito brava com você, seu *bad boy* — ela disse, sem soar nem um pouco brava.

Mas Jay não saía de seu esconderijo atrás da estátua de Malévola na forma de Dragão Maligno. A monstruosidade de pedra, encomendada pela própria Malévola, ocupava mais da metade do patamar entre o segundo e o terceiro subsolo da escola, e se tornara um dos esconderijos mais confiáveis de Jay. Logo, seu predatório par de dança desistiu da caça.

— Ufa, essa passou perto. — Ele saiu do esconderijo e acompanhou Carlos, que franziu a testa para ele sem tirar os olhos do livro enquanto caminhava.

— Mais perto que todas as outras vezes?

— Sim... não. Na verdade, não. — Jay suspirou.

Carlos virou a página, e os dois garotos se dirigiram para o Enriquecimento sem dizer mais nada.

Enriquecimento tratava literalmente de enriquecer a si mesmo tirando dos outros. A turma estudava técnicas de arrombamento e segredos de furto em lojas — o que significava que era a aula preferida de Jay por motivos óbvios, sendo ele próprio um ladrão —, e o professor convidado de hoje era ninguém menos que o próprio diretor sinistro da escola, o Dr. Facilier.

— Existem muitos tipos de ladrões — explicou o Dr. Facilier em seu sussurro sedoso. — Pode-se furtar no mercado oriental, assaltar uma casa ou roubar um riquixá. Mas esses são, é claro, exercícios insignificantes, mera brincadeira de criança. — Jay queria argumentar. Afinal, estava com a gravata de cordão do Dr. Facilier no bolso, não estava? *O que você está chamando de brincadeira de criança, velho?* — Um verdadeiro vilão tem ambições maiores, como roubar uma identidade, uma fortuna... a vida inteira de alguém! Alguém pode me dar um exemplo de tal vilania? De um enriquecimento de grande magnitude? — O bom doutor examinou a sala. — Sim, Carlos?

— Minha mãe queria roubar cento e um filhotes de cachorro! — Carlos falou, quase num grito. — Isso era algo grande.

— Sim, e tratava-se de um sonho extravagantemente maligno. — Dr. Facilier sorriu, e todos na sala estremeceram diante dessa visão. — Mais alguém? Exemplos?

— Minha mãe sequestrou a magia de Rapunzel para se manter jovem? — Ginny Gothel propôs. — Rapunzel tinha um cabelo... realmente... grande?

— Você tem razão nisso. Um exemplo muito bom, de fato, enriquecer a si mesma abusando de outros — Dr. Facilier assentiu, caminhando até a lousa. — Agora, entendo que os alunos avançados entre vocês têm seu devido projeto para Tramas Malignas. — Algumas cabeças concordaram, entre elas, as de Jay e Carlos. — Meu plano maligno era o ápice do enriquecimento. Alguém sabe? — A sala ficou em silêncio. O Dr. Facilier pareceu ofendido; murmurou algo sobre "os jovens de hoje em dia" e retomou sua aula. — Para meu plano maligno, transformei o Príncipe Naveen em um sapo e fiz vodu em seu criado para que ele se parecesse com ele. Meu plano era que o criado se casasse com Charlotte La Bouff e, quando o fizesse, eu mataria o pai dela e tomaria sua fortuna. Se eu tivesse conseguido, teria roubado a identidade de um homem e a fortuna de outro. Um golpe de enriquecimento!

A classe aplaudiu. Um Dr. Facilier radiante curvou-se em um movimento rígido e rápido.

— Só que você fracassou — Carlos pontuou, quando a sala ficou em silêncio novamente.

— Sim — Dr. Facilier refletiu, sua expressão desabando de desânimo. — Isso é verdade. Eu fracassei. Desastrosa, miserável e decididamente. Fui um fracasso completo e absoluto. Não ganhei a princesa nem a fortuna. Daí a fundação da Dragon Hall, onde devemos aprender com nossos fracassos e ensinar a próxima geração de vilões a fazer o que não fomos capazes.

Harriet Gancho levantou a mão.

— Como?

— Preparando-se! Pesquisando! Sendo mais malignos! Trabalhando mais rápido! Pensando maior! — Dr. Facilier insistiu. — Para que, quando chegar a hora, quando o domo cair e a magia retornar a nós, e ela irá, meus filhos, ela irá! O mal que somos não pode ser contido... Estejam preparados.

Jay rabiscou em seu bloco de notas. *Ser mais maligno. Pensar maior. O Prêmio Máximo.*

Mais uma vez, seus pensamentos se voltaram para o Olho do Dragão. Era o cetro de Malévola, e a busca pela recuperação dele era responsabilidade de Mal. Não era sua busca nem seu problema.

Mas e se fosse?

E se devesse ser?

Mal pedira sua ajuda, e ele a dispensara. Mas e se dissesse que a *ajudaria*? E se, quando encontrassem o cetro, ele o roubasse dela na cara dura? Estaria roubando uma fortuna e sua identidade como herdeira de Malévola numa tacada só, assim como o Dr. Facilier.

E se, por acaso, o treco ainda funcionasse?

Seu pai enfim teria o Prêmio Máximo, e Jay teria sua Trama Maligna. Juntando as habilidades de ambos, encontrariam um jeito de escapar da Ilha dos Perdidos, das Sobras e dos Esquecidos.

Eles não pertenciam mais àquele lugar, pertenciam?

Jay sorriu. Iria enriquecer malignamente, com certeza, até se tornar o Mestre das Trevas.

No horário do almoço, as conversas do restante da escola ainda giravam em torno da festa épica da noite anterior no Hell Hall, mas Mal não tinha interesse. A festa era coisa do passado; ela seguira em frente e tinha coisas maiores com que se preocupar agora. Tudo o que conseguia pensar era em como sua mãe queria o Olho do Dragão de volta e como Malévola não a veria como nada além da filha de seu pai — em outras palavras, uma humana patética e fraca — até que Mal pudesse provar que ela estava errada.

Mal continuou revivendo a conversa da noite anterior repetidas vezes, por isso perdeu as primeiras aulas e passou as restantes dormindo. Ela se apresentou para sua aula individual pós-horário escolar com Lady Tremaine ainda se sentindo ansiosa e indisposta.

— Oi, professora Tremaine, você queria me ver para falarmos sobre minha trama maligna do ano? — ela perguntou, batendo na porta aberta dos túmulos dos professores.

Lady Tremaine ergueu os olhos de sua mesa com um ligeiro sorriso.

— Sim, entre e feche a porta, por favor. — Uma garrafa térmica cheia de vinho avinagrado estava na mesa à sua frente, o que não era um bom presságio. Lady Tremaine só bebia vinho azedo quando estava de mau humor.

MELISSA DE LA CRUZ

Mal sabia que estava em apuros, mas fez o que lhe foi dito e sentou-se diante da professora.

— Então, o que está rolando?

Lady Tremaine bufou.

— "O que está rolando" é essa... ideia patética para uma trama maligna de um ano. Uma rusguinha contra uma garota? Pregar peças em uma festa? Pegadinhas? Isso não é digno de você, Mal. Eu esperava mais de você. Você é minha melhor aluna. — Ela pegou seu vinho e tomou um gole, fazendo uma compreensível cara de repulsa.

Você esperava mais? Você e todos os outros nesta ilha, Mal pensou, mal-humorada. *Entre na fila.*

— Qual é o problema com minha trama maligna? — ela perguntou.

— Simplesmente não é maligna o suficiente — fungou Lady Tremaine. Mal suspirou, e a professora lhe lançou um olhar enviesado. — Preciso que realmente se dedique de coração sombrio e alma suja a isso, que crie um plano realmente perverso; algo que a levará às profundezas da crueldade e às alturas da perversa grandeza da qual eu sei que você é capaz.

Mal chutou a mesa e franziu a testa. Tinha pensado que sua trama maligna era bem perversa.

— Tipo o quê? E como sabe de que perversa grandeza eu sou capaz, afinal?

— Você é Mal, filha de Malévola! Quem não sabe disso? — Lady Tremaine balançou a cabeça.

Você ficaria surpresa, pensou Mal.

Lady Tremaine continuou a bebericar seu vinho.

— Tenho certeza de que vai inventar alguma coisa, querida. Afinal, você é filha da sua mãe. Espero algo realmente horrível e lendário para sua trama maligna; algo que entrará para a *história* — disse Lady Tremaine, devolvendo a redação de Mal para ela. — Vou te dar um minuto para pensar, se isso ajudar.

Mal baixou os olhos para o projeto que escrevera originalmente. A princípio, irritou-se com as críticas; não queria ouvi-las.

O que havia de errado naquilo? Era maldade, maldade pura. E era *ruim*, não era? Acabar com uma princesa não era exatamente uma coisa legal de se fazer. Ela faria Evie pagar, não faria?

E uma vingança, esse era um plano maligno consagrado pelo tempo, não era?

Maldade clássica? Qual era o problema nisso?

A vontade de Mal era amassar o papel em sua mão. Não tinha tempo para aquilo. Tinha outras coisas em mente... sua mãe e o Olho do Dragão, por exemplo, aquele cetro estúpido e amaldiçoado...

Ei, espere um momento...

O que minha mãe disse sobre o Olho do Dragão?

Quem tocar no cetro será amaldiçoado e dormirá por mil anos.

Malévola amaldiçoara o reino de Aurora a dormir por apenas *cem* anos depois que a Bela Adormecida espetara o dedo em uma roca de fiar. Essa maldição fazia a vítima dormir por *mil*.

Isso era, tipo, dez vezes mais maligno, a menos que sua matemática estivesse errada. De qualquer forma, *muito* mais maligno. *Mais ou menos alguns zeros.*

Talvez ela devesse embarcar nessa empreitada, no fim das contas.

E se, de alguma forma, ao longo do caminho, ela fizesse *Evie* tocar o Olho do Dragão...

Bem, esse seria o plano mais abominável e perverso que a ilha já teria testemunhado! Pague um, leve dois! Não, leve três: ela eliminaria a princesa e ganharia o respeito da própria mãe, assim como a competição de tramas malignas da escola; tudo de uma vez.

Lady Tremaine estava certa. Todos esses pequenos truques que ela planejara fazer com Evie não eram nada comparados a *isso*. Se Mal fizesse Evie dormir por mil anos... bem, o que poderia ser mais sórdido que isso?

Ou, mais precisamente, *quem?*

— Já sei — disse Mal, pulando da cadeira e dando um grande abraço na assustada Lady Tremaine, apesar do que seria mais sensato fazer (e do bafo de Lady Tremaine). — Algo *tão* maligno que ninguém viu antes... ou jamais verá de novo!

— Que maravilha, minha menina! Fico muito feliz em vê-la tão perversa — fungou Lady Tremaine, levando um lenço ao olho. — Isso me traz esperança para o futuro. Com exceção, é claro, desse *abraço.*

Mal sorriu triunfante. Nem mesmo um abraço sentimental poderia afetá-la agora. Ela queria muito começar. O mal não esperava por ninguém.

As engrenagens de sua mente começaram a girar.

Ela não podia embarcar em uma jornada maligna sozinha. Se iria procurar uma agulha no palheiro, ou o Olho do Dragão na ilha, precisaria de lacaios, os próprios capangas para comandar, assim como sua mãe tinha os dela. Precisaria montar uma equipe. Além disso, seria mais fácil fazer Evie se envolver também se ela fizesse parte do grupo.

Mas onde conseguiria os próprios lacaios? Claro, sempre havia os filhos dos capangas de Malévola. O problema era que aqueles sujeitos com cara de javali fediam demais; e, quanto aos goblins e chacais... bem, quem comandaria o Ponto do Grude? Além disso, como havia mencionado antes, ela não falava a língua dos goblins; sem contar que sua mãe sempre repetia sobre quão inúteis eles tinham sido durante toda a missão da Maldição da Bela Adormecida.

Eu passo.

Mal teria de encontrar a própria equipe. A própria equipe de homens de confiança e uma mulher bajuladora em particular.

Por onde começar?

Precisaria de alguém que conhecesse a ilha como a palma da mão, de trás para a frente, de cabo a rabo.

Alguém com quem pudesse contar se encontrasse algum problema, sendo o próprio alguém um grande problema.

Alguém que soubesse como pôr as mãos no que queria.

Só precisava convencê-lo a se juntar a ela.

Talvez pudesse prometer a esse alguém algum tipo de recompensa ou algo assim.

Já estava escuro quando Mal saiu da escola e foi direto para a Velharias do Jafar.

Capítulo 15

segredo entre ladrões

Mal jogou pedrinhas na janela da loja de sucata, fazendo-as bater no peitoril.

— Jay! Você está aí? — ela chamou num sussurro gritado. — Jay! Saia! Quero falar com você! — Atirou mais algumas pedras.

— Quem está fazendo esse barulho infernal? Ninguém sabe tocar campainha hoje em dia? — ralhou Jafar enquanto abria a janela e colocava a cabeça para fora. Estava prestes a soltar uma série de xingamentos quando viu quem estava lá. — Oh, minha cara Mal — ele disse, sua voz ainda tão sedosa quanto na época em que costumava aconselhar o Sultão. — Como posso ser útil?

Mal estava prestes a se desculpar quando se lembrou de que fadas das trevas *nunca* pedem desculpa.

— Estou procurando Jay — ela falou, tentando soar tão autoritária quanto sua mãe.

— Ora, sim, claro — disse Jafar. — Eu o avisarei. Por favor, entre. — Houve uma pausa, e depois Jafar berrou em uma voz estrondosa: — JAY! MAL QUER TE VER!

— JÁ VOU! — Jay gritou em resposta.

— Qual é o lance entre vilões e pássaros? — perguntou Mal, entrando na loja de sucata e encontrando Iago no ombro de Jafar. Ela pensou em como Malévola cobria Diablo de carinho.

— Como disse? — Jafar perguntou, enquanto Iago estreitava seus olhos brilhantes para Mal.

— Nada, não.

Jay apareceu.

— Opa! E aí, Mal? Engraçado você vir aqui. Eu estava prestes a te procurar. Deveríamos conversar mais sobre aquela...

— Aquela tarefa da lição de casa — completou Mal, lançando olhares penetrantes para ele. Ninguém mais poderia saber sobre o Olho do Dragão.

— Certo, isso. Lição de casa. Obrigado, pai, eu assumo daqui — disse Jay, fazendo um sinal enfático para o pai ir embora.

Jafar fechou o robe ao redor de si e bufou, Iago berrando e voando atrás do homem.

— Tem algum lugar onde possamos conversar? — Mal perguntou quando ela e Jay enfim ficaram sozinhos.

Jay gesticulou para a loja de sucata.

— Qual é o problema de conversarmos aqui?

Mal correu os olhos pela loja bagunçada, notando algumas coisas que eram dela na pilha e as pegando de volta, sem comentários. Supôs que era um lugar tão bom quanto qualquer outro — e, falando sério, o que estava escondendo, afinal? Não que outra pessoa fosse roubar o Olho do Dragão de Malévola. Quem seria burro o suficiente para fazer isso?

Ela olhou de soslaio para Jay, que inspecionava um béquer que ele havia retirado do bolso. Seus olhos escuros brilhavam, travessos.

— Onde conseguiu isso? — ela perguntou. — O que é?

— Não sei. Reza estava com isso na bolsa. Estava todo cuidadoso com ele, então eu peguei — Jay explicou com um sorriso malicioso.

Mal fez um gesto impaciente. Ela não podia esperar para começar nem se dar ao luxo de se distrair.

— Escute, sei que você acha que não conseguiremos, mas precisamos descobrir uma forma de encontrar o Olho do Dragão. Quero dizer, ele comanda todas as forças das trevas quando funciona. E, vai saber? Talvez a magia retorne à ilha um dia.

Jay ergueu as sobrancelhas.

— É... eu ia dizer a mesma coisa.

— Sério? — ela perguntou, chocada por ele ter sido convencido tão rápido. Começou a ficar um pouco desconfiada.

Jay soprou as unhas.

— É. Digo, fala sério, se o Olho do Dragão está realmente aqui, precisamos colocar as mãos nele. Mas você acha mesmo que sua mãe está certa? Você sabe, ela é meio louca da cabeça chifruda.

Mal revirou os olhos.

— Não dá para negar que Diablo voltou. Estava congelado em pedra, mas está vivo agora. Ele já comeu quase tudo em nossos armários.

— Que coisa.

— Né?

— Iago é a mesma coisa. Acho que ele come mais que eu e papai juntos.

Compartilharam uma risada.

— Tá, maravilha. Eu esperava começar a procurar o mais rápido possível — Mal disse, disposta a ignorar a possibilidade de que Jay só estivesse concordando em ajudar por algum motivo egoísta. Ela poderia lidar com ele.

Jay estava prestes a dizer algo quando se virou, seus reflexos rápidos e desconfiados.

— Que barulho é esse? — ele perguntou, quando de repente a porta da sala dos fundos desabou e Jafar caiu para a frente, Iago pousado em sua barriga.

— Eu disse que você era gordo demais para se apoiar naquela porta! — Iago o repreendeu.

Jafar fez uma tentativa valente de retomar sua dignidade e se levantou, limpando a poeira e os detritos do cabelo.

— Oh, nós estávamos prestes a perguntar se vocês dois queriam jantar, não é, Iago? Não conseguimos deixar de ouvir... me perdoem se estivermos enganados, mas você disse que o cetro do Olho do Dragão de Malévola está perdido em algum lugar desta ilha? — Jafar quis saber, os olhos escuros brilhando.

Mal estreitou os olhos para Jay, censurando-o mentalmente por não ter encontrado um lugar adequado para conversarem em particular. Mas estava claro que era tarde demais, e Jafar já sabia de tudo.

Jafar lançou um olhar solene para os dois adolescentes à sua frente.

— Sigam-me, é hora de termos uma conversa de verdade.

Ele os levou para sua sala de estar particular nos fundos da loja, um covil aconchegante cheio de cortinas em tons de pedras preciosas, tapetes orientais, almofadas de cetim acolchoadas, luminárias e arandelas de latão, que conferiam ao ambiente um ar triste, exótico e desértico. Jafar sentou-se em um dos sofás longos e baixos, fazendo sinal para que os dois jovens se acomodassem nos pufes.

— Quando fui libertado da minha lâmpada mágica e trazido aqui para esta ilha amaldiçoada, enquanto eu voava, avistei o que, a princípio, parecia ser apenas uma floresta comum, mas, ao observar com mais atenção, vi que se tratava, na verdade, de um castelo negro coberto de espinhos.

— Outro castelo? — perguntou Mal. — Coberto de espinhos, você disse? Mas isso significaria... que esse é...

O verdadeiro castelo de sua mãe. O Castelo da Barganha era alugado; não era o lar delas, de fato. *A Fortaleza Proibida*. Não era assim que se chamava o verdadeiro lar de sua mãe? Mal nunca tinha prestado a devida atenção, mas com certeza parecia familiar. E onde mais ele poderia estar senão na Ilha dos Perdidos?

Jafar puxou a barba desgrenhada.

— Sim. Mas temo não saber a localização exata, no entanto. Esta ilha é muito maior do que pensam, e vocês podem procurar para sempre e nunca o encontrar, ainda mais se estiver escondido na zona proibida. — *Lugar Nenhum*, como era chamada pelos cidadãos da ilha.

— Nunca! — repetiu Iago com um arrepio de penas.

— Foi o que eu disse — Jay assentiu.

— Eu tinha me esquecido completamente de ter visto a fortaleza até agora, quando você mencionou o retorno de Diablo e seu testemunho de que ele mesmo viu o Olho do Dragão — explicou Jafar. — E, se a fortaleza está na ilha, talvez não seja tudo o que está escondido na névoa.

— Mas por que estaria aqui? — Jay questionou, inclinando-se para a frente sobre os joelhos e olhando atentamente para o pai.

— Essas coisas eram perigosas demais para ficarem em Auradon. E, com a magia impossibilitada pelo domo, elas são inofensivas agora. Mas, se recuperássemos o que é nosso por direito, talvez um dia tivéssemos uma chance contra aquela barreira invisível.

— Diablo jura que o Olho do Dragão voltou à vida, o que significa que talvez o escudo não seja tão impenetrável quanto pensávamos — observou Mal. — Mas ainda nos falta saber com exatidão onde ele está. Não há um mapa para Lugar Nenhum.

— Podemos tentar o Ateneu do Mal — sugeriu Jay, prontamente.

— O Atenê-o-quê do Mal?

— A Biblioteca dos Segredos Proibidos, na Dragon Hall... Você sabe, aquela porta trancada pela qual ninguém deve passar. Aquela guardada por uma aranha gigante.

Mal balançou a cabeça.

— Você acha mesmo que aquilo é alguma coisa? Sempre pensei que era apenas uma forma de manter os calouros longe do escritório do Dr. Facilier.

— Bem, precisamos partir de algum ponto. E eu me lembro de o Dr. F mencionando na aula de Enriquecimento que a biblioteca guarda informações sobre a história da ilha.

— Desde quando você presta atenção nas aulas? — Mal questionou com desdém.

— Olha só, você quer a minha ajuda ou não?

Jay tinha razão. Era um começo, e ela aprendera mais sobre a ilha em uma única noite naquele ferro-velho que em dezesseis anos.

— Tudo bem.

— Vamos amanhã, bem cedo — disse Jay em um tom alegre. — Nos encontramos no mercado oriental para pegar suprimentos primeiro, assim que ele abrir.

Mal fez uma cara de contrariada; ela odiava acordar cedo.

— E por que não hoje à noite?

— A orquestra vai fazer um concerto esta noite, vai ter muita gente por perto. Amanhã é sábado, ninguém vai estar lá. Mais fácil.

Mal suspirou.

— Certo. A propósito, obrigada pela ajuda, Jafar.

— O prazer é meu — disse Jafar com um sorriso amigável. — Boa noite.

Quando Mal foi embora, Jay sentiu seu pai deslizar até ele e cravar os dedos em sua manga.

— O que houve? — perguntou ele, embora já soubesse.

— O Olho do Dragão — Jafar murmurou.

— Eu sei, eu sei — Jay assentiu. Seria o maior prêmio do ano.

— Eu odiaria pensar que está traindo sua amiga — falou Jafar, com uma expressão triste no rosto.

— Não se preocupe, pai. Nenhum de nós tem amigos — Jay respondeu com desdém. — Principalmente Mal.

Conforme haviam combinado, na manhã seguinte Jay encontrou Mal no mercado lotado para que pudessem "pegar" (leia-se *furtar*) suprimentos para a jornada deles em busca da fortaleza. Jay ficou para trás e surrupiou um monte de frutas de algumas barracas, enquanto Mal parou na tenda de uma cartomante e trocou um par de brincos roubados e apenas *ligeiramente* lascados por um baralho surrado de cartas de tarô.

— Para que é isso? — quis saber Jay.

— Ninguém pode entrar na biblioteca, certo? Onde todos aqueles documentos estão trancados e lacrados...

— E a única pessoa que tem a chave é o Dr. F, e ele adora cartas de tarô.

— Que bom ver que você está ligado — respondeu Mal.

— Então, qual seu nível de certeza sobre tudo isso? Quero dizer, um pouco de certeza? Muita certeza? Certeza só para ter algo a fazer? — perguntou Jay, fazendo malabarismos com alguns pêssegos machucados.

— Não sei. Mas pelo menos tenho que *tentar* encontrar a fortaleza, ainda mais se o Olho do Dragão estiver lá. Além disso, você não acha estranho que a gente nunca tenha saído da vila? Quer dizer, esta ilha é bem pequena, e nunca sequer *tentamos* dar uma olhada por aí.

— O que há para olhar? Você mesma disse... provavelmente estamos indo para Lugar Nenhum.

— Mas, se por acaso houver um mapa da ilha na biblioteca, saberemos exatamente para *onde* em Lugar Nenhum devemos ir, a fim de encontrarmos a fortaleza. Há algo lá fora além da vila. Eu sei.

— Mas digamos que a gente ache o Olho do Dragão e ele não consiga *fazer* nada — disse Jay.

— Diablo jura que ele ganhou vida!

— Como? Não há magia na ilha. Nem um pingo.

— Bem, talvez haja um buraco na cúpula ou algo assim — sugeriu Mal.

— Um buraco? — zombou Jay.

— Eu lhe disse, não sei. Tudo o que sei é que o corvo jura que viu um sinal de vida, e minha mãe quer que eu vá buscar o Olho do Dragão, como se eu fosse um moleque de recados. Se você é covarde feito uma galinha e não quer vir comigo, então volte e continue roubando porcarias para sua loja de quinquilharias — retrucou Mal, irritada.

— Eu não sou como uma galinha!

— Tem razão, está mais para papagaio — falou Mal.

Jay suspirou. Ela o tinha pegado de jeito.

— Tudo bem — ele resmungou. — Talvez você tenha razão; pode ser que *haja* um buraco.

Capítulo 16

Aminimigas para sempre

As vozes de Mal e Jay discutindo ecoavam por todo o mercado, e Evie não pôde deixar de ouvir. Ela estava no mercado oriental para seu primeiríssimo passeio de compras. Como nada havia acontecido com Evie por ter deixado o castelo e ido para a escola, a Rainha Má estava mais convencida que nunca de que Malévola havia se esquecido do banimento delas ou, pelo menos, não se importava que tivessem retornado. A Rainha Má se sentia tão animada por estar de volta à vila que corria de loja em loja, cumprimentando a todos e enchendo seu carrinho com vários tipos de elixires antienvelhecimento e novos tratamentos de beleza.

Evie olhou de soslaio para o rosto deles. Mal fazia cara feia e Jay parecia irritado, como não podia ser diferente. Ela estava imaginando coisas ou os ouvira dizer algo a respeito de um buraco na barreira mágica? A explosão de luz que disparara da invenção de Carlos na noite da festa veio-lhe à mente de imediato.

— Vocês estão falando sobre um buraco no domo? — ela perguntou, aproximando-se dos dois.

Desconfiada, Mal ergueu os olhos, mas, quando viu Evie, sua voz tornou-se doce.

— Que coincidência, Evie! Você era exatamente quem eu estava procurando — ela disse.

— Era, é? — Jay perguntou, confuso.

— Sim, era — Mal respondeu, enfática. — O que estava dizendo mesmo sobre o domo?

Evie se perguntou se deveria contar a eles o que acontecera. Ela sabia que não podia confiar em Mal e tinha um pressentimento de que Jay estava por trás do sumiço de seu colar de maçã envenenada, que ela não via desde a festa, e suspeitava de que ele o tivesse afanado quando pegara sua capa naquela noite.

— Nada — ela disse.

— Conte-nos — Jay exigiu, cruzando os braços.

— Por que deveria? — Evie fungou. Mal a prendera em um armário! E Jay não era muito melhor, na verdade... aquele ladrãozinho.

— Porque... — começou Jay, mas depois ele travou. — Hã... porque, se não fizer isso, Mal vai te amaldiçoar? — acrescentou, embora ele próprio não parecesse convencido.

— Caso não tenha notado, não há magia nesta ilha — Evie disse, irritada.

— Ainda não — corrigiu Mal. — Mas pode haver um dia. — Ela pegou o braço de Evie e sussurrou: — Olha, sei que não começamos com o pé direito, mas acho que deveríamos deixar o passado para trás. É uma ilha pequena, e não deveríamos ser inimigas.

— Sério?

— Lógico — declarou Mal, lançando seu sorriso mais doce.

Evie sabia que Mal não falava com sinceridade, mas estava intrigada o suficiente para entrar na onda.

A ILHA DOS PERDIDOS

Estava prestes a contar a ela o que sabia sobre o domo quando a Rainha Má saiu do Miudezas, vestindo um agasalho de veludo preto com a palavra RAINHA bordada em seu traseiro.

— Evie! Tenho uma nova sombra para você! Oh! — Foi pega de surpresa ao ver que Evie não estava sozinha. — Se não é Mal! — ela acrescentou, tensa. — Como está, querida? Como está sua mãe? Ela está aqui? Ainda está brava comigo?

— Hã... — Mal piscou, perplexa.

Evie desejou que sua mãe parasse de falar, mas é claro que esse era um desejo infrutífero; ela continuava balbuciando palavras de um modo nervoso.

— Diga à sua mãe para vir me ver qualquer dia. Ficaria feliz em dar uma repaginada nela! Vi as fotos dela no jornal; está parecendo um pouco esverdeada ultimamente. Precisa de uma base mais forte — concluiu a Rainha Má.

— Eu vou, hã, avisá-la — disse Mal.

— Faça isso, querida! E, se me permite dizer, seu cabelo roxo é fabuloso! Ele realmente realça suas maçãs do rosto! — a Rainha Má acrescentou com efusividade.

— Obrigada? Eu acho? — falou Mal, que parecia nitidamente desconfortável.

Jay riu.

— Aceite o elogio, Mal. Desculpe, Rainha Má, Mal não está acostumada a receber elogios. Você sabe que Malévola não tem interesse em beleza, a menos que possa ser usada para seduzir alguém a fazer sua vontade.

— Certo. Vamos indo, Evie — disse sua mãe.

— Oh, será que Evie pode sair com a gente? — pediu Mal com um sorriso meloso. — Estávamos prestes a pegar alguns lanches não saudáveis no Ponto do Grude.

Evie estava dividida. Por um lado, sabia que deveria ficar longe de Mal se quisesse estar em segurança, mas, por outro, nunca conseguia sair com pessoas de sua idade.

A Rainha Má assentiu.

— Claro! Vejo você em casa, querida. — Ao se afastar, ela articulou com os lábios: — Reaplique seu gloss!

Quando a mãe desapareceu na multidão, Evie retomou a conversa de onde haviam parado.

— Vocês querem saber sobre o buraco no domo ou não?

Mal e Jay trocaram olhares.

— Claro que sim — responderam em coro.

Evie deu de ombros.

— Bem, aconteceu algo na noite da festa que pode ter a ver com o domo.

— É mesmo? — perguntou Mal, com uma sobrancelha erguida.

— Vocês precisam falar com Carlos — explicou Evie. — Ele sabe o que aconteceu. — Ela estremeceu diante da lembrança, aquela luz brilhante que emanava da pequena máquina. Por um segundo, ficou preocupada com que, de alguma forma, tivessem destruído o universo. Ela ainda se lembrava da sensação vibrante e aguda de eletricidade no ar. Parecia... magia.

— Carlos? Por quê? O que ele tem a ver com tudo isso? — Mal perguntou, enquanto passavam por uma barraca que vendia cachecóis coloridos e Jay praticava seu parkour, correndo pelas paredes e pelos telhados.

— Porque foi ele quem fez isso — revelou Evie.

— Fez o quê?

— Abriu um buraco no domo.

Jay soltou uma risada estrondosa e aterrissou ao lado delas.

— Tá bom... Como se aquele carinha conseguisse abrir um buraco no que quer que seja. Vamos, Mal. Temos trabalho a fazer. — Ele começou a se virar.

Evie olhou fixamente para Mal, que retribuiu o olhar.

— Não estou mentindo — ela insistiu.

— Não achei que estivesse — retrucou Mal, os olhos verdes brilhando. Evie os encarou com seus calmos olhos azuis. Por fim, Mal disse: — Ok.

— Você realmente acredita nela? — Jay ficou boquiaberto, soando naquele momento como Iago.

— Acho que precisamos verificar todas as possibilidades — justificou Mal.

— Mas estamos indo para a Dragon Hall — falou Jay.

— Não, vamos para o Hell Hall primeiro. Quero falar com Carlos — decidiu Mal. — E você vem conosco, Evie.

Evie não se opôs à ideia. Alguma coisa grande estava acontecendo. Algo havia começado na noite em que Carlos ligara aquela máquina. E, contrariando seu bom senso, Evie queria ver como isso terminaria.

Então, seguiram para o Hell Hall, mas, agora, a dupla era um trio.

Capítulo 17

Você acredita em magia?

Mais um dia de liberdade antes que sua mãe voltasse para casa. Carlos examinou seus domínios. Considerando que tinham sido a sede de uma festa épica no início da semana, o local não parecia tão ruim. A Broomba fizera maravilhas. Em contrapartida, o lugar estava sempre caindo um pouco aos pedaços, então, quem notaria a diferença?

O cavaleiro de ferro que se erguia sobre a escada estava tão sólido como sempre, as cortinas igualmente pesadas e empoeiradas, o papel de parede desbotado e os buracos no reboco conferindo aquele toque exato de decadência que os outros decoradores da ilha tentavam tanto copiar, sem sucesso.

Carlos estava aproveitando a rara e relativa paz em sua casa quando ela foi rompida pelo som da aldrava da porta da frente, que batia com tanta força, a ponto de ele ter certeza de que seu eco estrondoso poderia ser ouvido por toda a ilha.

Abriu a porta e depois a bateu quando viu quem estava diante dela.

— Vá embora, Mal... Já não aprontou o suficiente? — gritou ele de dentro da casa.

— Abra! É importante! — exigiu Jay.

— Não!

— Carlos! — Era a voz de Evie. — Aconteceu alguma coisa com aquela sua máquina na outra noite. Algo importante!

Espere aí... o quê? Evie contara a eles sobre sua invenção? Mas ela tinha prometido! Ele abriu a porta um pouquinho, de modo que apenas seu olho esquerdo ficasse à mostra.

— Você contou a eles o que aconteceu? — questionou ele, acusando-a. — Eu confiei em você!

Evie implorou:

— Vamos lá, abra! Eu trouxe um travesseiro para você!

Carlos abriu a porta a contragosto.

— Tudo bem. Vocês podem entrar. Mas nem pense em trancar ninguém no armário desta vez, Mal! — Ele se virou para Evie: — É feito de penas de ganso? — perguntou, curioso. Ele não achava realmente que ela lhe traria um.

— Sim, os abutres que trouxeram disseram que o goblin que o encontrou jurou que era de um dos castelos de Auradon — explicou Evie, entregando-lhe um travesseiro em uma fronha de seda azul com uma insígnia real.

Ele aceitou o travesseiro e os levou para a sala de estar, empurrou alguns balões pretos e murchos do sofá e olhou feio para eles.

— Bem, o que a minha máquina fez? — quis saber. Mal levantou uma sobrancelha e o menino logo se arrependeu de seu tom de voz. — Quer dizer, vocês se importam em me esclarecer? — perguntou, agora com educação

— Evie? — provocou Mal.

Evie respirou fundo.

— Ok, então, na noite da festa, Carlos ligou essa máquina que ele inventou... É uma caixa que procura um tipo de sinal que permite assistir a outros programas de TV... Não é isso, Carlos?

Carlos assentiu.

— E música, e muitas outras coisas, por ondas de rádio — acrescentou ele.

— Então, quando ele a ligou naquela noite, ela soltou uma enorme explosão de luz! — contou Evie, ofegante. — E fez um buraco no telhado da casa da árvore! Nós a vimos atravessar o domo!

Carlos concordou com a cabeça.

— E a TV de repente acendeu, cheia de cores! E havia um monte de programas novos, não apenas os habituais Negócios das Masmorras e Papo na Lareira com o Rei Fera!

— Mas como isso prova que essa explosão atravessou o domo? — inquiriu Mal, que parecia cética, e Carlos não podia culpá-la; ele mesmo quase não acreditava.

— Porque nunca vimos esses programas antes! O que significa que o sinal não veio da estação retransmissora na Ilha dos Perdidos. O que significa que ele deve ter vindo de uma rede em Auradon proibida para nós... — continuou Evie.

— O que significa... — Carlos a encorajou.

— Que a explosão atravessou o domo. Por um segundo — Evie concluiu em um tom triunfante.

Mal se virou para Carlos.

— Você acha mesmo que a sua máquina fez isso?

— Pode ter feito — ele admitiu.

— Acha que há uma possibilidade de que o buraco tenha deixado entrar magia, e não apenas ondas de rádio?

— Entrar *magia*? Não sei. Por quê? Você sabe de algo que não sabemos? — Precisava haver uma razão para Mal estar ali. Ela tinha que ver algum tipo de vantagem nisso. Mal nunca dava atenção a ninguém, a menos que estivesse buscando alguma coisa. O que ela queria?

Ele podia vê-la pesando as opções. Será que contaria a eles? Mal não tinha muito contato com Carlos, exceto nas ocasiões em que o provocava, e, pelo que observara até agora, ela não gostava nem um pouco de Evie. Jay podia estar nessa com Mal — tinha que estar, caso contrário, *ele* não estaria ali.

— Tá. Vou contar a vocês — Mal disse por fim. — Jay já sabe. Mas isso tem de ficar entre nós. E, Evie, nada de voltar atrás escondido, viu? — Evie levantou as mãos em protesto. — Ok, então, na noite da festa, o corvo da minha mãe, Diablo, que tinha sido transformado em pedra pelas três chamadas "boas" fadas vinte anos atrás, voltou à vida, e ele jura que viu o Olho do Dragão, o cetro perdido da minha mãe, brilhar e também voltar à vida.

Carlos a encarou, e ninguém falou por um longo momento.

— Mas isso significaria que... — Carlos parou de falar, os olhos piscando com rapidez, como se não pudesse acreditar no que ouvia.

— Magia! Essa magia conseguiu penetrar o domo por um segundo! — Jay falou, animado. Ele ficara em silêncio até o momento, correndo os olhos por Hell Hall, provavelmente para ver se na noite da festa havia deixado passar algo bom para roubar.

O próprio Carlos ainda estava tentando processar o que Mal havia lhes confidenciado. Uma coisa era assistir a novos programas de televisão, mas outra bem diferente era ouvir que a *magia* penetrara a barreira invisível e que o cetro perdido de Malévola — a arma das trevas mais poderosa do universo — fora reanimado.

— Sim — confirmou Mal. — Diablo jura que é verdade. E agora minha mãe me incumbiu da tarefa de recuperar o Olho do Dragão, só para o caso de acontecer de novo, de a magia retornar, para que, *desta vez*, ela esteja preparada.

Jay deu uma tossidela.

— E então, hum, devemos cair na estrada, Mal, antes que fique tarde demais — disse ele. — Você sabe que eu odeio perder uma refeição.

Carlos conseguia se solidarizar com isso, especialmente porque as refeições eram bem raras.

— Esperem um minuto. Antes de irmos, quero ver essa caixa dele — disse Mal, gesticulando para o filho de Cruella.

Carlos estava prestes a discutir, mas decidiu que era mais sensato deixar Mal fazer o que queria e cedeu.

— Tudo bem. Deixe-me buscá-la. — Ele correu pelo caminho seguro dentro do armário da mãe e retornou com a máquina.

Entregou-a a Mal, que a inspecionou de perto. Ela a sacudiu, colocou-a no ouvido e deu de ombros. Parecia uma caixa comum, nada especial e com certeza não poderosa o suficiente para romper a cúpula.

— Você consegue fazê-la funcionar de novo? — ela perguntou.

— Não tentei.

— Tente.

Ele hesitou por um momento, depois mexeu em alguns botões e olhou com medo para o teto.

— Ok. Aqui vamos nós. — Ele apertou o interruptor.

Nada aconteceu.

Tentou mais uma vez.

De novo, sem resposta.

Ele balançou a cabeça.

— Desculpe. Talvez tenha funcionado uma única vez.

Mal cruzou os braços, parecendo perplexa. Carlos conhecia aquela expressão; significava que ela estava prestes a explodir. E se Mal pensasse que eles só estavam lhe pregando uma peça, deixando-a imaginar que tinham feito uma descoberta, quando o tempo todo estavam apenas zombando dela? Ele precisava pensar em alguma coisa...

— Quer ver o buraco no teto? — Carlos ofereceu. Se o que Mal queria era uma prova, ele poderia lhe dar.

MELISSA DE LA CRUZ

Mal considerou a oferta por um minuto.

— Claro, por que não?

Carlos os levou para sua casa na árvore, e os quatro inspecionaram o teto. Definitivamente, estava lá: um buraco preto perfeitamente redondo e minúsculo.

— Demais — vibrou Jay, batendo os punhos com Carlos.

Carlos sorriu, orgulhoso. Ele ainda abraçava seu novo travesseiro; estava ansioso para experimentá-lo em breve. Será que realmente dormiria a noite toda sem se revirar na cama?

Mal olhou para o teto.

— Não sei quanto acredito que sua pequena invenção abriu mesmo um buraco na cúpula invisível, mas Jay tem razão, temos que ir.

Carlos suspirou, sem saber se ficava aliviado ou ansioso. Mal estava prestes a sair da sala quando a caixa preta na mesa dele começou a apitar de repente.

Bipe.

Bipe.

Mal se virou e olhou para ela.

— Por que ela está fazendo isso? — quis saber.

Carlos correu para verificar.

— Não sei, mas ela começa e para de apitar desde que abriu um buraco no teto e na cúpula.

— Talvez esteja procurando um sinal? — disse Evie, animada. — Talvez ela sinta alguma coisa.

— Como o quê? — perguntou Carlos, olhando para a invenção com algo que parecia admiração. Nunca havia acreditado que aquilo fosse realmente funcionar. Mas, se Diablo estivesse certo, essa coisa que ele inventara poderia ter rompido a barreira mágica. E agora Evie estava insinuando algo mais? Ele só esperava ter um vislumbre do mundo exterior, e não trazer a magia de volta para a ilha.

— É, o que você quer dizer, Evie? — perguntou Mal.

— Talvez agora a máquina sinta o Olho do Dragão! Você disse que ela nunca fez isso antes. Talvez seja porque isso nunca aconteceu. Ela nunca teve nada com que se conectar — sugeriu Evie, astuta.

— Você acha que ela pode estar se comunicando com o Olho do Dragão? — perguntou Mal.

— Como uma bússola ou um rastreador — falou Jay. Seus olhos brilharam enquanto ele estudava a máquina, cobiçando-a, e Carlos colocou uma mão protetora sobre sua invenção. Jay provavelmente já estava calculando quanto conseguiria por algo assim na loja.

— Pode ser — disse Evie.

— Evie pode estar certa — afirmou Carlos.

— Um rastreador — repetiu Mal.

— Eu estava só chutando — falou Evie. — Não sei nada de nada. — Carlos teve vontade de dizer que ela estava subestimando a si mesma, quando percebeu que volta e meia fazia a mesma coisa.

— É, não sabe mesmo — retrucou Mal bruscamente. — Mas, ainda assim, você vem conosco.

Evie deu um pulo para trás.

— Com vocês? Aonde? Concordei em vir até a casa de Carlos, mas... — Ela balançou a cabeça e puxou a capa com firmeza em volta dos ombros. — Não vou a lugar algum.

— Nada disso, você tem que nos ajudar a encontrar o Olho — disse Mal. — Você tem um talento natural. É muito boa nisso. Preciso de ajuda, e você quer me ajudar, não é? Não quer ser minha amiga? Eu quero ser sua amiga, Evie.

— Ah, eu... eu não sei...

— Shhh! Está resolvido. E eu vou ficar com isso, muito obrigada — disse Mal, pegando a caixa.

— De jeito nenhum! — protestou Carlos, enquanto Mal tentava tirá-la dele.

Mal enfiou a caixa debaixo do braço e se virou, protegendo-a com o corpo.

— Solte a máquina, Carlos! — ela rosnou. Ele a puxou de volta. Mal não iria confiscá-la. Ele a construíra! Mal o fulminou com os olhos. — É sério! Solte a máquina ou vai se arrepender! — Carlos fez que não com a cabeça, todo trêmulo. — Tudo bem. Você venceu. Fique com a caixa, mas, se ficar com ela, você tem que vir conosco! — ordenou Mal.

— Como assim? Ir com vocês... para onde? — Não mesmo. Ele não iria a lugar algum. Ainda mais um lugar perigoso.

Mal lhe contou sobre a fortaleza proibida escondida na ilha, onde ela poderia estar e como eles poderiam encontrá-la.

— Não, não. Eu não vou para Lugar Nenhum! Vou ficar aqui mesmo — insistiu Carlos, cruzando os braços.

— Você vai fazer o que eu disser, seu pequeno... — ameaçou Mal.

Carlos abriu a boca para argumentar, mas pensou melhor. No fim, era *Malévola* quem queria seu cetro de volta, não apenas Mal; e, se a notícia de que ele se opusera ou atrapalhara a busca de alguma forma chegasse à Senhora das Trevas, ele poderia muito bem *começar* a se chamar Grude, porque é nisso que se transformaria.

— Ok, tudo bem, eu vou. Mas só se Evie for também — respondeu ele.

— Evie? — questionou Mal. — Você vem, não é, querida?

Evie suspirou.

— Tudo bem — ela concordou. — Tudo bem. Acho que vou. É melhor que me olhar no espelho o dia todo em busca de defeitos.

— Então, estamos decididos? — perguntou Jay. — Nós quatro em busca do Olho do Dragão?

— Acho que sim. E quero saber o que essa coisa realmente fez — disse Carlos. — Se ela queimou *mesmo* um buraco no domo e deixou a magia entrar na ilha.

Como se em resposta, a máquina apitou.

Bipe!

Mal assentiu.

— Muito bem, vamos lá. Temos uma biblioteca para invadir e um mapa para encontrar.

— *Ainda* não — falou Carlos, levantando a mão. — Não podemos ir a lugar algum até eu terminar as minhas tarefas. E hoje é dia de lavar roupa.

Capítulo 18

Era uma vez um sonho

Sua mãe era uma famosa beldade em uma terra de famosas beldades, então, era de esperar que a Princesa Audrey, filha de Aurora, fosse dotada da mesma voz cadenciada, de lindos cabelos volumosos, de pescoço de cisne e de olhos profundos e escuros, que poderiam afogar um príncipe em seu abraço caloroso.

Como um gatinho farejando erva-de-gato — ou talvez como uma ilha de ex-vilões banidos sentindo magia —, dificilmente se esperaria que um jovem príncipe resistisse a tamanho encanto e a covinhas. Na verdade, a Princesa Audrey, como sua mãe antes dela, era exatamente o tipo de princesa que dava às princesas sua reputação de princesa, até o último cacho perfeito e o último cristal costurado em seu vestido de seda.

E, assim, foi a Princesa Audrey que o Príncipe Ben procurou no dia seguinte, para lamber suas feridas e buscar algum conforto após a reunião desastrosa do Conselho do Rei, como o gatinho desanimado atrás de erva-de-gato que ele era.

— É uma confusão — ele disse a Audrey enquanto caminhavam pelo jardim do "Chalé", como o grande castelo de Aurora e Phillip foi apelidado depois que o Rei Humberto declarara que o palácio de quarenta cômodos era apenas um lar inicial para os recém-casados reais. "Lar inicial?", Aurora questionara. "O que você imagina que vamos iniciar? Um abrigo para gigantes sem-teto?" O rei não gostara de ouvir isso, mas Aurora era uma garota simples e vivera como Briar Rose por dezoito anos de sua vida em um chalé de verdade na floresta, por isso, era natural que achasse o castelo mais do que espaçoso para sua família. (E pelo menos um ou outro gigante de rua que passasse por ali.)

— Então, o que acontece agora? — Audrey perguntou, parecendo perfeitamente charmosa com uma flor no cabelo. Claro, ela combinava com o forro de seda de seu corpete rosa-antigo. — Sem dúvida, não se pode esperar que ninguém faça tudo certo na primeira vez, nem mesmo de um príncipe.

Para você é fácil dizer, Ben pensou.

Uma pomba pousou no ombro de Audrey, arrulhando com doçura. Audrey levantou uma unha rosa-claro, e a pomba acariciou a ponta do seu delicado dedo. Ben viu-se olhando ao redor em busca do retratista real e suspirou. De alguma forma, nem mesmo a visão de sua linda namorada era o bastante para melhorar o humor melancólico do príncipe.

— Papai disse que preciso fazer outra reunião para consertar isso. Ele está decepcionado, é claro, e teve de enviar cestas de presentes conciliatórias com seus bolos de creme preferidos a todos que estavam presentes, por isso não está de muito bom humor. Você sabe como ele gosta de bolos de creme.

— Com ou sem cobertura? — Audrey perguntou. — E com groselhas ou chocolate?

— Ambos os tipos — respondeu Ben, suspirando mais uma vez. — Mais de uma dúzia de cada. Mamãe acha que é a única maneira de fazer as pazes, embora papai estivesse meio irritado por abrir mão de tantos de seus doces favoritos.

— Eles são muito bons. — Audrey sorriu. — E todo mundo ama bolo.

Ben queria que Audrey pudesse ser mais compreensiva, mas sua vida era encantada desde o começo como a princesa mimada de mãe e pai amorosos, em especial Aurora, que fora separada da própria mãe e forçada a passar seus anos de formação em um lar adotivo de fadas, sob a ameaça de uma maldição mortal. "*Minha* filha nunca conhecerá outra coisa senão amor, beleza, paz e alegria", Aurora declarara. E falava bastante sério. Então, não era difícil ver agora por que Audrey não conseguia entender como Ben poderia decepcionar seus pais. *Ela* nunca os havia decepcionado.

E nunca decepcionará, ele pensou.

Como quase tudo em Auradon, Audrey era perfeitamente amável, perfeitamente gentil e, se Ben fosse franco, às vezes perfeitamente chata. Havia outras cores, além de rosa e turquesa-claro; havia outros animais, que gostavam de fazer outras coisas além de arrulhar e se aconchegar. Talvez houvesse também outros assuntos além de vestidos, jardins, bailes e carruagens — não importa quão boa fosse a pintura personalizada nas últimas carruagens.

Havia, não?

— Eu nem sei por que esses ajudantes estão tão chateados — disse Audrey. — Eles são tão adoráveis, e todo mundo os ama. Por que se importariam com coisas como salários, horas e — ela fez uma pausa para estremecer — "mérito"? — Acariciou a pomba. — Essas coisas não são nem um pouco adoráveis.

Ele olhou para ela.

— Não sei ao certo. Nunca tinha pensado nisso antes, mas não consigo parar de pensar agora. Jamais imaginei que alguém em Auradon não vivesse exatamente como nós, em nossos castelos, com nossos criados. E nossos lençóis de seda, bandejas de café da manhã e jardins de rosas.

— Eu amo jardins de rosas — declarou Audrey com um sorriso. — E amo aqueles com topiarias em forma de criaturas adoráveis. — Ela soltou uma risadinha de alegria com o pensamento, e a pomba em seu ombro piou agradavelmente em resposta.

— Eles disseram que fui grosseiro — Ben lamentou. — E eu fui.

— Os elefantes são meus preferidos. Com aquelas trombas fofas.

— Mas não tive escolha... Não estavam me ouvindo. Eles também disseram que perdi a paciência. — Ben baixou a cabeça, envergonhado da cena que havia causado.

— Também os hipopótamos... dentes tão lindos. É um grande dom, realmente, podar um arbusto no formato de um hipopótamo. Você não acha?

— Sim, mas sobre a reunião...

Audrey riu de novo, e era um tilintar de sinos de fadas ressoando ao vento. Ben então se deu conta de que ela não tinha escutado uma única palavra do que ele dizia.

Talvez seja melhor assim. Ela não entende o que estou passando, e acho que nunca entenderá.

Audrey deve ter visto a carranca em seu rosto, porque parou para pegar a mão de Ben em seus dedos pequeninos e perfeitamente manicurados.

— Não se preocupe com isso, Ben... Vai dar tudo certo. Sempre dá. Você é um príncipe, e eu sou uma princesa. Esta é a terra dos finais felizes, lembra? Você merece nada menos que tudo o que seu coração deseja. Você nasceu para isso, Ben. Todos nós nascemos.

Ben se deteve. Ele nunca tinha pensado nisso dessa forma. Estava implícito, com certeza, em tudo o que eles tinham feito e em tudo o que fora feito por eles, mas ouvir a ideia expressa em palavras, de lábios tão lindamente moldados e perfeitamente rosados...

Por que nós? Como fomos destinados a ter esta vida? Como isso é justo? Nascer em uma vida sem direito de escolha, sem a liberdade de ser outra pessoa?

Ela riu.

— Não pare agora, bobo. Tenho algo para lhe mostrar. Algo perfeitamente perfeito, assim como hoje. — Ele se deixou ser puxado, como qualquer bom príncipe nas mãos de uma donzela princesa, mas sua mente ainda estava distante.

Isso é tudo o que existe?

É isso mesmo o que eu quero para minha vida?

Eles contornaram o jardim, e agora Audrey o conduzia a um canteiro isolado de flores silvestres. Um lindo piquenique fora preparado na grama em meio às flores, em um vale silvestre cheio de todos os tipos de alegres animais da floresta se aninhando, cantando e pulando por todo lado.

— Não é maravilhoso? Fiz metade dos jardineiros e três cozinheiros trabalharem nisto a manhã toda. — Ela se inclinou para acariciar a bochecha de Ben. — Só para nós.

Ela o puxou para baixo, para o cobertor de seda bordado. As iniciais dela, entrelaçadas com as de seus pais reais, estavam costuradas no tecido abaixo deles. O fio de seda dourado brilhava como o sol na grama.

Ben ajeitou uma mecha solta que pendia sobre a bochecha rosada da princesa.

— É adorável. E eu agradeço por isso. Mas...

— Eu sei — ela suspirou. — Não trouxe nenhum bolo de creme. Foi tudo em que consegui pensar quando você os mencionou. Peço desculpas. Mas podemos experimentar uns bons dezessete tipos de outros doces. — Ela levantou um em formato de cisne com asas de chocolate. — Este é bonitinho, você não acha?

Ela quase arrulhou para o doce. Ben se afastou, balançando a cabeça.

— Mas você nunca se perguntou se há mais na vida além disso?

— O que poderia ser mais do que isso? — perguntou Audrey, franzindo o cenho, algo que não era de seu feitio, e colocando o cisne de volta. — O que mais há?

— Eu não sei, mas não gostaria de descobrir? Explorar um pouco. Sair por conta própria e ver o mundo? Pelo menos, ver nosso próprio reino?

Ela chupou o chocolate do dedo, e até isso era tão fofo. Ben se perguntou se ela sabia. Ele suspeitava que sim.

Então, ela suspirou.

— Não está falando daquela ilha horrível, está?

Ele deu de ombros.

— Talvez. Você nunca pensou sobre isso? Como seria estranho viver preso em um lugar, sob uma cúpula?

Era, na verdade, a primeira vez que Ben se lembrava de ver a compostura de princesa de sua princesa vacilar. Ela sequer fazia beicinho agora; estava quase ligeiramente irritada.

— Talvez, querido, *eles* devessem ter considerado isso antes de empreender uma vida de maldade e vilania... o que só poderia levar a uma eternidade de punição.

Agora Ben estava intrigado. Ele nunca a tinha visto assim e perguntou-se por um momento se não a preferia dessa forma. Pelo menos, estavam tendo uma conversa de verdade.

— Você precisa admitir, uma eternidade é um tempo bem longo. — Ele balançou a cabeça. — Eles são prisioneiros, Audrey. Pelo menos aqui, em Auradon, podemos viajar para qualquer lugar e sempre que quisermos. Eles não podem.

Audrey abriu um sorriso resplandecente.

— Sim, o que me faz lembrar de ter dito a Aziz e Lonnie que os visitaríamos hoje. A carruagem nos apanhará em uma hora. — Ela se inclinou para a frente, tocando seu queixo com a ponta do dedo. — Hora de mudar de assunto. Radicalmente, que tal?

Mas Ben tinha em si uma tendência a ser teimoso que nunca esmorecia.

— Não tente mudar de assunto, Audrey. Vamos lá. Você não pensa neles?

— Nos vilões?

— Sim.

Audrey se recostou, balançando a cabeça.

— Não. Já foram tarde. Mamãe disse que uma delas tentou colocá-la para dormir por cem anos, depois que ela já tinha passado a infância inteira num lar adotivo e em custódia protetora! Minha própria mãe! E, então, aquela mesma mulher horrível se transformou em um dragão, que tentou matar papai. — Ela estremeceu. Audrey devia ter ouvido a história mais vezes do que gostaria de contar. Ben entendeu, mas, até aquele momento, ela nunca havia mencionado nada disso para ele.

Ele não culpava Audrey por não querer falar sobre isso e suavizou a voz agora, segurando a mão dela.

— O nome dela é Malévola — explicou Ben, que estudara os contos de fadas. Sua mãe lera os contos antigos para ele antes mesmo que soubesse ler. — Ela era a Senhora das Trevas, a fada mais maligna que já existiu.

Audrey franziu o cenho ainda mais.

— Não pronuncie o nome dela aqui — ela sussurrou, quase sibilando de tão aborrecida. — Ela pode ouvi-lo... e amaldiçoá-lo! Ela tira tudo e todos que minha família ama.

Agora foi a vez de Ben sorrir.

— De jeito nenhum... Aquela cúpula vai segurá-la para sempre. — Ele se inclinou para a frente. — E *quem* exatamente sua família ama?

Audrey retribuiu o sorriso. Um piscar de olhos, e a tempestade em seu olhar se foi.

— Minha família ama todos que são bons, gentis e merecedores de tal amor, Vossa Alteza. — Ela levantou sua mão delicada, e ele a beijou com suavidade.

Eu não deveria chateá-la desse jeito, Ben pensou. *Não depois de tudo pelo que sua família passou.*

— Dance comigo, doce príncipe — ela pediu.

Ben levantou-se e fez uma reverência.

— Fico feliz em agradar minha donzela. — Dançar na floresta era o que ela mais gostava de fazer, ele sabia.

Ben a segurou em seus braços. Ela era linda. Perfeita. Uma princesa que estava apaixonada por ele. E ele estava apaixonado por ela... não estava?

Audrey cantou docemente: *E aqui está você, somente você, a mesma visão, aquela visão do sonho que eu sonhei...*

Era a música deles, mas, desta vez, pegou-o desprevenido.

Com um sobressalto, Ben percebeu que não a conhecia; não de verdade. Ele não conhecia sua alma, seus sonhos, e ela não conhecia os dele. Eles não conheciam um ao outro de verdade.

E, pior, ele nunca tinha sonhado com ela. Nem uma única vez.

Para Audrey, aquela canção poderia ser sobre ele, mas, para Ben, aquela canção não era sobre ela.

Não.

Não Audrey.

Ele sonhara com outra garota.

Uma com cabelos roxos e olhos verdes brilhando no escuro, com um sorriso malicioso e travesso nos lábios.

Quem é ela? Onde está? Será que um dia a conheceria?

E a tiraria da cabeça?

Ben fechou os olhos e tentou se concentrar na melodia e na princesa bem diante de si, mas a lembrança da garota do seu sonho era muito difícil de esquecer.

Capítulo 19

101 maneiras de encontrar um mapa

Nas horas seguintes, Mal, Jay e Evie ajudaram Carlos com a tarefa árdua de terminar de lavar a roupa de sua mãe. Ou, para sermos mais específicos, Jay e Evie ajudaram Carlos, enquanto Mal "supervisionava".

Para uma mulher que vive em uma ilha semideserta cheia de ex-vilões, Cruella tem com certeza um guarda-roupa elaborado, pensou Mal. Havia lenços franjados para o pescoço e luvas pretas de seda, meias arrastão e vestidos pretos elegantes. Modelos transpassados e cardigans de tricô, casacos volumosos e espartilhos com babados. Cruella De Vil podia estar exilada, mas isso não significava que suas roupas estivessem aquém de simplesmente deslumbrantes.

Mal olhou para Evie, que cantarolava enquanto dobrava toalhas pretas e brancas. A princesa de cabelos azuis fora relativamente fácil de influenciar, o que era um bom presságio para quando eles de fato encontrassem o cetro. Mal garantiria que Evie fosse a primeira a tocá-lo, absorvendo a maldição e adormecendo por mil anos. Era o plano maligno para desbancar todos os planos malignos, e Mal estava ansiosa por uma doce vingança, além de obter notas altas no semestre.

Enquanto isso, Jay lavava vários moletons pretos e brancos, o sabão escorrendo pelos cotovelos.

— Isso não dá muito trabalho? — ela perguntou, sentindo-se exausta só de observar os outros. Carlos assentiu, a boca cheia de alfinetes de segurança. — E você faz tudo isso? — perguntou a Carlos. Sua mãe podia ignorá-la, ressentir-se com ela e repreendê-la, mas, pelo menos, não era uma total escrava de Malévola.

Carlos assentiu de novo. Ele tirou os alfinetes de segurança da boca e explicou que estava prendendo um bustiê em um cabide do mesmo jeito que a antiga lavanderia favorita de Cruella em Londres fazia.

— Sim. Mas você se acostuma, eu acho. Não se preocupe, estamos quase terminando.

— Graças aos goblins — comentou Mal, apoiando os pés em um pufe próximo.

Contudo, quando estavam dando os retoques finais no último lote de roupas e lençóis pretos e brancos, ouviram o rugido do motor de um carro. Ele guinchou até parar em frente ao Hell Hall.

Carlos começou a tremer.

— É ela... Mamãe... Ela voltou... Não deveria estar de volta até amanhã. O Spa deve ter secado.

Mal não sabia por que Carlos estava tão nervoso. Ninguém era tão assustador quanto a mãe *dela*, afinal. Por que diabos ele estaria tão apavorado?

Uma porta de carro bateu, e um forte sotaque áspero devido a muita fumaça e gritos ecoou pelo ar.

— Carlos! Carlos! Meu bebê! — Cruella chamou alto, a voz rouca ecoando pela casa. Mal olhou para Carlos. *Meu bebê?* Isso não soara tão ruim, não é? — Meu bebê precisa de um banho!

— Ela sabe que você está sujo assim de longe? — Evie perguntou, confusa.

Carlos ficou vermelho.

— Ela não está se referindo a *mim* — ele sussurrou com voz rouca. — Está falando do *carro* dela. Está me dizendo para lavá-lo.

Evie afastou-se da janela com um olhar horrorizado no rosto.

— Mas está tão imundo! Vai levar horas! — O carro vermelho estava salpicado de lama por ter sido guiado pela ilha, com crostas pretas e nojentas.

— De jeito nenhum vamos limpar isso — murmurou Jay, que não estava nada ansioso para lavar qualquer coisa mais.

Os quatro saíram da área de serviço e foram para a sala principal.

Cruella parou de chofre ao deparar com três adolescentes estranhos e desgrenhados em sua casa. Ela ainda usava o cabelo frisado preto e branco. Seu longo casaco de pele arrastava no chão atrás dela, e ela tragava de uma fina piteira preta.

Mal lhe lançou um olhar de desaprovação, e Cruella deu de ombros.

— É vape. Apenas vape, querida. — Mal afastou o vapor com a mão. — Agora, chega de falar do meu bebê; como está meu único e verdadeiro amor? — Cruella falou lentamente, soltando uma baforada de sua longa piteira.

Os três adolescentes se viraram para Carlos, curiosos, mas até ele pareceu surpreso ao se ouvir descrito em termos tão afetuosos.

— Seu único e verdadeiro amor? — ele quase gaguejou.

— Ora, sim, meu único e verdadeiro amor. Minhas peles! — Cruella riu. — Você tem cuidado bem delas, não é, querido?

— Claro — Carlos respondeu, ficando vermelho mais uma vez.

Mal sabia que ele estava constrangido. Mas o que importava se sua mãe o amava ou não? Eles tinham aprendido que o amor era para os fracos, os tolos, os *bonzinhos*. O amor não era para pessoas como eles. Eles eram vilões; os caras maus. A única coisa que amavam era um plano perverso.

— Quem são esses palermas? — Cruella exigiu saber, gesticulando na direção do grupo.

— Eles são meus... — Carlos gaguejou.

Mal sabia que ele não podia responder *amigos*, porque eles não eram amigos; não de verdade. Ela o havia obrigado a saírem juntos em uma missão, Evie tinha pena dele e Jay estava lá apenas para que pudesse tentar roubar o lustre.

Ou Cruella não percebeu, ou não se importou.

— Onde estão Jace e Harry? — ela perguntou.

Carlos deu de ombros.

— Oi, Sra. De Vil, eu sou... — Evie começou a se apresentar, oferecendo sua mão.

— Eu sei quem você é — Cruella retrucou em um tom desdenhoso.

Mal achou interessante todos saberem quem era Evie, mesmo que a menina houvesse ficado aprisionada em um castelo por uma década.

— Oi — disse Mal.

— Oh, olá, Mal; diga à sua mãe que eu mando lembranças, querida — Cruella falou, gesticulando com sua piteira e depois se virando para encarar Jay. — E, quanto a você, diga ao seu pai que ele me roubou com aquela lâmpada que me vendeu... A porcaria não funciona.

— Sim, senhora. — Jay prestou continência.

— Bem, por que estão todos aqui parados? Não me ouviram? Meu bebê está sujo, queridos! Está absolutamente horrível! Não posso viver mais um minuto sem que vocês deem banho no meu bebê! Agora, sumam!

Evie pensou que ficariam presos na casa de Cruella para sempre, mas enfim o carro estava limpo, e o quarteto chegou à Dragon Hall em busca de um mapa que, se tivessem sorte, mostraria onde a Fortaleza Proibida estava escondida na ilha. A bússola de Carlos ajudaria, mas, se

Jafar estivesse certo sobre a ilha ser muito maior do que pensavam, precisariam pegar a direção certa primeiro.

Evie ainda não tinha certeza de por que havia concordado em ir com o grupo. Ela sabia que Mal era falsa, mas parte dela estava interessada na aventura. Depois de ficar confinada em um castelo por dez anos, tinha curiosidade de ver o restante da ilha.

A escola estava morta como uma cidade-fantasma naquela tarde de sábado; apenas uma equipe de goblins havia chegado para limpar os corredores e aparar a grama ao redor das lápides. Os quatro garotos vilões entraram e desceram para a escuridão do campus. Os corredores eram forrados de hera crescida, que parecia estar se multiplicando a cada segundo, serpenteando em torno de velhos retratos de vilões malignos que ninguém mais conseguia identificar. Evie podia jurar que os olhos deles a seguiram enquanto ela caminhava a passos rápidos.

Eles encontraram o Dr. Facilier em sua mesa, contemplando uma bola de cristal vazia.

— Ah, se não é minha aluna menos favorita — ele declarou quando viu Mal.

— Relaxe, Dr. F, não estou aqui para encher sua cartola com grilos de novo.

— Que alívio — ele disse com frieza. — Como posso ajudá-los?

— Precisamos entrar na biblioteca proibida — falou Mal. — O Ateneu do Mal.

— Ah, mas há uma razão para ele ser chamado de biblioteca proibida... os alunos são expressamente proibidos de entrar lá — ele explicou com severidade.

Evie pensou que Mal desistiria, mas, em vez disso, ela pulou na mesa do Dr. Facilier, indiferente como Lúcifer.

— É, sobre isso — ela disse, depositando ali um baralho de cartas de tarô. — Bilhetes de entrada?

O Dr. F pegou algumas e as segurou sob a luz fraca de leitura ao seu lado.

— Os Arcanos Maiores. Impressionante. — Ele guardou o conjunto de tarô no bolso e estudou os quatro alunos à sua frente. — O que exatamente estão procurando na biblioteca?

— Um mapa da ilha — respondeu Mal. — E seja rápido, sim? Não tenho o dia todo.

A aranha gigante que guardava a porta afastou-se tão docilmente quanto um gato quando o Dr. Facilier fez cócegas em sua barriga. A porta da Biblioteca dos Segredos Proibidos abriu-se com um rangido que emanava ferrugem, e o Dr. F escoltou os quatro para dentro.

Estantes altas e oscilantes abrigavam livros encadernados em couro, encharcados e esfarrapados, cobertos com vinte anos de poeira, bem como béqueres e frascos cheios de líquidos e poções de aparência estranha. Enquanto o Dr. Facilier apressava-se pelos corredores sujos diante deles, movendo-se pelas fileiras de estantes e resmungando baixinho, eles só conseguiam distinguir o contorno tênue de sua vela brilhante lançando sombras contra as paredes da biblioteca.

— Vocês sabem que ele tem cocô de morcego no lugar do cérebro, né? Isso tudo vai ser para nada — Jay sussurrou. Mal olhou feio para ele, que justificou: — Só estou dizendo.

— Não custa tentarmos — Evie disse atrás deles, parando brevemente para se desvencilhar de uma teia de aranha. — Senão, vamos ficar vagando às cegas, como estamos agora.

— Sim, não fará mal nenhum — concordou Carlos, segurando com cuidado sua máquina sob a jaqueta.

— Ahá! Chegamos — anunciou o Dr. Facilier, parando diante de uma fileira de caixas. Ele tirou um pedaço de pergaminho amarelado e enrolado de uma das prateleiras empoeiradas. Alisou o papel e o colocou em uma mesa de trabalho torta enquanto os quatro se reuniam ao redor.

— Hum, não tem nada aí — Evie comentou, a voz baixa. Era verdade; o mapa estava em branco.

— Bem, foi escrito com tinta invisível, é claro — retrucou o Dr. Facilier, como se *todos* soubessem disso. — Como um segredo poderia de outra forma permanecer em segredo?

De repente, e para a surpresa de todos ao redor, Mal o agarrou pelo colarinho e o empurrou contra uma das estantes, o que fez vários frascos caírem e se espatifarem no chão.

— Escute aqui, seu velhaco, você esqueceu quem é minha mãe e como ela pode fazer você e todos nesta ilha imunda...

— Mal! — Evie a interrompeu, em choque. — Pare com isso! — Ela colocou uma das mãos no braço trêmulo do Dr. Facilier. — Deixe-me cuidar disso.

Mal se virou para ela.

— Deixar você *o quê*?

— Cuidar disso. É mais fácil pegar moscas com mel do que com vinagre — ela falou. — Vamos lá, solte-o gentilmente, gentilmente.

Devagar, Mal soltou o Dr. Facilier, cujos joelhos teriam cedido se Evie não o tivesse amparado.

— Bom, Dr. F, deve haver uma forma de tornar a tinta visível, não é?

O Dr. Facilier enxugou a testa suada com um lenço de seda esfarrapado.

— Sim, há.

— Ótimo — disse Evie. — Agora, diga-nos como.

O diretor apontou trêmulo para os frascos que haviam se espatifado no chão.

— O antídoto estava acondicionado ali. Mas agora se foi.

Evie olhou para Mal, que parecia abalada. Mal colocou a cabeça entre as mãos e gemeu.

— Hã... Mal? — Carlos chamou com suavidade, dando batidinhas em seu ombro.

— Não amola, Sardento — ela rosnou.

— Escute. Eu sei como fazer o elixir para enxergar a tinta.

Todos se viraram para ele, incluindo o Dr. Facilier.

— Você pode fazer magia? — perguntou Mal. — Mas como?

— Não, não, não é magia, é só um pouco de química... Você sabe, a aula de Ciência Estranha — respondeu Carlos. — Vamos. Evie, traga o mapa.

***

Eles deixaram o Dr. Facilier em seu escritório fazendo uma leitura de tarô e seguiram Carlos até o Laboratório de Química, onde o observaram tirar vários frascos, béqueres e substâncias em pó das prateleiras.

— Tem certeza de que isso não é magia? — perguntou Jay, cético.

— Tenho certeza. É ciência. Como a que os humanos têm que fazer. — Carlos misturou algumas gotas de líquido aqui, adicionou uma pitada de pó ali... mas então franziu a testa. — Espere um minuto, não consigo encontrar o aglutinante.

— Encontrar o quê?

— Reza... Ele deve ter roubado do laboratório na semana passada! Ele me odeia. Droga. — O rosto de Carlos se contraiu. — Sinto muito, Mal. Acho que não consigo fazer isso, no fim das contas. Não sem a coisa que junta tudo e desencadeia a reação química.

— Reza roubou um frasco do laboratório? — Jay perguntou.

— Deve ter roubado — disse Carlos. — Não está aqui.

— Este frasco, talvez? — Jay sorriu, segurando um pequeno tubo de ensaio com rolha cheio de um líquido brilhante que ele havia mostrado a Mal antes.

— Onde você conseguiu isso?!

— Da mochila de Reza. É preciso um ladrão para reconhecer outro — comentou Jay.

Carlos despejou algumas gotas em seu béquer e misturou tudo. Uma baforada de fumaça se elevou.

— *Voilà* — ele disse. — Antídoto para tinta invisível. — E despejou a mistura sobre o mapa.

Como magia, a Ilha dos Perdidos começou a tomar forma diante dos olhos deles, incluindo as zonas ocultas e proibidas. A Fortaleza Proibida apareceu, um castelo de aparência ameaçadora com muralhas pontiagudas e torres sinuosas, localizado no limiar da ilha, bem no meio de Lugar Nenhum.

Capítulo 20

O Cais dos Goblins

Mal achou que o fato de Jay ter o frasco secreto em mãos era um golpe de sorte extraordinário, o que a fez pensar que talvez eles estivessem no caminho certo. Podia ser seu destino encontrar o Olho do Dragão de Malévola.

— Você está com a bússola? — ela perguntou a Carlos, que assentiu. A caixa apitou, como se concordasse.

De acordo com o mapa, eles precisariam andar bem além da vila até o limiar da costa, e de lá o caminho os levaria até a fortaleza.

Eles partiram, Carlos na frente com Jay, Evie logo atrás e Mal cuidando da retaguarda. Ela os observou andar na frente. Sabia que Jay tomaria o Olho do Dragão para si na primeira oportunidade, que Evie estava tentando cair nas graças dela e bajulá-la, e que Carlos só se juntara a eles para satisfazer sua curiosidade.

Mas não importava. De alguma forma, todos eles tinham um objetivo comum: encontrar o Olho do Dragão. Melhor ainda, ela não iria para Lugar Nenhum sozinha.

Mal tinha sua gangue de ladrões.

Seus próprios lacaios.

E isso era um verdadeiro progresso.

Sua trama maligna — a terrível e maior de todas — estava funcionando.

O caminho para longe da vila e rumo à costa foi tranquilo no início, mas logo se tornou rochoso. Mal começou a fraquejar; seus pés doíam nas botas, mas ela seguiu em frente com determinação, agora liderando o caminho e acompanhando as direções no mapa. Atrás dela, podia ouvir os passos leves de Evie, os passos pesados de Jay e os hesitantes de Carlos.

— *Eu vou, eu vou, pro meu trabalho eu vou* — Carlos cantou baixinho.

Evie estremeceu.

— Pare com isso.

— O que você tem contra anõ... Ah, certo. — Caiu-lhe a ficha. — Desculpe.

— Está tudo bem.

— Então, aquela era sua mãe, hein? — perguntou Evie.

— É, a primeira e única Cruella De Vil — respondeu Carlos, contornando uma hera venenosa e apontando-a para o restante do grupo evitá-la. — Passagem só de ida para a cidade dos malucos, certo?

— Ela não é tão ruim — assegurou Evie, que se curvou para passar sob um galho baixo de um carvalho assustador. — Pelo menos ela não faz essa coisa que minha mãe faz, fingir ser um Espelho Mágico me dizendo que estou longe de ser a mais bela do reino.

Carlos parou de repente, e ele e Jay olharam para ela, atônitos. Até Mal se virou para encará-la.

— Sério? Mas você é linda — falou Jay. — Quero dizer, não é meu tipo, meu bem, mas tem que *saber* que não é de se jogar fora.

— Acha mesmo isso? — ela perguntou.

— Que nada, sua mãe está certa... você é feia — Jay provocou.

— É uma pena que ela faça isso — comentou Carlos baixinho.

— Tanto faz — Evie respondeu, indiferente. — Como se eu me importasse.

— Você realmente não se importa? — indagou Carlos.

— Bom, não que sua mãe seja diferente, certo? — Evie respondeu. Eles eram filhos dos vilões mais malignos do mundo. O que esperavam? Amor, alegria e solidariedade?

— Acho que não.

— E seu pai, Jay? Ele não se importa só com a loja?

Jay refletiu sobre isso.

— Sim, claro. Mas com o que mais deveria se importar? — ele perguntou com sinceridade.

Mal escutava a conversa deles, achando estranhamente reconfortante ter outras pessoas por perto, pela primeira vez. Nunca tinha gostado de companhia antes; mas, também, Malévola sempre insistira para que vivessem separadas do bando — superiores, sozinhas e determinadas a se vingar.

Solitária, pensou Mal. *Eu estava solitária. E eles também.*

Evie, com sua mãe obcecada por beleza; Carlos, com a harpia estridente que era a própria mãe; Jay, o ladrão despreocupado com uma inteligência ágil e um sorriso maroto, que poderia roubar qualquer coisa no mundo, exceto o coração de seu pai.

A névoa cinzenta ao redor do limiar da costa se aproximava. Logo teriam de caminhar pela neblina e entrar em Lugar Nenhum. Quando o fizessem, será que também se tornariam *ninguém*?, Mal se perguntou. Ela estalou os nós dos dedos. Seus joelhos começavam a doer.

Eles caminharam com dificuldade e em silêncio durante um tempo, quando um assobio agudo cruzou o ar. Era de Jay, que estava explorando a área mais à frente. Evie deu um passo e estalou galhos ruidosamente sob os pés, enquanto Carlos olhou para cima, amedrontado.

Mal assobiou de volta.

Jay correu para onde os três estavam reunidos.

— O que foi? — Mal sibilou.

— Eu vi alguma coisa na sombra. Escondam-se! — ele sussurrou em um tom grave, desaparecendo atrás de uma pedra.

Carlos soltou um ganido e tentou subir em uma árvore, a casca arranhando seus joelhos. Evie gritou baixinho e mergulhou atrás de alguns arbustos de amoras.

Mas Mal congelou no lugar. Por alguma razão, não conseguia se mover. No começo, era porque se sentia incomodada com a ideia de a filha de Malévola ter de se esconder *do que quer que fosse*. Porém, conforme a sombra se aproximava, ela se preocupou em ter tomado a decisão errada.

A sombra tinha um grande par de chifres e uma cauda espetada. Era um dragão? Mas sua mãe era o único dragão por aquelas bandas e perdera a habilidade de se transformar em um depois que o domo para contenção da magia fora erguido.

Então, houve um gemido, um lamento terrível, diferente de tudo que já tinham ouvido.

Era um cão do inferno, sem dúvida. Uma criatura dos mitos e das lendas, com dentes e presas, sangue e pelos.

De repente, a criatura emitiu o que só poderia ser chamado de um ronronar adorável.

— Belzebu! — Carlos gritou da árvore.

O monstro emergiu das sombras, e um pequeno gato preto com um sorriso malicioso apareceu no caminho. A sombra havia distorcido suas orelhas, conferindo-lhes a aparência de chifres, e seu rabo, fazendo-o parecer espinhoso. Mas era apenas um gatinho.

— Você conhece essa fera abominável? — perguntou Mal com desdém, para esconder seu constrangimento por ter ficado assustada. Seu coração ainda batia forte no peito.

— É só a minha gata — explicou Carlos. — Eu a ganhei quando era pequeno. — Ele acrescentou com timidez: — É da ninhada de Lúcifer. Ela é minha companheira maligna.

— Ah, que legal. Eu ganhei um pet também... sabe, na minha festa de aniversário — disse Evie. — O meu é Otelo, um papagaio bebê. Bem, não é mais um bebê. Otelo tem uma língua afiada. Não sei onde ele aprendeu todas aquelas palavras.

— Legal. Você ganhou um dos bebês de Iago? Eu tenho duas enguias-elétricas, Lagan e Derelict. Você sabe, de Pedro e Juca. Elas estão *enormes* agora. Monstros — falou Jay. — Mal cabem no aquário.

Carlos deixou o gato esfregar sua bochecha.

— Vai, Bê. Volte para casa, pare de nos seguir. Vou voltar logo... Não se preocupe.

— Qual é seu companheiro maligno? — Evie perguntou, virando-se para Mal.

Mal corou. Ela se lembrava exatamente de quando cada um deles recebera seu companheiro, naquela festa espetacular muito tempo atrás, para a qual não fora convidada.

— Eu não tenho nenhum — respondeu com rispidez.

— Oh! — Evie se deu conta e se virou, parecendo envergonhada.

Não se preocupe, pensou Mal. *Você pagará em breve.*

Enfim ficaram cara a cara com a névoa cinzenta que circundava a ilha e marcava os limites de Lugar Nenhum. A névoa era tão espessa que era impossível ver o que havia além dela. Exigiria um bocado de coragem avançar para descobrir o que existia do outro lado. E, durante toda a vida, os quatro haviam sido instruídos a se manterem longe da névoa, a ficarem longe do limiar cinzento.

— Quem vai primeiro? — perguntou Jay.

— Eu não — respondeu Evie.

— Nem eu — disse Carlos.

— Óbvio — fungou Mal. — Até parece que um dos dois iria.

— Mal? — chamou Jay. — Você primeiro?

Mal mordeu o lábio. Era sua missão, afinal.

— Sim. Eu vou, covardes.

Ela endireitou os ombros, ficando tensa, e entrou na névoa. Era como andar na chuva fria, e ela estremeceu. Lembrou-se de que não havia magia na ilha e que nada poderia feri-la; mas, ainda assim, a escuridão cinzenta era impenetrável, e, por um momento, sentiu vontade de gritar.

Então, estava do outro lado.

Ainda inteira.

Não desintegrada.

Não *nada*.

Soltou um suspiro.

— Está tudo bem — ela gritou. — Venham para cá!

— Se ela está dizendo — Jay murmurou e foi. Evie o seguiu, depois Carlos.

Por fim, os quatro estavam do outro lado da névoa, parados no limiar de Lugar Nenhum.

— Caramba — espantou-se Carlos.

Todos olharam para baixo. Estavam literalmente parados à beira d'água. Mais um passo, e teriam ido além do terreno rochoso que formava a Ilha dos Perdidos e caído no mar profundo abaixo, para se tornarem o jantar de um crocodilo.

— Com mil diabos! O que devemos fazer agora? — perguntou Mal.

— Não sei, mas essa coisa não para — falou Carlos. Era verdade. A bússola em sua caixa estava reagindo intensamente agora, e, quanto mais

Carlos se aproximava da faixa de praia rochosa e enevoada, mais rápido ela apitava. — É lá. Tem que ser — disse ele, apontando para o mar.

— Bem, esqueci meu calção de banho e não gosto muito de ser comido por répteis, então, agora é com vocês, rapaziada — disse Jay, afastando-se da água.

— Não pode estar *dentro* d'água — disse Mal, puxando o mapa do bolso. Ela arfou. — Gente. Venham aqui. — Todos se reuniram em volta de Mal. — Olhem! Tem mais! — Mais tinta havia aparecido e, desta vez, eles viram que a fortaleza não estava tecnicamente na Ilha dos Perdidos, mas localizada em uma ilha própria, ou melhor, em um pedaço de rocha flutuante próprio que por acaso era chamado de Ilha dos Condenados.

— Bem, isso é animador — comentou Carlos.

— E como vamos chegar lá? — quis saber Evie.

Mal estudou o mapa e apontou para um local denominado CAIS DOS GOBLINS.

— Vamos pegar carona com um dos nossos amigões da vizinhança, os goblins, para nos levar até lá, é claro — explicou Mal, passando por eles e começando a subir a praia lamacenta rumo às docas onde os goblins descarregavam as barcaças de Auradon.

— "Amigões" e "goblins" não cabem numa mesma frase — suspirou Carlos, mas, como os demais, seguiu Mal.

Chegaram bem rápido ao movimentado porto, principalmente porque os crocodilos começaram a atacá-los na água rasa perto da praia, e eles correram, gritando, em direção ao cais.

O cais fervilhava de atividade. Goblins abriam caminho passando pelo quarteto, esvaziando a carga dos grandes navios de Auradon que tinham permissão para entrar e sair do domo mágico. Eles colocavam os produtos que estavam apodrecendo e aqueles já apodrecidos no passadiço de madeira lascada e pulavam para dentro e para fora das balsas e dos barcos improvisados uns dos outros. As criaturas gritavam e berravam em sua língua goblin, jogando sacos de restos e sobras — roupas, comida, cosméticos, eletrônicos, tudo o que as pessoas em Auradon não queriam mais ou não tinha utilidade — em riquixás capengas para vender no mercado.

— Precisaremos pagar pela passagem — falou Mal. — Eles não vão nos levar até lá de graça.

Os quatro esvaziaram os bolsos para juntar uma quantidade suficiente de bugigangas e alimentos para pagar a travessia até a Ilha dos Condenados. Foi preciso pechinchar um pouco — Jay conduziu as negociações a maior parte do tempo, pois falava um pouco de goblin, por ter trabalhado na loja —, e por fim conseguiram um lugar em um barco de sucata, ou seja, um barco que coletava toda e qualquer coisa que caísse das lixeiras de Auradon; era um catador de catadores, o mais baixo nível de parasitas.

Como foi possível ver, o barco de um goblin não era construído para comportar quatro vilões adolescentes. A caixa de madeira flutuante rangeu e gemeu quando Mal e os outros embarcaram.

— Se eu morrer — comentou Jay de modo sombrio —, ainda assim vocês não podem ficar com nenhuma das minhas coisas.

— Vai dar tudo certo — garantiu Evie, mas ela parecia dizer isso mais para tranquilizar a si própria que os outros.

O goblin riu dissimuladamente e ligou o motor antigo e enferrujado, e eles partiram em meio à névoa espessa.

Era estranho ver a Ilha dos Perdidos da água. Parecia quase... bonita, pensou Mal. A floresta era verdejante e exuberante ao redor do contorno da ilha, e a praia rochosa se projetava dramaticamente em um manto ondulado de água azul-marinho. À distância, conseguiu avistar o Castelo da Barganha; de longe, parecia brilhar na luz do sol que se punha.

— É engraçado como as coisas parecem diferentes de longe, hein? — Evie observou, seguindo o olhar de Mal para a Ilha dos Perdidos.

A ILHA DOS PERDIDOS

— Sim, claro, tanto faz — resmungou Mal, virando as costas para Evie. Aquela mesma dor estava se instalando em suas entranhas de novo, e ela não gostou daquilo. Não gostou nem um pouco.

Mal só podia ter certeza de que haviam chegado à Ilha dos Condenados porque o motor parara. Eles ainda não conseguiam enxergar um metro à frente. Ela saiu às cegas do barco e desceu na praia rochosa, seguida com rapidez pelo restante do grupo. O goblin tratou de partir logo com o barco.

A neblina dissipou-se um pouco enquanto eles atravessavam o mato. Logo estavam parados em frente a um portão coberto por uma floresta de espinhos eriçados de aparência dolorosa. E, além do portão, no alto de uma montanha escarpada, erguia-se um imponente castelo negro, uma silhueta em ruínas e ameaçadora recortada contra o céu noturno.

Os espinhos ao redor do portão se tornaram mais grossos e retorcidos, tão afiados que espetariam ou arranhariam qualquer um que ousasse se aproximar. Pior, os espinhos estavam cobertos de aranhas venenosas mortais, e todo o lugar tinha um ar tóxico e sinistro.

Os quatro permaneceram ali parados, paralisados, incapazes e sem ânimo para descobrir o que fazer a seguir, enquanto a caixa preta nas mãos de Carlos continuava apitando incessantemente. Se a coisa estava se comunicando de fato com o Olho do Dragão, era evidente que o cetro estava em algum lugar atrás dos portões espinhosos.

Mal franziu a testa, frustrada.

Foi Jay quem quebrou o silêncio, entregando a Mal e a Evie uma adaga de prata cada, e a Carlos um repelente de insetos. Ele mesmo carregava um facão de cabo vermelho.

— Você carrega um machado no bolso? — perguntou Carlos.

— Quem não carrega? — Jay respondeu com um sorriso. — Quando se rouba tantas coisas de lugares diferentes, acho que sempre se chega preparado.

Mal teve de admitir que o saque de Jay viera a calhar naquele momento.

· 195 ·

Ele abriu caminho com seu facão, e os outros o seguiram logo atrás. Mal cortou um galho de espinhos com sua adaga de prata, e o galho secou e se encolheu pelo contato com a faca. Evie fez o mesmo do outro lado, e Carlos borrifou uma tarântula peluda com seu repelente em spray, de modo que ela caiu de um galho, morta.

Seria um trabalho árduo, mas eles já estavam acostumados a isso àquela altura. Foram penetrando cada vez mais no interior da floresta escura, indo em direção ao castelo lá no alto.

Capítulo 21

Uma história tão antiga quanto o próprio tempo

Seja você mesmo. Há outras maneiras de demonstrar força além do modo de seu pai. As palavras da mãe de Ben ecoaram nos ouvidos do príncipe enquanto ele se preparava para se encontrar com Zangado, que fora eleito para representar os anões e ajudantes em seus requerimentos.

Ótimo. Maravilhoso. Simplesmente perfeito. Um tête-à-tête com Zangado.

Ben balançou a cabeça. Suspeitava que qualquer outro entre os ajudantes seria uma escolha melhor para negociar que o velho anão rabugento.

Da última vez em que tinham se encontrado, o famigerado anão havia se sentido ofendido por causa de um biscoito açucarado.

Essa conversa estava fadada ao fracasso.

Ben desejou que as pessoas parassem de lhe dizer para ser *ele mesmo*. Parecia um conselho tão simples... e talvez fosse, se tivesse alguma ideia de quem *ele mesmo* era.

Mas quem *era* ele?

Príncipe Ben, filho do Rei Fera, herdeiro do trono do grande reino de Auradon?

Com certeza não era nada parecido com seu pai, que sabia como impor seu governo sem forçá-lo sobre seus súditos. Ben se encolheu ao lembrar como havia subido na mesa e gritado.

Aquele não era ele.

Ele era o Príncipe Ben, filho do Rei Fera *e* da Rainha Bela, herdeiro do trono do grande reino de Auradon.

E se, assim como seu pai, ele deveria herdar o trono, então seria nos próprios termos, como filho de sua mãe, e não apenas como herdeiro de seu pai. Porque, assim como a mãe, Ben era discreto e gentil, e não havia coisa que amasse mais que desaparecer mergulhado em um grande e grosso livro. Sua infância não envolvera caçar, lutar com espadas ou vencer outra pessoa em campo; fora passada na biblioteca.

Ele compartilhava o amor de sua mãe pela leitura, e sempre fora assim. As melhores lembranças de Ben eram de se sentar ao lado da Rainha Bela perto da portentosa lareira de sua magnífica biblioteca, lendo ao seu lado. Ele vasculhava uma pilha de livros retirados das prateleiras mais baixas, enquanto os dela sempre eram puxados das mais altas. Era o paraíso.

Uma vez, quando seu pai descobrira que haviam passado o dia inteiro escondidos na biblioteca e os repreendera por faltarem a um banquete de almoço real "por causa de uma história", sua mãe fizera uma defesa apaixonada.

— Mas não são apenas histórias — ela justificou. — São reinos inteiros. São mundos. São perspectivas e opiniões que você não pode oferecer, de vidas que não viveu. Elas são mais valiosas que qualquer moeda de ouro e mais importantes que qualquer almoço de estado. Eu esperava que você, como rei, soubesse disso!

Os olhos do Rei Fera brilharam, e ele levantou a Rainha Bela em seus braços poderosos com um movimento fácil.

— E você, como minha rainha, espero que saiba quanto eu a amo por isso! — Então, ele pegou o filho pequeno, e os três fizeram um almoço tardio de bolos de creme no jardim.

É claro.

Ben sorriu. Aquele dia não lhe vinha à lembrança há muito tempo.

Ainda estava pensando nisso quando Lumière conduziu o anão mais velho para a sala de conferências.

Zangado assentiu para ele e sentou-se em frente ao príncipe, suas pernas curtas balançando como as de uma criança.

— Qual é a razão disso, meu jovem? — Ele pigarreou. — Não estou com humor para nenhuma de suas birras. — Zangado olhou para a mesa, inquieto, como se o rapaz estivesse prestes a pular nela, mesmo agora. O prato de biscoitos açucarados e a taça de sidra à sua frente; deixou-os intocados.

— Obrigado por me encontrar hoje — falou Ben. — Achei que seria mais fácil se fôssemos só nós dois conversando. Já que tudo ficou um pouco... barulhento antes.

— Hum — disse Zangado. — Veremos. Você não planeja pular na mesa de novo ou gritar como um animal, planeja?

Ben corou.

— Peço desculpas pelo meu comportamento no outro dia. Eu fui... um tolo.

— Você... o quê? — Zangado foi pego de surpresa.

Ben deu de ombros.

— Admito. Não sabia o que estava fazendo e transformei tudo numa bagunça. E com certeza não o culpo por não querer me levar a sério agora.

Zangado o encarou, mal-humorado, embora um pouco agradavelmente surpreso.

— Continue.

Ben sorriu. Era um começo, e ele aceitaria.

— Veja, eu o chamei porque li todas as mil e uma páginas de suas reivindicações.

— Sério? Todas as mil? — perguntou Zangado, parecendo impressionado, embora a contragosto.

— E uma. — Ben sorriu de novo. Ele era um leitor veloz e um ouvinte atento, e, se realmente ia ser *ele mesmo*, precisaria usar ambos os talentos a seu favor, a fim de resolver aquela reclamação de uma vez por todas. — Pelo que pude perceber, parece que o que você e seus colegas estão exigindo é ser ouvidos e poder opinar sobre seu futuro; algo mais que apenas um assento no Conselho.

— Não é pedir muito, é? — perguntou Zangado com entusiasmo.

— Não, não é — Ben reconheceu. — E acho que podemos chegar a um acordo simples.

— O que você propõe?

Ben mexeu nos papéis. Pensou na questão e sobre como verbalizá-la. Como sua mãe tinha dito? *Eu não posso oferecer perspectivas e opiniões de vidas que não vivi.*

Ben sorriu.

— Proponho ouvir as pessoas que sabem mais. — Zangado levantou uma sobrancelha. Ben consultou suas anotações. — Vamos começar com as sereias. Elas deveriam cobrar uma moeda de prata por cada excursão submarina. E vou falar com Ariel sobre dar um descanso às coletas que Linguado lhe faz.

Zangado assentiu.

— Parece razoável. Tudo bem.

— Também criei um fundo estudantil para os dálmatas: todos os cento e um serão considerados qualificados para receber auxílio financeiro por meio do Bolsa Filhote. — Ben empurrou para o outro lado da mesa uma pasta com manchas pretas e brancas que continha todos os formulários pertinentes.

Zangado a aceitou.

— Pongo vai gostar — ele garantiu. — Mas e nós, mineradores?

— Metade de tudo o que vocês minerarem ainda deve permanecer como propriedade do reino — explicou Ben. Ele sabia que seu pai não se contentaria com menos que isso.

— Metade? E quanto ao restante dos diamantes, para onde eles vão? — questionou Zangado, parecendo alarmado.

— A outra metade irá para um Fundo 401A, um fundo de aposentadoria para anões, para cuidar da família e dos filhos de vocês. Diga a Dengoso que não se preocupe.

— Parece justo — Zangado assentiu, embora contra sua vontade. — E quanto à restrição de magia? Cá entre nós, aquelas três fadas fazem um grande estardalhaço.

— As três boas fadas terão de encaminhar sua queixa à Fada Madrinha. Receio que eu não possa fazer nada sobre isso sozinho, mas vou conseguir para elas uma reunião com a Fada Madrinha; isso eu posso fazer.

— E quanto ao pedido do Gênio para viagens ilimitadas dentro do reino? — Zangado franziu a testa. A essa altura, ele parecia estar tendo dificuldade em encontrar pretextos para continuar mal-humorado.

— Aprovado, desde que ele esclareça seu itinerário ao palácio de antemão. — Essa tinha sido uma concessão difícil de fazer, pois seu pai não queria que o "maníaco-de-pele-azul surgisse do nada por toda parte sem aviso prévio", mas ele conseguira convencer o Rei Fera de que, desde que os súditos fossem avisados sobre a chegada do Gênio, tudo ficaria bem.

Zangado cruzou os braços.

— E as criaturas da floresta? Elas estão ralando suas patas e seus cascos até os ossos.

— Enviei uma equipe para instalar lava-louças, máquinas lava e seca, além de aspiradores de pó em todas as moradias. Está na hora de percebermos que estamos vivendo no século XXI, não acha? Incluindo as áreas florestais?

MELISSA DE LA CRUZ

— Que seja — resmungou Zangado. — Eu não ligo muito para a modernidade, mas acho que nossos amigos peludos vão gostar. É difícil lavar louça à mão sem, você sabe, mãos.

Ben tentou não rir.

— Quanto a Mary e os demais ratos, de agora em diante, eles serão bem recompensados com o melhor queijo do reino, das próprias despensas do rei. — Ben deixou o último papel cair.

— É justo — Zangado assentiu.

— Então, temos um acordo?

Zangado estendeu a mão.

— Temos.

Ben a apertou. Estava mais aliviado do que deixava transparecer. Pelo menos, esperava não estar deixando transparecer. A essa altura, suava tanto que não conseguia ter certeza.

— Sabe de uma coisa, rapaz? — bufou Zangado, com uma careta.

Ben preparou-se para um comentário mal-humorado, mas não surgiu nenhum.

— Você vai ser um bom rei — declarou o anão com um sorriso. — Dê meus cumprimentos ao seu pai e mande lembranças à sua mãe.

— Farei isso — respondeu Ben, satisfeito com o resultado da reunião.

Ele empurrou a cadeira para trás, afastando-a da mesa antiga. Seu trabalho estava feito, pelo menos por hoje. *Mas, se é disso que se trata ser rei, então talvez não seja tão difícil quanto eu pensava.*

O anão pegou seu gorro e pulou do assento, virando-se para a porta do salão do conselho.

Então, deteve-se.

— Sabe, filho, às vezes você me faz lembrar dela. — A Rainha Bela era muito amada no reino.

Ben sorriu.

— Sabe, eu realmente espero que sim.

Zangado deu de ombros, abrindo a porta.

• *202* •

— Nem de longe tão bonito, no entanto; devo lhe dizer. E sua mãe, ela teria se certificado de oferecer um ou dois bolos de creme. E pelo menos algumas passas nos biscoitos.

Ben riu quando a porta bateu.

Capítulo 22

A ponte das gárgulas

Cada momento daquela aventura já havia se mostrado um pouco mais arriscado do que Carlos previra.

Essa revelação poderia representar um problema para o cientista dentro dele, que não gostava de correr pelos túmulos e que se refugiava nos laboratórios o máximo que podia. Claro, Carlos sentiu um pouco de enjoo na jornada para a Ilha dos Condenados, mas conseguira se conter, não conseguira?

Se olhasse dessa forma, ele já tinha provado ser um aventureiro melhor do que qualquer um poderia esperar.

Era disso que Carlos tentava se convencer, pelo menos.

Então, disse a si mesmo que tinha se saído melhor que qualquer outro aluno na aula de Ciência Estranha. Realmente riu alto ao pensar em seu rival de sala nesta situação atual, o que levara Jay a empurrá-lo e perguntar se ele não achava que estava levando toda essa coisa de cientista maluco um pouco a sério demais.

— Eu não sou maluco — Carlos tranquilizou seus companheiros de aventura.

Ainda assim, forçar-se a não pular no mar revolto exigira além de sua cota de exaustiva determinação, e, quando os quatro estavam de volta à terra firme e completamente longe da floresta de espinhos, com nada mais grave para se preocupar que alguns arranhões e coceira nos cotovelos, Carlos estava mais que feliz em encontrar um caminho de verdade que levasse ao castelo escuro na colina acima deles.

As boas e velhas terra e rocha nunca tinham parecido tão maravilhosas.

Até que começou a chover, a terra virou lama e a rocha ficou escorregadia.

Pelo menos não é o mar, Carlos consolou a si mesmo. E as chances de uma pessoa realmente se afogar em lama e pedras eram incrivelmente pequenas.

Além disso, sua invenção agora apitava em intervalos regulares, a luz do sensor piscando mais forte e mais rápido a cada passo que os aproximava da fortaleza.

— Não há dúvida de que o Olho do Dragão está lá em cima — falou Carlos com animação, sentindo o entusiasmo de um cientista na condução de um experimento. — Se essa coisa estiver certa, estou captando algum tipo de aumento intenso de energia elétrica. Se há um buraco no domo, ele está vertendo magia aqui de alguma maneira, diferente da Ilha dos Perdidos.

— Talvez o buraco esteja logo acima deste lugar — sugeriu Evie.

— Sim, consigo sentir também — Mal concordou, ainda avançando pelo caminho. — Gente, vocês não? — Ela parou e os encarou, protegendo os olhos da chuva com a mão.

Carlos a fitou, surpreso.

— Sentindo o quê? Isso? — Ele ergueu a caixa, e ela apitou na cara dela. Mal pulou para trás, assustada, e Jay riu. — Ops — disse Carlos. — Percebe o que quero dizer? A energia está aumentando.

Mal parecia envergonhada.

— Não sei ao certo. Talvez eu esteja imaginando coisas, mas sinto como se houvesse algum tipo de ímã me puxando caminho acima.

— Isso é tão assustador — Evie declarou, parando para limpar o suor da testa com a ponta da capa. — Tipo, é o seu destino, literalmente, chamando.

— Bem — corrigiu Carlos —, não, não de verdade. Se estivesse *literalmente* chamando, ele estaria, você sabe, *chamando* Mal.

Jay riu, e Evie olhou feio para ele.

— Tá, tudo bem. Literalmente puxando como um ímã, só que não de verdade, porque, você sabe, é o destino. Está feliz agora?

— Literalmente? — Carlos ergueu uma sobrancelha.

Jay voltou a rir, o que fez Carlos se sentir bem, embora não conseguisse explicar exatamente por que, nem mesmo para si próprio.

— Vocês não estão sentindo isso, pessoal? — Mal parecia nervosa. Ninguém disse nada, e ela suspirou, retornando ao caminho lamacento.

Eles tinham acabado de passar pela curva seguinte do trajeto quando Mal tropeçou e caiu, produzindo um deslizamento de pedra pela trilha atrás dela.

— O-opa — Mal gritou, os braços se agitando. As pedras escuras estavam tão escorregadias com a chuva que ela não conseguiu se pôr de pé e continuou escorregando nas pedras.

Evie agarrou Mal antes que ela caísse de cabeça no chão pedregoso. Ambas as garotas voaram para trás na direção de Jay, que quase derrubou Carlos atrás dele.

— Peguei você — disse Evie, ajudando Mal a recuperar o equilíbrio.

— Sim, e eu peguei vocês — falou Jay.

— O que é ótimo para todos, menos para mim, o para-choque humano — resmungou Carlos, quase não sendo capaz de manter um braço em volta do dispositivo enquanto o outro mantinha Jay longe de si.

— Tenho certeza absoluta de que não estou usando o par de sapatos adequados para isso — comentou Evie, estremecendo ao ver os próprios pés.

— Precisamos de nadadeiras, não de sapatos. A chuva transformou toda esta trilha em um rio de lama. Talvez devêssemos dar as mãos — sugeriu Jay. — Trabalharemos melhor se estivermos todos juntos.

— Você realmente disse isso? — Mal balançou a cabeça, parecendo indignada. — Por que não cantamos músicas para nos animar e aí desenhamos flores na lama e nos mudamos para Auradon, já que estamos todos aqui?

— Vamos lá, Mal. — Carlos tentou não sorrir. Ele sabia que Mal, entre todos, era quem tinha mais dificuldade com qualquer coisa mais benévola que Malévola.

— Tem alguma ideia melhor? — Jay parecia constrangido.

— Se queria segurar minha mão, você sabe, era só ter pedido — provocou Evie, enquanto a oferecia a Jay, balançando os dedos.

— Ah, é? — Jay piscou. — Não diga.

Evie riu.

— Não se preocupe, Jay, você é fofo, mas ladrões não fazem o meu tipo.

— Eu não estava preocupado — respondeu Jay com suavidade, segurando a mão dela com firmeza. — Só não estou com vontade de tomar um banho de lama hoje.

— Olhando sob o ponto de vista da física, faz sentido. Se estivermos falando sobre a segunda e a terceira lei de Newton... — Carlos acrescentou, tentando soar reconfortante. — Vocês sabem, momento e força, e tudo isso.

— Falou e disse! — Jay assentiu, estendendo a mão para Mal.

Carlos o observou, imaginando se Jay e Evie estavam flertando, e se era por isso que Mal parecia brava. Não. Mal e Jay brigavam feito irmãos, e Jay e Evie estavam apenas tentando esconder que estavam assustados. Jay lhe disse antes que achava Evie fofa, com certeza, mas ele a via como via

Mal, o que significava que não a via de forma alguma. Carlos pensou que, se as meninas fossem suas irmãs, Mal seria a irmã irritante e rabugenta, enquanto Evie seria a manipuladora e bonita. E, se Jay fosse seu irmão, ele seria do tipo que estaria tirando sarro dele ou lhe dando soquinhos quando não estivesse ocupado roubando suas coisas.

Quanto mais Carlos pensava sobre isso, mais ele concluía que não era tão ruim ser filho único, afinal.

— Vamos lá, Mal. Apenas aceite. Até Newton concorda — falou Jay, balançando os dedos para ela, enquanto ainda segurava a mão de Evie com força em sua outra mão.

Mal cedeu com um suspiro, agarrando-a após apenas uma leve hesitação. Depois, ela estendeu a mão para Carlos, que a agarrou como se fosse um salva-vidas, visto que ele conhecia física melhor que qualquer um deles.

De forma um tanto desajeitada e aos poucos, os quatro puxaram, empurraram e se ajudaram a subir o caminho lamacento, palmas suadas, tornozelos enlameados, pés frios e tudo o mais que o processo envolvia.

Não demorou muito e o caminho se curvou mais uma vez, e agora a espessa nuvem de chuva que o cercava parecia se separar a cada lado dos quatro aventureiros, revelando uma vista repentina e dramática, o que parecia ser uma longa e fina ponte de pedra, parcialmente oculta em névoa, que se projetava acima de um abismo na rocha diretamente diante deles.

— É linda! — disse Evie, trêmula. — De uma forma realmente assustadora.

— É só uma ponte — retrucou Carlos, segurando sua caixa. — Mas, definitivamente, temos de atravessá-la. Olhem... — A luz estava piscando tão forte e tão rápido agora que ele cobriu o sensor com uma das mãos.

— Que novidade — ironizou Jay.

— Não é só uma ponte — declarou Mal em voz baixa, olhando para a construção cinzenta à sua frente. — É a ponte *dela*. A ponte de Malévola. E ela está me puxando. Preciso atravessá-la. Ela quer que eu chegue ao outro lado.

— Não é com a ponte que estou preocupado — explicou Carlos, olhando adiante. — Vejam!

Além da ponte e da névoa, um castelo negro se elevava de um pilar de pedra. A ponte era a única maneira de alcançar o castelo, já que penhascos íngremes cercavam a fortaleza negra por todos os outros lados. Mas o castelo em si era tão ameaçador que não parecia exatamente um lugar que quisesse ser alcançado.

— É ele — Mal arfou. — Tem que ser a Fortaleza Proibida. O lugar mais sombrio da sombria ilha deles... O antigo covil de Malévola, seu lar ancestral.

— Legal — disse Jay. — Que belo barraco do balacobaco.

Evie analisou o castelo por trás dele, ainda trêmula.

— E eu achando que nosso castelo era frio.

— Não acredito que realmente o encontramos. — Carlos olhou de sua caixa para o castelo. — E não acredito que ele estava tão perto da ilha esse tempo todo.

Os olhos de Mal estavam anuviados, e era impossível ler sua expressão. Ela parecia quase atordoada, pensou Carlos.

— Acho que isso explica a chuva. A Fortaleza Proibida se esconde em uma mortalha de neblina e névoa. É como uma barreira, eu acho.

Carlos analisou o ar à sua volta.

— Claro que é. É um mecanismo de defesa integrado à própria atmosfera.

— Tenho certeza de que minha mãe o projetou para manter longe quem ela não queria por perto.

Ela não disse o restante, então Jay completou por ela.

— O que significa, vocês sabem, *todo mundo*.

Carlos achou difícil desviar o olhar da torre negra na colina. Não era de admirar que os cidadãos da Ilha dos Perdidos tivessem sido instruídos a manter distância. Ali estava uma prova concreta da maldade, do poder das trevas e da infâmia.

O poder nefasto de Malévola.

Não era um mal qualquer. O que pairava ameaçadoramente diante deles era poder nefasto mais poderoso e célebre do reino.

De repente, Carlos sentiu a atração magnética que Mal tentara descrever. Podia senti-la vibrando no ar, nas próprias pedras sob os pés. Embora a magia não fosse mais um fator, havia poder ali... e história.

— Estão sentindo isso? — Carlos levantou a mão vibrante no ar.

— Eu também estou — disse Evie, pegando uma pedra da lama. Ela a chacoalhou em seus dedos. — Destino — anunciou de modo dramático.

Jay apontou para o relâmpago que crepitava no ar acima das torres pretas.

— Eu também. Acho que está na hora.

Mal não disse uma palavra; apenas olhava fixamente.

— Calma lá. Não nos apressemos — falou Carlos. — Precisamos fazer isso direito, ou... — Não concluiu a frase, apenas deu de ombros.

Então, trocou um olhar com Mal e soube que ela sentia o mesmo.

— Vejam — disse Jay, puxando para trás um punhado de vinhas crescidas que cobriam os degraus de pedra que conduziam à rampa principal da ponte. Ele as jogou para o lado.

— O que são aquelas criaturas assustadoras e horrorosas? — Evie fez uma careta. — Não, obrigada. Vou ficar do lado oposto àquelas coisas.

Porque, agora que as videiras tinham desobstruído a passagem, eles podiam ver que a ponte inteira parecia ser guardada por antigas gárgulas de pedra. Os grifos alados os encaravam de onde estavam empoleirados, perfilados na ponte de ambos os lados.

— Que adorável — disse Jay.

Carlos as encarou fixamente. Não era só Mal que podia ver a mão da mãe em cada pedra ao redor deles. As criaturas esculpidas sorriam com desdém exatamente do mesmo jeito que Malévola; os dentes pontudos, a boca cruel.

Mal olhava para elas, congelada.

Carlos percebeu que era porque ela estava paralisada pelo medo.

— Mal?

Ela não respondeu.

Ela não pode fazer isso sozinha, pensou Carlos. *Nenhum de nós pode. Não é diferente de puxar um ao outro pela lama. Se pensar bem, é apenas física. É ciência.*

Mas, então, ele tentou não pensar a respeito, porque seu coração batia tão alto que achou que os outros ouviriam. Ele começou a recitar a tabela periódica dos elementos em sua cabeça para se acalmar. Números atômicos e elétrons sempre tinham sido muito reconfortantes em momentos de estresse, ele descobrira.

E, quanto mais números recitava, mais fácil era colocar um pé na frente do outro.

Foi exatamente o que ele fez.

Carlos subiu no primeiro pavimento de pedra que levava à ponte curva. Assim que o fez, as gárgulas de pedra começaram a bater suas asas diante deles.

— Opa! — Jay disse.

— Não — Evie falou. — Simplesmente, não.

— Como isso é possível? — questionou Jay. — Não há magia na ilha.

— O buraco na cúpula — respondeu Carlos. — Deve ter dado vida ao castelo ou algo assim, como uma reação química. — Fazia sentido. Não era apenas Diablo que tinha sido descongelado, mas também toda a fortaleza.

Carlos subiu mais um degrau e depois o seguinte, até ficar no nível da rampa principal da própria ponte. Mal, Evie e Jay agora o acompanhavam.

As criaturas rosnavam enquanto ganhavam vida à sua volta, a ponte estremecendo sob seus pés. Os olhos horríveis dos grifos brilhavam em verde, iluminando a névoa ao redor deles, até que estavam quase iluminando os quatro intrusos como um holofote. As gárgulas esticaram as costas curvadas, quase dobrando de altura.

Evie estava certa, Carlos pensou. Eram coisas realmente pavorosas, com dentes tortos e línguas bifurcadas. Ele não conseguia desviar o olhar daquelas caras horríveis pairando sobre eles.

— Deve ser resíduo, um resquício dos anos de magia — ele supôs.
— O que quer que tenha feito isso, provavelmente era parte do mesmo poder que deu vida a Diablo.

— O mesmo poder? — Mal parecia fascinada. — Você quer dizer, o da minha mãe?

— Ou a mesma onda eletromagnética. — Carlos se lembrou da última aula de Ciência Estranha. — Não sou mais capaz de distinguir um do outro.

Jay engoliu em seco quando uma gárgula se abaixou, parecendo prestes a saltar sobre Carlos a qualquer instante.

— No momento, tenho certeza de que a diferença não importa.

— Quem vem lá? — gritou a gárgula à direita de Carlos.

— Você não pode passar — avisou a da esquerda.

— É? Quem disse? — Carlos deu um passo para trás, assim como o restante do grupo que o seguia.

Eles se entreolharam, nervosos, sem saber o que fazer. Não sabiam sobre as gárgulas, não esperavam uma luta. Isso seria mais difícil do que tinham imaginado, talvez até impossível. Mas não importava. Até Carlos tinha consciência de que não havia como voltar atrás agora.

— Vocês, feiosos, precisam sair da frente! — falou Mal, gritando atrás dele. Ela fulminou os grifos com os olhos. — Ou vou obrigá-los a sair!

As gárgulas rosnaram e fizeram caretas, batendo as asas de pedra como forma de ameaça.

— Alguma ideia? — Carlos olhou por cima do ombro, tenso. — Não temos armas ou magia. Com o que lutaríamos? Além disso, como podemos lutar contra algo feito de pedra?

— Tem que haver um jeito — respondeu Mal. — Temos que prosseguir! — ela gritou de novo. — Deixem-nos passar!

— É, não tenho certeza de se isso está funcionando. — Evie suspirou.

As gárgulas miraram os jovens com olhos brilhantes, as presas à mostra, as asas de pedra batendo no vento.

— Vocês não podem passar — repetiram em uníssono, e, assim que as criaturas falaram, as espessas nuvens cinzentas ao redor da longa rampa de pedra se dissiparam, revelando uma abertura na ponte, um abismo de doze metros com nada abaixo além do vácuo.

A ponte estava quebrada, quase intransponível.

— Ótimo — disse Jay. — Então, acabou. Beleza. Tanto faz. Podemos ir agora?

Os outros apenas continuaram olhando fixamente.

Carlos tinha de admitir que era provável que Jay estivesse certo.

Não havia uma maneira aparente de chegar ao castelo. Tinham ido até ali somente para falhar. Mesmo que pudessem passar pelas gárgulas, não tinham como cruzar a ponte, já que *não existia ponte*. Era inútil. A jornada deles terminara antes mesmo de começar.

Carlos deu um passo para trás e notou uma inscrição nas pedras ao pé da ponte. Sentou-se para ler.

— O que foi? — Mal perguntou, ajoelhando-se ao lado dele.

Ele afastou a terra e o musgo para revelar uma frase cinzelada nas pedras: *Aquele que invadir a ponte deve conquistar o direito de passagem.*

— Ótimo. Então, o que é isso, tipo, uma orientação? — Mal olhou para os outros. — O que isso significa? Como conquistamos o direito de passagem?

Evie balançou a cabeça enquanto olhava de novo para as gárgulas e a ponte quebrada.

— Não sei, Mal. Não parece que conquistamos alguma coisa.

— E, tecnicamente, somos invasores — acrescentou Jay.

Evie franziu a testa.

— Acho que devíamos ir embora. Talvez a ponte tenha sido destruída, talvez esteja assim há anos. Talvez ninguém entre e saia agora.

— Não. Essas palavras devem significar algo. Mas é um enigma ou uma advertência? — perguntou Mal. Ela olhou para a fenda na ponte e abriu caminho entre os outros, indo até a borda. Estava determinada a descobrir.

— O que está fazendo? — gritou Carlos. — Mal, espere! Você não está pensando direito.

Mas ela não podia esperar e não parou.

Ele deu um passo para trás, Jay e Evie o flanqueando.

— Vá atrás dela — disse Carlos. — Puxe-a da fenda na pedra antes que ela caia. Isso é loucura.

Jay assentiu e seguiu Mal.

— É tão triste — lamentou Evie. — Ter chegado tão longe.

— Eu sei. Mas meia ponte pode muito bem não ser ponte nenhuma — Carlos murmurou. Ele largou a máquina e desligou-a, para não ter de ouvir o bipe. O barulho do sensor só piorava as coisas, e era mais uma prova de quão perto haviam chegado de encontrar a fonte de energia.

No instante em que Carlos desligou a máquina, a luz nos olhos das gárgulas desapareceu. O brilho verde assustador foi diminuindo, suas órbitas sendo agora a pedra preta.

— Espere... Você acabou de...

Carlos parecia incrédulo.

— Desligar os monstros? Acho que sim. — Ele gritou para Mal, Jay agora ao lado dela, a poucos metros da fenda na rampa de pedra. — Eles são como campainhas gigantes, Mal. Quando tentamos atravessar, eles ligam; quando vamos embora, desligam.

— Então são um mecanismo de defesa? — Evie não parecia convencida.

— Talvez. — Carlos analisou a ponte. — Tudo é possível. Pelo menos, é o que estou começando a pensar.

Mal voltou correndo.

— Então, talvez seja só um teste. Olhem — ela disse, aproximando-se das gárgulas, os olhos das criaturas brilhando mais uma vez. — Façam-me suas perguntas! — exigiu dos guardiões da ponte em um tom firme. — Vamos conquistar o direito de passagem.

Mas as gárgulas não lhe responderam.

— Talvez não as esteja ligando direito — Evie sugeriu.

— Talvez isso seja apenas perda de tempo. — Jay suspirou.

— Não, não é — garantiu Mal, lançando-lhes um olhar suplicante. — Este é o castelo da minha mãe. Nós o encontramos, e tem de existir um jeito de entrar. Olhem para a inscrição na pedra... Tem de ser algum tipo de teste.

Jay se pronunciou:

— Carlos disse que essas coisas são como uma campainha. Mas e se não forem? E se forem como o sistema de alarme de uma residência? Tudo o que teríamos de saber para desativá-lo é o código. — Ele deu de ombros. — Quero dizer, é isso que eu faria se estivesse tentando invadir.

Se tem alguém entre nós que saberia, esse alguém é Jay, Carlos pensou.

— Então, qual é o código? — Mal se virou para as gárgulas, os olhos reluzindo. — Digam-me, suas idiotas!

Ela endireitou a coluna, tirando o máximo proveito de sua altura, e falou em uma voz que Carlos conhecia bem. Era como Cruella falava com ele e como Malévola falava com seus lacaios da sacada. Ele ficou impressionado. Nunca tinha visto Mal tão parecida com a mãe como agora.

Mal não pediu às gárgulas, ela ordenou:

— Este é o castelo da minha mãe, e vocês são servas dela, farão o que eu mandar. PROPONHAM SEU ENIGMA E NOS DEIXEM PASSAR! — ela exigiu, parecendo estar em casa (em seu lar, verdadeiramente) pela primeira vez. Porque, como todos podiam ver agora, ela estava.

Um instante se passou.

A névoa rodopiava; ao fundo, corvos grasnavam e luz verde pulsava nas janelas distantes do castelo.

— Carlossssssssss — sibilaram em uníssono as gárgulas, de forma perturbadoramente assustadora —, aproxime-se de nóssssssss...

À menção de seu nome, Carlos deu um passo à frente com uma expressão abismada em seu rosto.

— Por que eu?

— Talvez porque tenha tocado o degrau antes de todos? Então, o alarme está configurado no modo Carlos. — Jay coçou a cabeça. — Melhor você do que eu, cara.

— Hora da senha. — Mal assentiu. — Você consegue, Carlos.

Então, as gárgulas começaram a sibilar de novo.

— Carlossssssss. Primeira perrrrrgunta...

Carlos respirou fundo. Era como na escola, ele pensou. Ele gostava da escola. Gostava de responder a perguntas que tinham respostas, certo? Então, essa não era só mais uma pergunta que precisava apenas de uma resposta?

"Manchas de tinta na neve
Ou vermelha, crua e macia
Preta e molhada, quente e rápida
Amados e perdidos — O que sou eu?"

Assim que as gárgulas pararam de falar, um estrondo se iniciou sob os pés deles.

— Carlos! — Evie gritou, tropeçando enquanto tentava ficar de pé.

— O quê? — Carlos passou a mão pelo cabelo em um gesto ansioso. Sua mente estava trabalhando.

A tinta é preta. A neve é branca. O que é vermelho e cru? Um bife? Quem ama um bife? Faz um tempo que não comemos um desses, seja como for. E o que isso tem a ver comigo?

— Responda à pergunta! — disse Mal. A luz estava mais uma vez desaparecendo dos olhos das gárgulas.

— É... — disse Carlos, enrolando. Ele estava empacado.

Preto. Branco. Manchas. Vermelho. Amado. Perdido.

— Os filhotes. Os filhotes da minha mãe, os dálmatas. Todos os cento e um deles. Todos amados e todos perdidos por ela. — Ele olhou para os rostos de pedra. — Embora eu ache que a parte do amor seja discutível. — Silêncio. — Preciso dizer os nomes? Porque juro que posso dizer a vocês, cada um deles. — Ele respirou fundo. — Pongo. Prenda. Patch. Pingo. Roliço. Sardas. Pepper... — Quando terminou de falar, a névoa mais uma vez congelou ao redor da ponte. Carlos soltou um suspiro.

Não estava funcionando.

— Espere! — exclamou Mal, apontando para o local onde a névoa havia estagnado. — Está acontecendo alguma coisa. — A névoa cinzenta se abriu, revelando uma nova seção da ponte, um trecho que não existia até um momento antes.

As gárgulas abriram caminho, e os quatro correram para ele, avançando para a extremidade recém-formada, aguardando a próxima pergunta.

— PRÓXIMO ENIGMA! — Mal exigiu, no exato instante em que um vento feroz soprou na direção deles.

Carlos estava começando a ter a sensação de que a ponte tinha um arsenal de meios de se livrar de visitantes indesejados. Engoliu em seco.

Eles precisavam se apressar.

Ou melhor, ele precisava.

— Carlosssssssss. Próxxxxxxima perrrrrrgunta.

Ele assentiu.

"Como uma rosa em uma nevasca
Ela floresce como um corte
Uma mancha vermelha
Seu beijo é a morte"

Foi o que as gárgulas sibilaram sinistramente em uníssono, virando-se para encará-los, as garras levantadas. Seus músculos se flexionavam e suas caudas chicoteavam, as línguas bifurcadas lambendo suas presas. Pareciam prestes a dar o bote a qualquer momento.

Mais uma vez, a ponte começou a se mover sob seus pés.

— "Seu beijo é a morte" — ecoou Carlos. — Deve ter a ver com a minha mãe. É esta a resposta? Cruella De Vil?

A ponte começava a chacoalhar agora.

Resposta errada.

— Mas *tem* a ver com a sua mãe! — disse Evie de repente. — Uma rosa em uma nevasca, ela floresce como um corte... seu beijo... tem a ver com o batom que ela usa! O vermelho característico de Cruella!

Carlos ficou boquiaberto.

— Tem?

— Uma mancha vermelha... Entende? Significa que é algo que ela usa. Ah, eu sei o que é! — Evie disse. — A resposta é Cerejas na Neve! Tem de ser isso; está em toda parte nesta temporada. Quer dizer... a julgar pelo que foi jogado fora nas barcaças de lixo.

Mal revirou os olhos.

— Não acredito que sabe disso.

O vento aumentou de novo, e os quatro deram as mãos, segurando um ao outro para se apoiar. Eles pressionaram os ombros, unidos, preparando-se contra o vendaval.

Evie praguejou.

— Não é Cerejas na Neve? Eu poderia jurar que era isso. Vermelho com um tom rosado. Não, esperem... esperem... não tinha um tom rosado, era mais escuro. *Mais vermelho.* Um "vermelho verdadeiro"... Como as revistas chamavam? Geada e Chama? Não... Fogo e Gelo! É isso! O beicinho de Cruella é feito de Fogo e Gelo!

As gárgulas pararam, os olhos brilhando. Ficaram imóveis enquanto a névoa mais uma vez se solidificava ao redor da ponte e depois afinava para revelar outra nova seção.

Carlos relaxou, Jay gritou e até Mal deu um tapinha nas costas de Evie enquanto avançavam pela ponte. Mais uma pergunta respondida, e o caminho estaria livre.

— Lancem seu último enigma! — Mal as desafiou.

As gárgulas pareciam astutas.

— Carlossssssss. Última perrrrrrrgunta.

Ele assentiu.

Mal olhou para ele encorajadoramente.

Lá vamos nós, uma última vez.

"Escuro é seu coração
Negro como o céu acima
Diga-nos, jovens viajantes...
Qual é o seu único e verdadeiro amor?"

As criaturas sibilaram isso em uníssono e, assim que terminaram de falar, caminharam em direção aos jovens, presas reluzindo, garras levantadas, asas batendo. As gárgulas os despedaçariam se Carlos respondesse incorretamente; os quatro percebiam isso agora.

Carlos precisava acertar, não apenas para cruzar a ponte, mas para mantê-los vivos.

— "Maldoso é seu coração"; devem estar falando de Malévola, certo? — Ele se virou para Mal. — Mas podem estar falando de qualquer uma de nossas mães.

— Minha mãe não tem um amor verdadeiro. Ela não ama nada nem ninguém! Nem mesmo a mim! — revelou Mal, com uma leve pontada de dor que Carlos conhecia muito bem.

— Não olhem para mim. Eu nem *tenho* mãe — falou Jay.

— Beleza! — gritou Evie. — É a minha. Eu sei... é um pouco clichê.

Mas as gárgulas não estavam interessadas em nada que alguém tivesse a dizer. Aproximando-se, separando as brumas, as caudas balançando:

— QUAL É SEU ÚNICO E VERDADEIRO AMOR? — elas pressionaram, olhando de Evie para Carlos, depois para Mal e então para Jay.

— Meu *pai*? — arriscou Mal.

Carlos balançou a cabeça. Se Malévola fosse como Cruella, ela odiava o pai de Mal com todo o seu ser. Cruella proibira qualquer pergunta relativa ao pai de Carlos, não importando quão curioso ele estivesse, ou quanto quisesse saber. No que dizia respeito a Cruella, Carlos era só dela. Malévola devia ser igual.

As gárgulas estavam quase sobre eles. Elas eram mais altas do que Carlos havia percebido, talvez entre dois metros e meio e três metros. Eram gigantescas, e seu peso fazia a ponte ranger a cada passo.

Carlos achava que nem mesmo as tabelas periódicas poderiam ajudá-lo agora.

— QUAL É SEU ÚNICO E VERDADEIRO AMOR? — as gárgulas perguntaram mais uma vez, estendendo as enormes asas. Quando elas as bateram, as brumas rodopiaram ao redor delas.

— O Olho do Dragão? — Mal chutou. — É tudo com que minha mãe se importa.

— Ser a Mais Bela de Todas! — Evie gritou. — Ela ou eu, nessa ordem!

Jay apenas deu de ombros.

— Não posso ajudar. Tenho certeza absoluta de que a resposta não é Jafar, o Príncipe dos Pijamas.

A princípio, parecia que as gárgulas estavam balançando a cabeça, mas Carlos percebeu que era porque a ponte estava chacoalhando muito. Tudo tremia, e as criaturas estavam quase sobre eles. Os dentes de Carlos começaram a bater. Evie perdeu o equilíbrio e escorregou, quase caindo pela beirada da ponte, mas Carlos a pegou a tempo. Jay agarrou uma coluna em ruínas e estendeu a mão para que Carlos pudesse segurá-la, formando um elo com Evie.

— Depressa! É melhor alguém pensar logo em alguma coisa — Jay resmungou. — Não consigo aguentar por muito mais tempo.

Evie gritou enquanto pendia da ponte, Carlos agarrado a uma de suas luvas azuis, da qual ela escorregava, um dedo de cada vez.

— PENSE, MAL! O que Malévola ama? — Carlos gritou. — Ela tem que amar ALGUMA COISA!

— QUAL É SEU ÚNICO E VERDADEIRO AMOR? RESPONDA AO ENIGMA OU MERGULHE NA ESCURIDÃO — as gárgulas entoaram.

— Diablo? — Mal gritou. — É Diablo?

Em resposta, a ponte cedeu sob seus pés, e Mal deslizou para baixo, apenas por sorte conseguindo segurar Jay, que estava ancorando todos. O castelo inteiro vibrava. Pedras voavam de suas muralhas, e as torres ameaçavam ruir em cima delas.

A ponte começou a balançar perigosamente.

— Esperem! — gritou Jay. — Galera! Elas não estão falando de Malévola! Ainda estão falando sobre Cruella! Rápido, Carlos, qual é o único e verdadeiro amor dela?

Carlos não conseguia pensar. Estava com muito medo. Não conseguia nem formar uma frase. E o que mais o assustava era qual *seria* a resposta.

Talvez tenha sido por isso que ele não adivinhara LOGO desta vez.

Não aguento dizer isso em voz alta.

A voz de Jay ecoou.

— CARLOS! QUAL É O ÚNICO E VERDADEIRO AMOR DA SUA MÃE?

Ele precisava dizer.

Ele praticamente sempre soube.

Às vezes, como naquela tarde, Carlos achava que a mãe estava falando dele, mas no fundo sabia que não.

Porque ela nunca falava *dele*.

Nem uma única vez. Nunca.

A ILHA DOS PERDIDOS

Carlos abriu os olhos. Ele precisava dizer, e tinha de ser agora.

— AS PELES DELA! PELES SÃO SEU ÚNICO E VERDADEIRO AMOR! — ele gritou. Ela dizia isso o tempo todo; dissera naquela tarde, na frente de todos. — Tudo com que minha mãe se importa é seu armário idiota de casacos de pele e tudo o que tem nele, mas vocês já sabem disso.

Era a verdade e, como toda verdade, era poderosa.

Num piscar de olhos, os quatro estavam do outro lado da ponte das gárgulas, e tudo estava no devido lugar mais uma vez. Não havia mais balanço ou estrondo, ninguém estava caindo pela beirada, e as gárgulas tinham se transformado de novo em estátuas. Embora Carlos jurasse que uma das gárgulas de pedra lhe dera uma piscadela.

Eles estavam em segurança, pelo menos por enquanto.

— Bom trabalho — reconheceu Mal, respirando pesadamente. — Ok, agora... qual é o caminho?

Carlos olhou trêmulo para a caixa apitando em suas mãos.

— Por aqui.

Capítulo 23

A maravilha de tudo

A Fortaleza Proibida fazia jus ao seu nome. Uma vez que os quatro aventureiros cruzaram suas enormes portas de carvalho, era quase impossível distinguir a escuridão do mundo das sombras fora do castelo do mundo das sombras ali dentro. De uma forma ou de outra, estava assustadoramente escuro, e, quanto mais Jay, Carlos, Evie e Mal se arrastavam para suas profundezas, mais seus sussurros nervosos ecoavam pelas câmaras fantasmagóricas e abandonadas.

Jay desejou ter usado algo mais quente que seu colete de couro. Os lábios de Mal estavam ficando azuis, a respiração de Carlos emanava nuvens brancas quando ele falava e os dedos de Evie pareciam pingentes de gelo quando Jay os segurou. (Uma vez. Ou duas. E apenas para se aquecer.) Lá dentro era mais frio que a Dragon Hall, e não havia chance alguma de ficar mais quente; não havia toras nas grelhas da lareira nem termostatos para acionar.

— Isso é a vida moderna em um castelo. — Evie suspirou. — Trocar uma prisão grande e fria por outra. — Mal assentiu em concordância. Jay, em particular, achou que a loja de sucata de Jafar parecia totalmente aconchegante em comparação àquele lugar, mas guardou isso para si mesmo.

Por cada corredor, uma névoa densa flutuava logo acima do piso de mármore preto.

— Isso só pode ser magia. A névoa não *faz* isso — observou Mal.

Carlos assentiu.

— A energia refratada parece mais intensa aqui. Acho que estamos mais perto da fonte do que nunca.

Enquanto falava, um vento gelado passou por eles, assobiando através dos vitrais quebrados lá no alto. Cada passo que davam reverberava contra as paredes.

Até Jay, ladrão tarimbado, estava intimidado demais para tentar surrupiar qualquer coisa e manteve as mãos ociosas pela primeira vez. Claro que, quando encontrassem o cetro, ele teria de se mostrar valente; sabia disso e estava tranquilo — não importava quão bem todos eles tivessem se dado durante a jornada até lá.

No frigir dos ovos, vilões não têm amigos. Seus filhos também não.

Nenhum deles estava nessa por lealdade a Mal ou por amizade. Jay sabia o que precisava fazer, e ele faria.

Até lá, suas mãos permaneceriam nos bolsos. Se as coisas naquele lugar mal-assombrado pareciam estar dando sopa, alguma pegadinha devia haver, e não estava disposto a descobrir qual era.

— O que é aquilo? — Jay perguntou, apontando. Luzes verdes brilhavam através de vidraças semiquebradas, mas ele não conseguia descobrir a fonte.

— É o que estamos rastreando o tempo todo — respondeu Carlos. — A mesma energia eletromagnética: está enlouquecendo. — Ele balançou a cabeça para as luzes piscantes em sua caixa. — Esta fortaleza sem dúvida foi exposta a algo que deixou uma espécie de carga residual...

— Você quer dizer, um encantamento?

Ele deu de ombros.

— Isso também.

— E, então, mesmo depois de todos esses anos, este lugar de alguma forma ainda brilha com a própria luz? — Evie parecia surpresa.

— Legal — disse Jay.

Mal fez pouco-caso.

— Em outras palavras, estamos nos aproximando do Olho do Dragão.

— Sim — disse Jay.

Como o restante do grupo, Jay sabia o que todos na ilha e no reino sabiam: que luz verde maligna significava apenas um certo e aterrorizante alguém. Mesmo que provavelmente fizesse Mal se lembrar de casa.

Corredores levavam a mais corredores, até que eles passaram por grandes galerias escuras repletas de pinturas emolduradas envoltas em teias de aranha e poeira.

— É uma galeria de retratos — disse Evie, esforçando-se para ver as paredes em meio às sombras. — Todo castelo tem uma.

— Mal, pare com isso... — Jay gritou, olhando para trás e pulando para longe.

Mal estendeu a mão e deu tapinhas em seu ombro. Estava parada bem na sua frente.

— Alô? Eu não estou aí atrás. Estou aqui.

— Droga. Pensei que fosse você nesse retrato. — Ele apontou.

— Não sou eu. É a minha mãe — disse Mal com um suspiro.

— Uau, você realmente se parece com ela, sabia? — falou Jay.

— Vocês duas poderiam ser gêmeas — Evie concordou.

— Isso, meus amigos, se chama genética — explicou Carlos com um sorriso.

— Puxa, valeu mesmo... eu pareço com a minha mãe? Isso é o que toda garota quer ouvir — ironizou Mal. Ainda assim, Jay conhecia a realidade. O que Mal queria, mais que tudo, era ser *igual* à mãe.

Exatamente igual a ela.

Tão ruim e tão poderosa quanto.

Era o que seria preciso para alguém como Malévola ao menos notá-la, e Jay sabia que aquela galeria de retratos só estava fazendo Mal desejar isso com ainda mais desespero.

— E agora? — perguntou Mal, como se estivesse tentando mudar de assunto.

Jay olhou ao redor. Diante deles, havia quatro corredores que levavam a quatro partes diferentes da fortaleza.

Uma corrente de ar fétida emanava de cada um dos caminhos, e Jay podia jurar que ouvira um gemido distante, mas sabia que era apenas o vento serpenteando pelas passagens sinuosas. Ele tirou uma caixa de fósforos do bolso e acendeu um palito, murmurando um rápido "uni-duni-tê-salamê-minguê...".

— Que científico — criticou Carlos, revirando os olhos.

— Você tem o seu jeito, eu tenho o meu. Por ali — indicou Jay, apontando para o corredor bem na frente deles. Assim que fez isso, o vento soprou da mesma passagem, e o odor fétido de algo podre ou morto veio junto.

O vento apagou o fósforo.

Evie tapou o nariz, e Mal fez o mesmo.

— Tem certeza disso? — questionou Mal.

— Ora, é *óbvio* que não. É por isso que eu fiz uni-duni-tê! Um corredor é tão bom quanto o outro — esclareceu Jay, entrando no corredor sem esperar que os outros o seguissem. Era a regra número um ao se invadir um castelo desconhecido: você nunca deixa isso afetá-lo; sempre age como se soubesse o que está fazendo.

Jay tinha a sensação de que a fortaleza estava brincando com eles, oferecendo-lhes escolhas, quando, na verdade, todos os caminhos provavelmente levavam ao mesmo lugar. Era hora de tomar as rédeas da situação.

— Não, espere... Você não sabe para onde está indo. Carlos, verifique essa sua caixa-bússola — disse Mal.

Carlos levou a caixa até a encruzilhada. Ela apitou.

— Ok, acho que talvez Jay esteja certo.

— Claro que estou.

Eles seguiram Jay pelo corredor escuro.

Carlos segurou a caixa apitando em suas mãos, o som ecoando nas paredes de pedra. Ela os direcionou a uma escada fria e úmida que conduzia para baixo, aprofundando-se na escuridão. O ar parecia mais frio e úmido, e, no silêncio assustador, soou um barulho distante, como ossos batendo em pedras ou correntes chacoalhando ao vento.

— Isso é o que eu chamo de reconfortante. — Evie suspirou.

— A masmorra — anunciou Mal. — Ou vocês podem conhecê-la como o lugar onde minha mãe encontrou o apaixonado Príncipe Phillip.

Os olhos de Evie se arregalaram de admiração. Aquela devia ser a história mais famosa de toda Auradon.

— Malévola ia prendê-lo aqui por cem anos, não é? Isso teria sido divertido.

Carlos olhou em volta.

— Ela quase conseguiu, não foi?

Mal assentiu.

— Se não fosse por aquele trio de boas fadas, intrometidas e hipócritas. — Ela suspirou. — Fim da cena. Entra a Ilha dos Perdidos.

— Não sei vocês, mas sinto que já estamos aqui há cem anos. Vamos logo com isso — disse Jay.

Ele estava mais alerta agora que o dia todo, porque sabia que estava a serviço. Era hora de começar a trabalhar.

Jay encontrou uma das portas da masmorra. Carlos segurou a caixa lá dentro, ouvindo o bipe.

— É esta.

Ele seguiu em frente com a caixa, enquanto Jay, Mal e Evie se ajudavam a descer lentamente os degraus, apoiando-se na parede à medida que avançavam. Não havia corrimão, e os degraus estavam cobertos de musgo preto. Cada passo chapinhava na escuridão, e parecia que estavam pisando em algo vivo e úmido.

— Deu até saudade do rio de lama lá atrás — brincou Evie.

— Pode crer — disse Jay.

Mal não disse uma palavra. Não conseguia; estava distraída demais. Até o musgo tinha o cheiro de sua mãe.

Ele ficava cada vez mais espesso conforme os quatro penetravam a masmorra. Havia camada após camada de teias de aranha transparentes, uma tapeçaria aracnídea tecida há muito tempo e esquecida. Cada passo que davam desfazia os fios, abrindo caminho para a frente. Todos estavam quietos, silenciados pela ameaça persistente no ar enquanto pisoteavam a substância pastosa na escuridão.

— Aqui? — Mal perguntou, parando diante de uma porta de madeira podre semipendurada nas dobradiças. Quando ela a tocou, a moldura desabou, fazendo a madeira bater no chão. Até as pesadas tiras de ferro que antes prendiam a porta caíram contra as pedras e a madeira, produzindo um barulho terrível.

— Talvez não devêssemos tocar em nada — sugeriu Carlos, examinando o dispositivo em suas mãos.

Mal revirou os olhos.

— Tarde demais.

— Acho que é aqui — disse Carlos.

Jay esperava que ele estivesse certo, que a caixa os tivesse levado ao Olho do Dragão. Não podia imaginar o que Mal faria ao pobre Carlos se não estivesse. E o próprio Jay precisava continuar com a tarefa em questão.

Mal assentiu, e Jay empurrou para o lado o que restava da porta. Quando entraram, ele não pôde deixar de notar que os restos quebrados da porta e sua moldura pareciam uma espécie de boca — a boca de uma pantera —, e que estavam pisando, através de suas mandíbulas abertas, na boca da fera.

— Alguém de vocês percebeu...

— Cale a boca — Evie disse, tensa.

Todos viram a mesma coisa, o que não podia ser bom. Provavelmente, era por isso que ninguém queria tocar no assunto.

Os quatro entraram. O aposento não podia estar mais escuro. Não havia sequer um indício de luz, nem um brilho de uma janela distante ou tocha. Jay estendeu a mão, procurando uma parede, algo para tocar.

— Talvez devêssemos encontrar uma lanterna ou algo nos bolsos de Jay, antes de tocarmos em qualquer... — Carlos avisou, mas era tarde demais.

Jay bateu em algo com a mão, e a sala de repente foi preenchida com os sons ensurdecedores de metal e pedra colidindo, rangendo e tilintando ao redor deles.

E, tão repentinamente quanto, eles foram banhados pela luz mais fulgurante, um brilho que explodiu de cada canto da sala. O luzir dourado preencheu os olhos deles, e, antes que soubessem o que estava acontecendo, a sala subitamente começou a se encher de areia.

Areia, areia por toda parte... e estavam afundando nela, sendo cobertos por ela.

Evie gritou. Mal começou a se debater. A caixa de Carlos escapou de suas mãos. Apenas Jay ficou perfeitamente imóvel.

Não era uma masmorra, era uma *caverna*.

Uma caverna cheia de areia... e, pelo que Jay pouco distinguia em meio às enormes dunas que agora o cercavam... tesouros.

Ele olhou ao redor para a fortuna de joias espalhada entre as dunas. Monte após monte de moedas de ouro cintilavam à distância, enquanto colinas de moedas de ouro se estendiam até onde a vista podia alcançar. Havia coroas e diademas, cetros e taças cravejados de pedras preciosas, esmeraldas do tamanho de seu punho, diamantes tão brilhantes quanto as estrelas, milhares de dobrões de ouro e moedas de prata. Havia coisas maiores também: grandes obeliscos e caixões, lâmpadas e urnas, a máscara de um faraó, um cajado alado, um cálice e uma esfinge feita de ouro.

Uma fortuna, ele pensou. *É isso que é.*

Evie empurrou a areia para longe e sentou-se, usando uma nova coroa na cabeça, por acidente.

— O que é isso? Onde estamos?

— Posso lhes garantir que isso não faz parte do castelo da minha mãe — disse Mal com ironia, enquanto cuspia um pouco de areia e soprava sua franja roxa para longe dos olhos. Ela se levantou, espanando os grãos da jaqueta de couro. — Mais resíduos do buraco na cúpula? — indagou.

Carlos assentiu.

— Tem que ser. Não há outra explicação.

— Espere um minuto, onde está o cetro? — ela perguntou a Carlos, olhando ao redor. Parecia nervosa. — Tem que estar aqui, certo? Alguém o viu?

Carlos removeu um balde de ouro que havia caído em sua cabeça e pegou a caixa de onde estava equilibrada, no que parecia ser um antigo sarcófago dourado. Ele soprou a areia da máquina e a verificou novamente.

— Ainda está funcionando, mas não sei. Não está mais apitando. É como se tivesse perdido o sinal ou algo assim.

— Bem, encontre-o de novo! — Mal vociferou.

— Eu vou, eu vou... me dê só um segundo. Você não faz ideia do que a areia pode fazer com uma placa-mãe...

Enquanto isso, Jay enchia todos os seus bolsos com o máximo que conseguia carregar da maravilhosa pilhagem.

Esta era a resposta para seus sonhos... as coisas pelas quais ansiava... o paraíso na terra... o Prêmio Máximo de sua vida e da de seu pai!

Era... era...

Ocorreu-lhe que sabia exatamente onde estavam.

— A Caverna das Maravilhas! — ele gritou.

— Como é? — perguntou Mal.

— Este é o lugar... onde meu pai encontrou a lâmpada.

— Eu achava que Aladdin é quem tinha encontrado a lâmpada — argumentou Carlos.

— Sim, mas *quem* o mandou até lá? — perguntou Jay com um sorriso de superioridade. — Se não fosse por Jafar, Aladdin nunca a teria encontrado. Portanto, era a lâmpada do meu pai o tempo todo. — Ele parecia irritado. — Mas ninguém nunca menciona essa parte, não é? E meu pai disse que achava que poderia haver outras coisas escondidas na névoa... Ele deve ter suspeitado de que isso também poderia estar aqui.

— Ótimo. A Caverna das Maravilhas. Está mais para Porão da Areia — resmungou Mal. — Mais importante de tudo: como saímos daqui?

— Vocês não saem — retumbou uma voz.

— O que disse? — perguntou Mal.

— Eu não disse nada — respondeu Jay, que agora usava várias correntes de ouro no pescoço e juntava braceletes de diamantes ao longo de seu braço.

— Quem falou isso? — quis saber Evie, nervosa.

Eles olharam ao redor. Ninguém mais parecia estar lá.

— Certo. Não é nada. Agora, vamos encontrar aquela porta — disse Mal.

— Você não vai — ressoou de novo a voz estrondosa. — E vocês ficarão presos aqui para sempre se não me responderem corretamente!

— Ótimo — Jay gemeu.

— Isso é outro enigma? Esta fortaleza inteira é, tipo, uma armadilha ou algo assim — resmungou Evie.

— Defesas múltiplas... Eu falei para vocês — disse Carlos. — Alarme contra roubo. Provavelmente para o Olho do Dragão, não acham?

— Caverna? Devo chamá-la de Caverna? — perguntou Mal.

— Boca das Maravilhas serve — respondeu a voz.

Evie fez uma careta.

— Que nome horrível.

Mal assentiu.

— Ok, Boca, qual é a pergunta?

— É bem simples.

— Manda ver — disse Mal.

A voz estrondosa riu. Então, perguntou em um tom sinistro:

— Qual é a regra de ouro?

— A regra de ouro? — Mal perguntou, coçando a cabeça. Ela olhou para seu grupo. — Isso é algum tipo de joia? Jay?

Mas Jay estava muito ocupado pegando o máximo de joias que podia e não pareceu ouvir a pergunta.

Carlos começou a recitar freneticamente todas as regras matemáticas em que conseguia pensar.

— Leis dos logaritmos? Regra de três? Regras expressas em símbolos? Ordem das operações?

— Talvez seja algo sobre sermos gentis uns com os outros? — perguntou Evie com timidez. — Faça aos outros o que gostaria que fizessem a você? Algum tipo de bobagem de cartão de felicitações de Auradon?

Em resposta, a caverna começou a se encher de areia mais uma vez. A Boca das Maravilhas não estava feliz, isso era evidente. Areia brotava de todos os lugares, preenchendo o aposento, ocupando os espaços entre as pilhas de moedas de ouro, subindo como água ao invadir um navio indo a pique. Eles logo sufocariam se não dessem a resposta correta à Boca.

— É a Caverna das Maravilhas, não a Fada Madrinha! — exclamou Carlos. — A Caverna não se importa com gentileza! Essa não é a regra de ouro!

A caverna continuou a se encher de areia.

— Venham. Por aqui! — Mal tentou subir nas pilhas de moedas de ouro, pensando que poderia evitar a areia se aproximando do teto, mas elas desabavam sob seu peso cada vez que tentava escalá-las, e ela só acabava ainda mais enterrada nos tesouros. Mal tentou de novo e, desta vez, Evie lhe deu um empurrão por trás, para que ela pudesse agarrar a alta estátua de uma esfinge.

Ela montou nas costas da criatura e estendeu a mão para puxar Evie para cima, mas a areia ainda estava subindo, já engolfando sua perna, ameaçando mantê-la no chão.

— Eu não vou conseguir! — Evie gritou.

— Você tem que conseguir! — Mal rebateu.

Mas Evie desapareceu sob a inundação de areia.

Jay não conseguia acreditar quando a viu afundar.

— Evie...

— Vamos lá... — Carlos disse, tateando sob a areia em busca dela. — Ela tem que estar aqui embaixo. Me ajudem a encontrá-la.

— Não consigo achá-la — Jay gritou.

Evie levantou-se de repente, cuspindo moedas da boca. Mal, Carlos e Jay pareceram aliviados.

— Segura... — Agora Mal oferecia a Carlos uma das mãos para puxá-lo para cima, mas a areia já estava em seu peito. — Anda — ela insistiu —, suba na esfinge!

— Eu não consigo — ele respondeu.

— O quê?

— Minha perna está presa.

Evie subiu na esfinge e puxou o braço dele de um lado, enquanto Mal puxava o outro, mas, não importava o que fizessem, Carlos não se movia um centímetro. Ele estava preso, e a areia ainda subia à sua volta. Vinha das paredes e do chão, e agora Evie notava que também vinha do teto.

Mal puxou mais uma vez o braço de Carlos, mas, em vez de içá-lo da areia, ela acabou arrancando-o do alcance de Evie, que caiu nos montes de areia, cada vez maiores, batendo contra cálices e coroas.

A areia a cobria: primeiro até os joelhos, depois até os ombros...

Carlos estendeu a mão para ela, e ela a segurou enquanto a areia continuava subindo.

— Pelo menos estou de salto — falou Evie, tentando soar corajosa. A areia já batia em seu pescoço, e Carlos mal conseguia manter o queixo acima da superfície agora.

— JAY! ONDE ESTÁ JAY? — gritou Mal, olhando ao redor e tossindo areia enquanto segurava Carlos freneticamente pelo braço. — JAY!

Jay se debatia na areia; havia areia em seu cabelo, em seus olhos. Ele também estava coberto de dobrões de ouro. *Ouro. Tanto ouro.* Nunca tinha visto tanto ouro em sua vida. Parecia que tinha todo o ouro do mundo.

Ele morreria enterrado em ouro...

A regra de ouro...

Qual é a regra de ouro?

Ora, ele sabia a resposta para isso.

Quase podia ouvir seu pai sussurrando a resposta em seu ouvido.

Enquanto isso, Carlos e Evie haviam desaparecido sob a areia mais uma vez, e a própria Mal estava prestes a afundar.

A areia estava quase no teto. Em breve, não haveria para onde escapar, nenhuma forma de evitar a areia e nenhum ar na câmara. Estavam ficando sem tempo e sem espaço.

Mas Jay sabia a resposta. Sabia que poderia salvá-los.

— QUEM TEM MAIS OURO FAZ AS REGRAS! ESSA É A REGRA DE OURO! — Jay gritou de modo triunfante, levantando um punho no ar.

Houve uma grande risada estrondosa, e a areia começou lentamente a escorrer pelos ralos. Logo, Jay, Mal, Evie e Carlos estavam de volta à fortaleza, completamente fora das masmorras.

A Caverna das Maravilhas havia desaparecido, mas também todo o tesouro.

— Ouro dos tolos — constatou Jay com tristeza, olhando para os bolsos vazios. — Todo ele.

Capítulo 24

O espelho de parque de diversões

Evie pensou que seu coração disparado nunca retomaria o ritmo normal. Ela ainda podia sentir o gosto da areia daquela caverna. Então, era disto que o verdadeiro mal era feito: de areia na boca e gárgulas atacando. Se era aquilo que a magia fazia, ela estava feliz por haver um domo.

Além disso, quase perdera um salto lá dentro.

Evie balançou a cabeça. Pela segunda vez, a Fortaleza Proibida quase levara a melhor sobre eles. Malévola sabia que estava enviando a própria filha para uma armadilha? E, se sabia, será que se importava? Provavelmente não; essa era a temida e odiada Senhora das Trevas, afinal. A Rainha Má fora uma tola por pensar que poderia competir com alguém assim, e Evie quase se sentiu uma tola por tentar competir com a filha da Senhora das Trevas.

Agora que tinha pensado sobre isso, Evie quase sentia pena de Mal.

Quase.

A máquina de Carlos estava apitando de novo.

Os quatro se arrastaram pelo castelo em ruínas. Morcegos guincha-vam e revoavam sobre suas cabeças, e o piso de mármore em ruínas abaixo deles parecia se mover e deslizar, a fim de suportar o peso deles.

Evie tropeçou.

— Qual *é* o problema deste lugar? Existe uma falha geológica que passa por baixo desta ilha?

— Bem... — começou Carlos a falar.

— Piada. Foi uma piada. — Evie suspirou.

Não havia nada de engraçado na situação atual deles, no entanto. Era um milagre que o mar ao redor não tivesse engolido por completo o castelo e a montanha inteira até agora. Evie podia ouvir os ratos correndo por dentro das paredes, e arrepios percorreram sua espinha.

Até os ratos estão procurando um terreno mais seguro, ela pensou.

— Por aqui — disse Carlos, apontando para uma passagem estreita à sua frente.

Eles foram atrás de Carlos, a máquina apitando, o som ficando mais alto.

— Agora, por aqui — falou ele, virando uma curva, depois outra. Evie estava bem atrás dele enquanto o acompanhavam, a passagem ficando mais estreita. — E agora...

— O que está acontecendo? — perguntou Evie, interrompendo-o. — Porque eu conheço meu tamanho e não dobrei de largura nos últimos dois minutos e meio.

De fato, a passagem tinha se estreitado para quase a largura de seus ombros. Se ficasse mais estreita, ela teria de se virar de lado. Um nó se formou em sua garganta, e seu estômago começou a revirar. Para ela, aquilo não era mais um corredor; era uma rachadura, uma fenda, e parecia que poderia se fechar a qualquer momento.

Mal levantou a voz.

— É só minha imaginação ou estamos presos dentro de uma mon-tanha como...

— Um pedaço de barbante pendurado em um cano? Pasta de dente espremida dentro de um canudo? Uma pele solta na cutícula bem aqui? — Jay falou, estendendo a mão. — Caramba, isso dói muito.

— Você está descrevendo as coisas que roubou hoje? Porque essas analogias são todas péssimas — Evie comentou, olhando para Jay. — E estou dizendo isso como alguém que recebeu sua educação no castelo por uma mulher que acha que os três Rs são Ruge, Rubor e Reaplique.

— Talvez devêssemos voltar — sugeriu Carlos, externando o medo de Evie. — Só que... acho que posso estar preso. — Naquele momento, as paredes tremeram, o castelo chacoalhou e uma lasca de pedra desabou no chão. O fragmento era grande o suficiente para causar danos e quase atingiu o nariz perfeito de Evie.

Ela gritou. Queria recuar, mas não conseguia; o corredor era estreito demais.

— Talvez seja algum tipo de armadilha! Vamos sair daqui... não parece seguro!

— Não — Carlos disse. — Olhem! Tem outra passagem — ele acrescentou, espremendo-se para a frente até conseguir passar com dificuldade, primeiro um lado do quadril, depois o outro, saindo do corredor estreito e indo para outro um pouco mais largo.

Enquanto Evie, Jay e Mal o seguiam, ela ficou tão aliviada que nem se lembrou de reclamar de seu nariz.

Essa nova passagem fazia uma curva à direita, depois à esquerda. As paredes estavam mais afastadas ali, mas eram estranhamente inclinadas, algumas dobrando-se para dentro, outras para fora. O efeito era atordoante, pois até o teto era inclinado em alguns pontos, e os corredores continuavam se ramificando, dividindo-se em duas e às vezes três direções.

E o estrondo era incessante abaixo deles.

— Alguma coisa aqui não gosta de nós — comentou Jay.

— Não deveríamos estar neste lugar — acrescentou Evie.

— Precisamos nos apressar — afirmou Carlos, tentando soar calmo, embora devesse estar tão assustado quanto qualquer um dos outros.

Outra pedra se soltou da parede, espatifando-se ao atingir o chão, quase esmagando a cabeça de Evie. Ela pulou para trás desta vez, estremecendo.

— Que *lugar* é este?

— Estamos em uma espécie de labirinto — disse Mal, pensando alto. — É por isso que os corredores continuam girando, que as passagens continuam se dividindo e se estreitando. É algum tipo de labirinto tortuoso, e estamos perdidos nele.

— Não, não estamos. Ainda temos a caixa — respondeu Carlos. — É a única coisa que *está* nos impedindo de nos perder aqui. — A máquina ainda apitava, então eles continuaram a seguir o apito. Evie só esperava que Carlos estivesse certo e que soubesse para onde estava indo, mas ele devia saber, porque os corredores sinuosos logo deram lugar a espaços mais abertos, e todos respiraram aliviados.

Mesmo quando os corredores se tornaram longos e retos de novo, o castelo continuava retumbando, as paredes ainda se inclinando; e o teto estava mais baixo agora onde se encontravam.

— Isso não é aleatório — Carlos observou, de repente —; tem um ritmo.

— Você tem razão — Jay concordou. — Vejam. O som parece acompanhar os bipes da sua caixa. Quando a caixa acende, as paredes começam a se mover.

Evie o olhou fixamente.

— Você quer dizer que é ela quem está fazendo isso?

Carlos balançou a cabeça.

— Na verdade, acho que são as ondas. Imaginem a idade deste castelo. E se, cada vez que uma onda atingir a fundação, uma pedra cai ou o chão treme?

Mal engoliu em seco.

— Só espero que o castelo em si não desmorone antes de encontrarmos o cetro.

Evie abaixou-se para que sua cabeça não batesse no teto. Todos, exceto Carlos, precisaram se agachar para evitá-lo.

— É um lugar feito para ratos — disse Mal.

— Ou anões? — sugeriu Evie.

— Ou crianças? — supôs Jay.

— Não — respondeu Carlos, silenciando os outros e apontando algo à distância na escuridão. Eles seguiram a linha de seu olhar, vendo primeiro um par de olhos verdes brilhantes, depois outro e outro...

— Goblins — concluiu Carlos. — É aqui que os goblins vivem. Por isso os tetos são tão baixos e os corredores são tão estranhos. Este lugar não foi projetado para humanos — ele explicou, e, quando terminou, o ar foi preenchido por uma risada terrível e estridente, o som de garras batendo e dentes rangendo. A caixa os levara direto para o antro dos goblins.

— Sucesso total — ironizou Mal.

— Sim, bom trabalho — Jay bufou.

Evie apenas olhou feio para Carlos.

E esses não eram os goblins amigáveis e empreendedores do cais ou os desagradáveis do Ponto do Grude. Ali estavam criaturas tenebrosas que viviam na escuridão, sem sua chefe, há vinte anos. Famintos e abomináveis.

— O que faremos? — Jay quis saber, encolhido atrás de Carlos, que se achatou contra a parede do corredor.

— Vamos correr — Evie e Mal gritaram, uma após a outra.

Eles correram em direção à única passagem aberta, a horda de goblins gritando na escuridão, logo atrás deles, suas lanças batendo contra as paredes.

Jay berrou:

— Acho que eles não recebem muitos visitantes.

— Talvez devessem parar de comer seus convidados — comentou Carlos, quase tropeçando no que esperava não ser um osso.

— Aquela porta! — Evie indicou, apontando para uma pesada porta de madeira. — Entrem todos!

Eles se apressaram para passar pela porta, e Evie bateu-a atrás deles, deslizando o ferrolho e trancando os goblins do lado de fora.

— Essa foi por pouco — disse Mal.

— Por *muito* pouco — Jay acrescentou.

Os goblins ainda podiam ser ouvidos do outro lado da porta, gritando e batendo nela com suas lanças.

— Talvez eles só gostem de assustar as pessoas — sugeriu Evie. — Ouvi dizer que são quase inofensivos.

— Sim, na maioria das vezes — observou Carlos, chupando a mão onde uma lança quase a atingira. — Não vamos esperar para descobrir.

Quando pareceu, pelo som, que os goblins tinham ido embora, Evie abriu a porta. Ela se certificou de que estavam sozinhos antes de acenar para Carlos. Prosseguiram pelos corredores estreitos, não encontrando nada além de câmaras vazias, até que ela avistou uma luz brilhante emanando de um salão escondido.

— Venham! — chamou.

Ela caminhou animada em direção à luz, pensando que poderia ser o Olho do Dragão reluzindo no escuro, e deteve-se de repente, porque deparou com um espelho.

Um espelho escuro, manchado e rachado, mas, ainda assim, um espelho.

Evie gritou.

— Um monstro! — ela disse.

— O que foi? — Mal perguntou, caminhando e olhando por cima do ombro de Evie. Então, Mal também gritou.

Carlos e Jay correram afobados, chegando em seguida.

— Um monstro — Evie gritou. — Um monstro horrendo! — Evie ainda gritava, apontando para seu reflexo. No espelho, uma anciã com um nariz torto e usando uma capa preta apontava para ela. A bruxa era ela.

— O que aconteceu comigo? — ela perguntou, sua voz áspera e trêmula.

Pior ainda: quando olhou para baixo, viu que sua pele, antes lisa, estava flácida, enrugada e pontilhada de manchas de senilidade. Olhou para seu cabelo: branco e desgrenhado. Era agora uma velha mendiga, e não apenas no espelho.

E ela não era a única.

Mal franzia a testa para o próprio reflexo. Tinha um nariz com verrugas e estava quase careca, exceto por alguns fiapos brancos.

— Adorável. Deve ser algum tipo de feitiço.

Jay balançou a cabeça.

— Mas, mais uma vez, e vamos dizer isso todos juntos agora, não há magia na ilha.

— Houve um momento, durante uma fração de segundo, em que minha máquina abriu um buraco na cúpula, e acho que talvez tenha sido ela que fez isso.

— Fez o quê, exatamente? — Evie perguntou, parecendo assustada.

— Trouxe Diablo de volta à vida, acendeu o Olho do Dragão, acionou as gárgulas e a Caverna das Maravilhas, e provavelmente tudo o que costumava ser comandado por magia nesta fortaleza — explicou Carlos.

— Quero dizer, talvez. Ou não.

— Não sei, não acho minha aparência assim TÃO ruim — comentou Jay, que sorriu para seu reflexo. Ele estava rechonchudo e descorado, barbudo e grisalho, e parecia-se exatamente com seu pai. Também usava uma capa preta. — Tô com cara de quem passou a vida detonando um monte de bolinhos.

— Fale por você — rebateu Carlos, que estava assustado ao ver que na velhice ele se pareceria com a mãe, característica por característica: o pescoço nodoso, as maçãs do rosto proeminentes, o olhar esbugalhado.

— Acho que prefiro enfrentar os goblins em vez disso.

— Eu digo o mesmo. — Evie não conseguia encarar a si mesma por nem mais um segundo.

Ela começou a entrar em pânico; sua garganta estava apertada. *Não podia* ficar com aquela aparência! Ela era linda! Ela era...

— A mais bela — concordou o espelho.

— A voz não! — Evie gritou, antes de se dar conta do que, exatamente, tinha ouvido. Porque, desta vez, não era a mãe dela fazendo sua Voz de Espelho, como acontecia com tanta frequência; era um Espelho Mágico de verdade pendurado de verdade numa parede.

Todos se viraram para o espelho, cujas feições meio humanas tinham aparecido como uma presença fantasmagórica no vidro reflexivo.

O Espelho Mágico falou:

"Tu és a mais bela, e a mais bela voltarás a ser,
Se provares boa cabeça ter
e os ingredientes necessários enumerar
para o disfarce da velha vendedora usar."

— É um problema matemático! — comemorou Carlos com alegria. Ele adorava problemas matemáticos.

— Não, não é. É um feitiço — afirmou Jay, encarando-o como se ele fosse louco.

— Eu sabia! — revelou Mal.

— O que é o disfarce da velha vendedora? — perguntou Jay.

— Obviamente, é *isso*. É o que aconteceu *conosco* — respondeu Mal. — Evie, você sabe o que é necessário para criar o disfarce da velha vendedora? Parece que, se pudermos citar todos os ingredientes, conseguiremos reverter o feitiço.

— Nós, não — Carlos destacou. — Evie. Diz, vocês sabem, a Mais Bela. — Ele olhou para Mal, de repente envergonhado. — Desculpe, Mal.

— Não há nada belo em mim agora — retrucou Evie. — Mas já ouvi falar do Disfarce da Velha Vendedora. — Seus olhos estavam de volta ao vidro, ainda fixos em sua horrível aparência no espelho.

— Claro que ouviu. É simplesmente o disfarce mais famoso da sua mãe! Lembra? Quando ela enganou Branca de Neve, fazendo-a pegar a maçã? — falou Mal com impaciência.

— Não me pressione! Você está me deixando em pânico. É como se, tipo, eu costumasse saber, mas agora não consigo pensar em outra coisa a não ser *ela*. — Evie apontou para o reflexo. — Estou paralisada.

— Sei lá. Achei meio legal — disse Jay. — Dá para roubar um monte de coisas com essa aparência.

Carlos assentiu.

— Ele até que tem razão. Você poderia testar esse disfarce aí.

Evie começou a chorar.

— Vocês não estão ajudando — Mal os repreendeu.

Evie chorou ainda mais alto.

— Evie, qual é? Não é você. Sabe disso. Não deixe a fortaleza maligna da minha mãe minar sua confiança — encorajou Mal, soando mais fervorosa quanto à questão do que Evie jamais a ouvira fazer em relação a qualquer outra coisa.

— É isso que a minha... quero dizer, Malévola faz. Ela encontra suas fraquezas e as manipula. Você acha que foi por mero acidente que deparamos com este Espelho Mágico bem quando, por acaso, tínhamos a Mais Bela entre nós?

— Acha que foi de propósito? — Evie parecia mais calma e até um pouco intrigada.

— Eu acho que é um teste, assim como tudo neste lugar. Como Carlos e as gárgulas, ou Jay e a Boca.

— Ok — Evie respondeu lentamente, assentindo para Mal. — Você acha mesmo que eu consigo?

— Eu sei que consegue, boba. Quer dizer, *Mais Bela* boba. — Mal sorriu.

Evie retribuiu o sorriso.

Ok, talvez ela conseguisse dar conta disso.

— Estudei esse feitiço umas cem vezes no grimório da minha mãe.

— É assim que se fala — Mal disse, batendo nas costas dela.

— Eu consigo ver as palavras do feitiço com tanta clareza como se estivessem diante de mim agora — Evie falou um pouco mais alto, ficando ereta.

— Isso mesmo. Claro que consegue. É um clássico.

— Um clássico — Evie disse consigo mesma. — Foi assim que eu chamei. Lembra?

Será que conseguiria?

Então, ela olhou para seu velho e feio eu bem nos olhos.

— "Pó mágico para envelhecer!" — ela falou em voz alta.

De repente, suas rugas desapareceram. Carlos gritou de alegria, porque as dele também tinham sumido, e ele odiava ver as linhas de expressão de Cruella em seu rosto.

Evie sorriu.

— "Meu abrigo será o manto da noite!"

Num piscar de olhos, estavam de novo vestindo as próprias roupas.

— "Para envelhecer minha voz, o riso de uma bruxa!" — ela prosseguiu, e, mesmo enquanto proferia as palavras, sua voz real retornou, jovial e melodiosa outra vez.

Jay riu de alegria, e não era mais a risada áspera de um velho.

— "Para branquear meus cabelos, um grito de horror!" — declamou Evie, observando seus cabelos voltarem a adquirir um tom azul-escuro deslumbrante. Os grossos cachos roxos de Mal retornaram, e o preto voltou a se infiltrar no cabelo branco de Carlos.

Evie estava quase terminando agora, e sua voz ganhou confiança ao se lembrar das últimas palavras do feitiço.

— "O vendaval aviva o meu ódio, relâmpago para misturar, agora começa o teu sortilégio!"

Os quatro aplaudiram, gritaram e pularam como tolos malucos. Até Evie sorria agora.

Ela nunca ficara tão feliz em se ver no espelho, e, agora que era a mesma de novo, descobriu que, pela primeira vez na vida, ninguém se importava com sua aparência. Nem mesmo ela.

Parecia magia.

Capítulo 25

A maldição do Dragão

Enquanto caminhava atrás dos outros, Mal pensou no que dissera a Evie, como tudo na Fortaleza Proibida tinha sido um teste. Carlos enfrentara as gárgulas e Jay, a Caverna das Maravilhas; Evie encarara o Espelho Mágico.

E quanto a mim?

O que me espera?

Será que o perigo — na forma de um desafio só dela — aguardava por Mal logo atrás da próxima porta do castelo?

Ou seria ainda mais típico da minha mãe me ignorar completamente? Deixar-me de lado por achar que não sou digna de nenhum tipo de teste?

Ela fechou os olhos. Quase conseguia ouvir a voz da mãe agora.

O que há para testar, Mal? Você não é como eu. É fraca, como seu pai. Você nem merece o próprio nome.

Mal abriu os olhos.

De qualquer forma, nada mudava o lugar onde estavam.

A fortaleza de Malévola. Seu covil.

Mal estava no território de sua mãe agora, fosse ou não bem-vinda ali. E sabia que o que acontecesse a seguir teria a ver com elas duas, sendo um teste ou não; sendo uma missão ou não.

Até mesmo sendo o Olho do Dragão ou não.

Mal não conseguia se livrar da sensação de que algo ou alguém a estava observando; ela sentira isso desde que saíra de casa naquela manhã, e a presença era ainda mais intensa na fortaleza. Mas, toda vez que olhava por cima do ombro, não via nada. Talvez estivesse apenas sendo paranoica.

Passando pelo salão espelhado, Mal e os outros caminharam por um corredor com flâmulas roxas e douradas e grandes tapeçarias, representando todos os reinos ao redor. Era difícil distinguir um do outro, sobretudo porque a camada de poeira era muito espessa. Enquanto prosseguiam, deixavam rastros nas pedras empoeiradas, como se estivessem andando por corredores de neve.

Mas continuaram.

Os corredores se curvavam e se retorciam, o chão às vezes parecendo irregular, e as paredes se inclinavam para um lado ou para o outro, fazendo todos se sentirem como se estivessem em um sonho, em uma atração de parque de diversões ou em algum lugar que realmente não existia.

Um conto de fadas que tinha ganhado vida.

Um castelo, só que da forma que os castelos apareciam em pesadelos.

Todas as paredes e cada pedra exibiam tons de cinza e preto, às vezes um leve brilho verde vazando por uma fresta aqui e ali.

A casa da minha mãe, Mal pensava toda vez que notava a luz verde.

O efeito geral era angustiante para os quatro — até mesmo para Mal.

Ou especialmente para Mal.

Os vitrais rachados eram a única outra fonte de cor. O vidro velho estava quase todo quebrado, e seções das janelas estavam inteiramente em ruínas, os cacos espalhados pelo chão. Mal e os outros tiveram de pisar com cuidado para não escorregar nos fragmentos. O longo corredor com janelas deu lugar a um corredor ainda mais alto e largo, e, em pouco tempo, Mal soube que se aproximavam de algum lugar significativo, uma grande câmara, talvez até mesmo o coração do próprio castelo.

Ela caminhou rumo a seu destino, como Evie havia dito. Sua sina, se é que podia chamar assim.

Mal podia sentir a atração agora familiar em direção a algo desconhecido, algo que talvez pertencesse apenas a ela.

Estava ali bem à sua frente, zumbindo e vibrando, assim como estivera desde o primeiro momento em que ela havia pisado na Floresta de Espinhos. Aquilo a puxava, aquilo a convocava, até mesmo a provocava.

Venha, dizia.

Depressa.

Por aqui.

Seria mesmo seu destino chamando-a, afinal? Ou era apenas mais um fracasso esperando por ela na sala do trono? Mais uma confirmação de que nunca seria a filha de sua mãe, não importa quanto tentasse?

Ela parou diante de um par de portas com o dobro da altura de um homem adulto.

— Chegamos. Está aqui.

Olhou para Carlos, e ele concordou com a cabeça, segurando a caixa. Ela notou que ele a havia desligado há algum tempo.

— Não precisávamos mais dela — ele falou, olhando diretamente para Mal.

Jay assentiu para ela. Até Evie pegou sua mão, apertando-a uma vez antes de soltá-la novamente.

Mal respirou fundo. Sentiu um calafrio na espinha e um arrepio que irradiou por todo o braço.

— Esta era a sala do trono de Malévola. Tenho certeza agora. Posso sentir. — Ela olhou para eles. — Isso parece loucura?

Eles balançaram a cabeça em uma negativa.

Mal empurrou as portas, abrindo-as e absorvendo tudo.

MELISSA DE LA CRUZ

A escuridão e o poder. A sombra e a luz. Tetos tão altos quanto o céu e tão negros quanto fumaça. Janelas estendendo-se por paredes inteiras, através das quais Malévola poderia manipular um mundo inteiro.

— Oh — Evie deixou escapar, involuntariamente.

Carlos parecia querer sair correndo dali, mas não o fez.

Os olhos de Jay piscaram pela sala como se estivesse avaliando o que havia para roubar nela.

Mas Mal sentiu como se estivesse sozinha com os fantasmas.

Um fantasma em particular.

Era ali que sua mãe costumava se enfurecer e comandar, onde ela havia disparado do teto como uma bola de fogo verde para amaldiçoar um reino inteiro. Este era seu assento de Maldade.

Eles avançaram, adentrando mais a câmara, Mal na frente. Carlos, Jay e Evie posicionaram-se como uma falange de soldados atrás dela, quase em formação.

As pedras pretas sob seus pés eram lustrosas e escorregadias, e a sala inteira era assombrada por uma aura de profunda malevolência. Mal podia senti-la; todos eles podiam.

Aquele fora um lar triste, raivoso e infeliz. Mesmo agora, a dor daquela época queimava Mal por dentro, profunda em seus ossos.

Ela estremeceu.

Havia um lugar vazio no meio da sala onde o trono de sua mãe costumava ficar. Ele se situava sobre um grande estrado, flanqueado por dois conjuntos de escadas curvas. A sala era redonda e rodeada de colunas.

Um grande arco abrigava o espaço onde o trono ficava, guardando um lugar vazio. Tapeçarias roxas esfarrapadas mofavam nas paredes.

— Não restou nada — declarou Mal, ajoelhando-se no ponto escuro que não continha mais um trono. — Tudo se foi.

— Você está bem? — perguntou Jay, enquanto soprava, nervoso, as mãos para aquecê-las.

Ela assentiu.

— Eu... — Mal hesitou, incapaz de encontrar as palavras para descrever o que sentia. Ouvira todas as histórias de sua mãe, mas não achava que fossem reais.

Não até agora.

— Sim — ele respondeu. — Eu sei. — Jay deu de ombros, e Mal percebeu que ele provavelmente se sentira da mesma forma quando estavam na Caverna das Maravilhas. Ela sabia que Jafar e Iago falavam sobre isso o tempo todo, mas era difícil imaginar, difícil visualizar um mundo além do que conheciam na ilha.

Tinha sido difícil, pelo menos.

Agora tudo era diferente.

Jay suspirou.

— É tudo real, não é?

— Pelo jeito, sim — Mal assentiu. — Cada uma das páginas de cada história. — *Até a maldição*, ela pensou, pela primeira vez em horas.

A maldição.

Alguém precisa tocar o Olho do Dragão.

Evie precisa tocá-lo e dormir por mil anos.

— Então, onde ele está? — Carlos perguntou, olhando ao redor da sala de pedra fria.

— Tem que estar aqui em algum lugar — disse Evie, virando-se para olhar para trás.

— Talvez devêssemos nos separar — sugeriu Jay, com um brilho nos olhos.

— Pensem — falou Mal. — Minha mãe nunca ficou sem ele. Ela o segurava mesmo quando estava sentada em seu trono. — Mal voltou para o local onde não havia mais o trono. — Aqui.

— Onde estaria agora? — Carlos franziu a testa.

— Não estaria em um lugar onde alguém mais pudesse tocar — supôs Evie. — Tente perguntar à minha mãe se ela deixaria você tocar em alguma de suas recordações de Miss Mais Bela em Tudo.

Mal estremeceu à menção da palavra *tocar*.

A maldição aguardava por todos eles — ou pelo menos um deles —, assim como o Olho do Dragão.

— Mas ela gostaria de vê-lo, é claro. De seu trono — imaginou Jay. Mal assentiu; todos tinham visto Jafar se guiar em sua cozinha diretamente para trás de sua pilha de moedas.

— Que seria... — Mal virou-se lentamente. Conseguia imaginar sua mãe sentada ali, segurando o cajado, sentindo-se poderosa, má e, bem, como ela mesma enquanto comandava o reino.

Balançou a cabeça.

Minha mãe não teria problema algum em amaldiçoar qualquer uma das pessoas nesta sala por dez mil anos, que dirá uma.

— Lá. Olhem! — gritou Evie, avistando um alto cajado preto com um globo verde-escuro no topo contra a parede mais distante.

Estava, justamente como previram, na linha exata de visão de Mal do trono ausente, mas erguido por algum tipo de luz mágica a uns bons três metros e meio ou mais no ar, longe das mãos de qualquer intruso — e, sim, onde não poderia ser tocado.

Claro.

Lá estava.

Está realmente aqui. A arma mais poderosa de toda a Maldade.

Vida longa ao mal!, de fato.

— Está bem aqui! — Evie estava mais perto dele e estendeu a mão com ansiedade.

Ela levantou a mão no ar, esticando os dedos. No momento em que o fez, o Olho do Dragão começou a tremer, como se algo na própria Mal o estivesse arrancando da luz e do ar que o prendiam.

Evie sorriu.

— Eu consigo pegá-lo...

Mal viu a mão de Evie se curvar em direção a ele, quase em câmera lenta. O próprio cetro parecia brilhar, como se chamando Evie para ele.

Tudo ao redor de Mal parecia embaçado, até que ela só conseguia ver os dedos pequenos e delicados de Evie e o Olho do Dragão enfeitiçado um pouco além de seu alcance.

Em uma fração de segundo, Mal teve de tomar uma decisão: deixaria Evie tocá-lo e ser amaldiçoada em um sono profundo, semelhante à morte, por mil anos?

Ou a salvaria?

Ela a impediria?

Faria algo... *bom*?, enquanto traía os desejos de sua mãe e desistia do próprio sonho de se tornar outra coisa que não uma decepção?

Estava satisfeita em permanecer apenas Mal por toda a vida?

Nunca uma Malévola?

Ela congelou, incapaz de decidir.

— Não! — gritou Mal finalmente, correndo até onde Evie estava. — Não!

O que acontecera? O que ela estava fazendo? Por que não conseguia se conter?

— O quê? — perguntou Evie, sobressaltada, ao mesmo tempo que uma voz familiar ressoou do Olho do Dragão.

— QUEM DESPERTAR O DRAGÃO SERÁ AMALDIÇOADO A DORMIR POR MIL ANOS!

A voz de Malévola emanava do cajado, ecoando e reverberando pela sala.

Sua mãe havia realmente deixado uma impressão para trás. O que restava de seu poder e de sua energia estalava nas paredes do salão, despertado por um momento acidental e latente até agora, quando tinha vítimas para torturar.

Os dedos de Evie roçaram o ar, próximo ao cajado.

Enquanto a mão de Mal se fechava sobre ele e, quando isso aconteceu...

Ela caiu no chão, adormecida.

Mal piscou os olhos. Podia ver a si mesma deitada no chão da sala do trono, os cabelos roxos se espalhando como uma mancha sob sua cabeça.

Seus três companheiros se amontoavam à sua volta, nervosos.

Então, estou dormindo? Ou estou acordada? Ou talvez esteja sonhando?

Porque Mal sabia que estava vendo outra coisa também.

Não estava mais na Fortaleza Proibida. Estava em um palácio, e lá também estavam o bom Rei Estevão, sua rainha e um bebê em um berço.

Estavam felizes. Ela podia ver pela luz no rosto deles e pela maneira como seus olhos nunca deixavam a criança.

Quase como um ímã, Mal pensou. *Sei qual é a sensação dessa atração.*

Uma multidão enorme de cortesãos em trajes coloridos, criados e convidados se reunia em uma bela sala do trono ao redor deles. Havia duas boas fadas pairando acima do berço, suas varinhas produzindo belas faíscas no ar. Era tudo tão doce que enjoava.

Mal nunca tinha visto nada parecido, não assim de perto. Não em algum livro de histórias insípido.

O que é isso?

Por que estou vendo isso?

Então, uma bola de fogo verde surgiu no meio da sala e, quando se dispersou, Mal viu um rosto familiar.

Sua mãe.

Esguia, altiva, bela e desprezada. Malévola estava com raiva. Mal podia sentir o calor frio elevando-se de seu próprio ser. Ela olhou fixamente para sua mãe.

Malévola dirigiu-se à multidão reunida em torno da família real.

— Ah, mas que aglomeração brilhante, Rei Estevão. Realeza, nobreza, cortesãos e, que graça, até a ralé. Eu realmente com tristeza estranhei não ter sido convidada.

A ILHA DOS PERDIDOS

Do que sua mãe estava falando? Então, Mal entendeu. Malévola não tinha sido convidada para o batizado de Aurora. Mal nunca soube que essa era a razão pela qual sua mãe odiava festas e celebrações de qualquer tipo.

Em contrapartida, sabia exatamente como a mãe se sentia.

A mágoa.

A vergonha.

A raiva.

O desejo de vingança.

Quando a Rainha Má dera a festa para Evie, tantos anos antes, e a excluíra, Mal sentira a mesma coisa, não?

Ela observou enquanto a mãe amaldiçoava a princesa Aurora bebê a dormir cem anos se ela espetasse o dedo uma única vez no fuso de uma roca. Era um belo sortilégio, e Mal estava orgulhosa da eficiência de sua mãe, de seu poder, de sua abordagem objetiva. Uma picada de um dedo poderia derrubar uma casa real inteira. Era um destino lindo e terrível. Bem tecido. Profundamente sentido.

Mal estava orgulhosa de Malévola. Sempre estivera e sempre estaria. Malévola criara sua filha sozinha e se virava da melhor maneira que pudera. Até porque não havia mais ninguém para fazer isso.

Mas sua mãe fora talhada para o mal; ela era boa nisso.

E, naquele exato momento e pela primeira vez, Mal enfim entendeu que não era apenas orgulho que ela sentia; era pena, talvez até compaixão.

Ela estava triste pela mãe, e isso era algo novo.

A multidão via um monstro, algo aterrorizante, um demônio, uma bruxa, amaldiçoando uma linda princesa, mas Mal via apenas uma garotinha magoada, agindo por despeito, raiva e insegurança.

Sua vontade era estender a mão e dizer a Malévola que tudo ficaria bem. Não tinha certeza de se era verdade, mas elas duas, de alguma forma, haviam chegado tão longe, não é?

Vai ficar tudo bem, mãe.

Precisava contar a ela. Mas acordou antes que pudesse.

Mal piscou os olhos, abrindo-os. Estava na sala do trono na Fortaleza Proibida. Jay, Carlos e Evie a rodeavam, ansiosos.

Quando adormecera, estava segurando o cetro do Olho do Dragão em sua mão. Mas, ao despertar, ele havia desaparecido.

Capítulo 26

A garota com a tatuagem de duplo dragão

— Você está acordada! Mas deveria estar dormindo por mil anos! — gritou Evie. — Como?

Mal esfregou os olhos. Era verdade, estava acordada; não fora amaldiçoada. Como isso era possível? Então, percebeu.

Prove que você é minha filha, prove que você é minha, sua mãe lhe havia ordenado. *Prove para mim que tem o sangue do dragão. Prove que é digna dessa marca em sua pele.*

A marca do duplo dragão gravada em seu antebraço. Tinha que ser isso. Ela levantou o braço, mostrando-a aos outros.

— Não poderia me atingir — explicou Mal. — Meu verdadeiro nome é Malévola. Como minha mãe, sou parte dragão, então sou imune à maldição do Dragão.

— Sorte sua — disse Jay, olhando para a impressionante tatuagem.

Mal sorriu com orgulho para a marca que carregava.

Se fosse filha de seu pai, fraca, humana, estaria dormindo agora, por mil anos. Mas não estava. Ela era forte, estava acordada e provara a todos que era filha de sua mãe.

Não provara?

E, quando levasse o Olho do Dragão para a mãe...

— Mas, esperem... Onde ele está? — Mal perguntou, olhando ao redor, de forma acusadora, para o trio. — Eu estava com ele bem na minha mão!

— Boa pergunta — respondeu Jay, parecendo um pouco magoado.

— Ele sumiu. Assim que você o agarrou, houve um clarão de luz que nos cegou por um segundo, e, quando conseguimos enxergar novamente, ele tinha desaparecido — Carlos contou e deu de ombros. — O que vem fácil vai fácil.

Os outros três olharam feio para ele.

— Fácil? — Evie levantou uma sobrancelha, tentando assumir a expressão mais fechada de que era capaz.

Mal estreitou os olhos.

— Jay, deixe disso, entregue-o.

— Juro que não está comigo! — defendeu-se Jay, esvaziando os bolsos para mostrar a ela. — Eu planejava pegá-lo. Queria pegá-lo. Ia até tirá-lo da sua mão enquanto estava dormindo.

— E?

Ele deu de ombros.

— Só não consegui me aproximar a tempo, eu acho.

— Nenhum de nós conseguiu — falou Evie. Ela cruzou os braços, parecendo irritada. — E, a propósito, você sabia que a maldição estava naquele cajado e, ainda assim, fez todos nós virmos com você? O que estava tramando?

Mal chutou uma pedra com o dedão do pé.

— É. Eu realmente não elaborei muito bem o plano.

— Então, por que não me deixou tocá-lo? Não era esse o seu plano maligno o tempo todo?

Mal deu de ombros.

— Do que está falando? Eu só não queria que o tocasse. Não era seu para tocar.

— Seja sincera. Você ia me amaldiçoar, não é? Ia me deixar tocar naquela coisa para acabar tirando um cochilo de mil anos? — Evie suspirou.

Jay olhou para o alto. Carlos recuou instintivamente. Mal sabia que nenhum dos dois queria se envolver naquela conversa. Nem um pouco. Ela sabia disso porque sentia o mesmo.

— Acho que esse era o plano. — Mal deu de ombros. *Você não precisa se explicar. Não para ela.* Mas descobriu, estranhamente, que queria.

— Isso ainda tem a ver com a... você sabe? — Evie olhou para ela. — Fala sério.

Mal estava envergonhada.

— Não tenho ideia do que está falando.

— Claro que não — Jay murmurou. Até Carlos riu. Mal olhou feio para os dois.

Evie revirou os olhos.

— A festa. Minha festa. Anos atrás, quando éramos crianças.

— Quem consegue se lembrar de tanto tempo atrás? — Mal argumentou, erguendo o queixo, teimosa.

Evie parecia cansada.

— Eu implorei à minha mãe para convidá-la, sabe? Mas ela se recusou; ainda estava com muita raiva da sua mãe. Elas competem por tudo desde que se conheceram.

Mal voltou a assentir.

— Eu sei. Por causa daquela eleição idiota sobre quem governaria esta ilha, certo?

Evie deu de ombros.

— Você sabe o que dizem. *Espelho, espelho meu, quem tem o ego maior que o meu?*

Mal sorriu, apesar da natureza totalmente desconfortável da conversa. Evie a encarou.

— Olha, minha mãe errou, mas a festa não foi tão boa assim, de verdade. Você não perdeu nada.

— Não foi um arraso?

— Nem chegou perto da de Carlos. — Evie sorriu.

— É isso mesmo. Eu sou uma lenda — Carlos declarou.

Mal olhou feio para ele.

— Como se eu não tivesse que quase te bater para você dar aquela festa. — Ela voltou seu olhar para Evie. — Olha, eu não queria te prender no horrível armário de Cruella. — Mal olhou para Carlos, acrescentando: — Aquele que ela ama mais que o próprio filho.

— Há-há — Carlos retrucou, rindo nem um pouco. Bem, *meio que não* rindo. Na verdade, estava rindo um pouquinho. Até Jay estava com dificuldade em manter uma cara séria.

Evie soltou uma risadinha também.

— Queria, sim.

— Tá, eu queria. — Mal sorriu.

— Está tudo bem. — Evie retribuiu o sorriso. — Eu não fui pega em nenhuma das armadilhas.

— Legal — disse Mal, embora estivesse envergonhada por sua brandura.

Carlos suspirou.

Jay deu um soco em seu estômago, sorrindo.

— Vamos lá. Pelo menos sua mãe não usa apenas moletons e pijamas.

— Não vamos falar sobre isso — disseram Evie e Mal, quase em uníssono.

— É. Chega de melodrama. Temos uma longa caminhada para casa — Jay disse. — E não tenho tanta certeza assim de se este lugar tem uma porta dos fundos.

Mal teve dificuldade em concentrar sua mente para encontrar a saída da fortaleza.

Ela estava leve, e também preocupada.

Tinha acabado de salvar a vida de alguém, praticamente. Não tinha?

Que tipo de vilã de segunda geração que se preze faz algo assim?

O que tinha acontecido com seu grande plano maligno?

Por que simplesmente não deixara Evie ser amaldiçoada pelo cetro de Malévola? Princesas não *deveriam* mesmo dormir por anos e anos? Isso não vinha basicamente com a descrição do trabalho?

E se minha mãe estiver certa?

E se Mal realmente fosse *fraca* como o pai e, pior, tivesse uma propensão para o bem em algum lugar em seu coraçãozinho?

Mal estremeceu enquanto caminhava atrás dos outros.

Não. No mínimo, ser imune à maldição já comprovava que ela definitivamente *não* puxara ao pai. Um dia, ela também seria Malévola.

Ela *tinha* que ser.

Mas, fosse ela filha de Malévola ou não, a verdade era que havia fracassado.

Estava voltando para casa de mãos vazias.

Gente, não queria estar por perto quando sua mãe descobrisse...

Capítulo 27

Os Descendentes

Este não era o retorno triunfal que Mal havia imaginado quando partira em busca da Fortaleza Proibida. Derrotados, o improvável quarteto começou a refazer seus passos, tão somente procurando a saída. Tinham perdido tudo, como sempre. Por qualquer padrão razoável — ou pelos padrões infinitamente *menos* razoáveis de sua mãe, pensou Mal —, eram fracassos completos e absolutos; cada um deles.

Especialmente ela.

No momento em que se retiraram da sala do trono, porém, Mal não pôde deixar de sentir um arrepio de alívio por também deixar a escuridão da câmara para trás.

Embora, estranhamente, a fortaleza passasse uma sensação diferente agora, como se estivesse morta. Mal não conseguia sentir a mesma energia de antes.

— Você acha que o buraco na cúpula está fechado de novo? — ela perguntou a Carlos. — Parece diferente aqui.

— Talvez — ele respondeu. — Ou talvez a magia que ele provocou esteja consumida agora.

Mal olhou para o céu. Tinha a sensação de que não haveria mais magia na ilha.

Ninguém disse uma palavra enquanto encontravam o caminho de volta para o salão onde o Espelho Mágico era agora apenas uma superfície comum, especialmente Evie, que evitou sequer dar uma olhada nele.

Ninguém disse uma palavra, também, enquanto se apressavam novamente sobre o piso de mármore em ruínas, desta vez evitando tanto os ratos correndo quanto os morcegos esvoaçantes — não chegando nem perto de nenhuma passagem de goblins, labirintos sufocantes, salas de tapeçarias empoeiradas ou galerias de retratos —, até que chegaram à vasta caverna vazia que, por um breve momento, havia se tornado a Caverna das Maravilhas cheia de areia. Sobretudo Jay, que apenas acelerou o ritmo dos próprios passos ecoantes até que encontrou de novo a porta de madeira podre que os levara lá da primeira vez.

E Carlos parecia particularmente apressado para atravessar as passagens sinuosas que conduziam aos corredores de piso de mármore preto e névoa escura da fortaleza principal. Quando ele abriu caminho para o lado de fora pelas portas da frente, a ponte das gárgulas mais uma vez os encarava.

Mais uma vez *o* encarava.

Quando os outros alcançaram Carlos, pararam e olharam para o precipício diante dele. As profundezas vertiginosas da ravina lá embaixo eram, bem, vertiginosas. Mas ele não parecia com pressa de voltar para a ponte desta vez.

— Está tudo bem — falou Evie de forma encorajadora. — Vamos fazer o que fizemos antes.

— Claro. Atravessaremos uma ponte idiota. — Jay assentiu. — Não está muito longe.

Isso era verdade. Do outro lado da ponte, conseguiam avistar o caminho sinuoso que levava à floresta de espinhos, na direção de onde tinham vindo antes.

— Estamos praticamente livres — Mal concordou, olhando de lado para Carlos, que suspirou.

— Não sei. Vocês não acham que a ponte parece um pouco mais, sabe, quebradiça depois de todas aquelas ondas de terremotos que estávamos sentindo lá atrás? Não parece o plano mais seguro. — Ele olhou para Mal.

Ninguém poderia discordar.

O problema ainda era a ponte. Estava toda inteira agora, sem partes faltando, mas todos sabiam que não deviam confiar em nada na fortaleza.

E nenhum deles ousava encostar um pé nela, não depois de tudo; não depois dos enigmas. Embora tivessem conseguido passar com facilidade da primeira vez, depois de solucionarem os enigmas, não imaginavam que teriam de sair pelo mesmo caminho pelo qual tinham entrado.

— Não sei se consigo fazer de novo — confessou Carlos, observando os rostos das gárgulas de pedra mais uma vez. Ele estremeceu ao pensar nelas voltando à vida.

Na mente de Mal, ela não tinha ido muito além de imaginar a cena em que recuperava o cetro perdido de sua mãe e retornava para casa como uma heroína. Os detalhes além disso estavam um pouco nebulosos, ela admitia; e, agora que toda a coisa da redenção estava fora de questão, realmente não tinha um plano B.

Mas, enquanto olhava para Carlos, que permanecia ali parado e trêmulo, ela suspeitava que pela lembrança de pontes desmoronando, casacos de pele e o verdadeiro amor de uma mãe que não era por seu filho, Mal descobriu um jeito de atravessar e deu um passo à frente dele.

— Você não precisa fazer isso de novo. — Ela deu outro passo e depois mais um. — Quer dizer, não vai ficar com toda a diversão da ponte — ela disse, tentando soar convincente. — Agora é a minha vez.

— O quê? — Carlos parecia confuso.

O vento aumentou enquanto Mal continuava avançando, mas ela não parou.

Mal puxou sua jaqueta com firmeza ao redor de si e gritou para as gárgulas.

— Vocês não me assustam! Eu já vi coisa pior. Onde acham que eu cresci? Em Auradon?

O vento uivava ao seu redor agora. Ela deu outro passo, gesticulando para os outros três se moverem e seguirem-na.

— Você está louca? — Jay balançou a cabeça, deslizando atrás dela.

— Mal, é sério. Você não precisa fazer isso — Carlos sussurrou, abaixando-se atrás de Jay.

— Definitivamente maluca — Evie disse, atrás de Carlos.

— Eu, maluca? — Mal elevou o tom de voz. — Como eu poderia não ser? Vou para a escola em um cemitério e como *scones* vencidos no café da manhã. Minha própria mãe me manda para lugares proibidos como este, por causa de um pássaro velho e um galho perdido — ela zombou. — Não há nada que possam fazer comigo que seja pior do que o que eu já esteja enfrentando.

Enquanto falava, Mal continuou avançando. Ela cruzara metade da ponte agora, arrastando os outros logo atrás de si.

O vento rugia e os açoitava, como se fosse pegá-los e atirá-los da ponte, se ela deixasse. Mas Mal não faria isso.

— Isso é tudo o que conseguem fazer? — Ela levantou o queixo, ainda mais obstinada. — Acham que um ventinho desses pode derrubar alguém como eu?

Um raio estalou no alto, e ela começou a correr, os amigos acompanhando-a logo atrás. Quando chegaram ao outro lado, a ponte começou a balançar tanto que parecia prestes a desmoronar de novo.

Só que, desta vez, não seria ilusão.

No momento em que Mal sentiu a terra do penhasco distante em segurança sob os pés, tropeçou em uma raiz de árvore e caiu, levando Carlos e Evie ao chão com ela. Jay ficou em pé, rindo.

Até que percebeu que não era o único rindo.

— Hã... pessoal?

Mal ergueu os olhos. Eles estavam cercados por uma multidão de goblins, não muito diferentes daqueles que os haviam perseguido pelas passagens dos goblins da Fortaleza Proibida. Só que esses em particular pareciam ser de uma variedade mais amigável.

— Garota — disse um.

— Corajosa — falou outro.

— Ajuda — declarou um terceiro.

— Não entendi — admitiu Evie, sentando-se. Mal e Carlos se levantaram desajeitadamente. Jay deu um passo para trás.

Por fim, um quarto goblin suspirou.

— Acho que o que meus companheiros estão tentando expressar é que estamos incrivelmente impressionados com essa demonstração de coragem. De bravura. De perseverança. É um pouco incomum por estas bandas.

— Bandas — repetiram os goblins.

— Eles falam — comentou Evie.

Mal olhou de um goblin para outro.

— Hã... obrigada?

— Não por isso — disse o goblin. Os goblins ao redor dele começaram a grunhir, animados, embora Mal achasse que também poderiam ser risadas. Carlos parecia nervoso; Jay apenas grunhiu em resposta.

O quarto goblin suspirou novamente, olhando para Mal.

— E, se quiser nossa ajuda de alguma forma, ficaremos mais do que felizes em ajudá-los a chegar ao seu destino.

Ele estudou Mal.

Ela fez o mesmo com ele, em contrapartida.

— Nosso destino?

De repente, ele ficou nervoso.

— Você parece estar muito longe de casa — disse ele, acrescentando apressadamente: — Não estou tirando conclusões precipitadas. É uma constatação que faço com base apenas no fato irrefutável de que nem seus amigos parecem remotamente, bem, goblins.

Os goblins voltaram a grunhir e rir.

Jay o encarou.

— Você tem cerca de sessenta centímetros de altura. Como um cara como você faria pessoas como nós voltarem para a cidade? — Evie deu uma cotovelada nele, que acrescentou: — Sem querer ser rude.

— Rude — berravam os goblins, ainda rindo alto.

— Tenho quase certeza de que isso foi rude — Carlos murmurou.

— Ah, aí é que está. Sozinhos, somos apenas um goblin, talvez até uma besta irracional. — O goblin sorriu. — Juntos, receio que somos um exército bastante brutal, sem mencionar que puxamos uma carruagem com excelência.

— Puxamos! — Os goblins enlouqueceram.

Uma velha carruagem de ferro apareceu diante deles, do tipo em que a Bela e a Fera poderiam ser vistos andando, só que preta e chamuscada, na qual a rainha ou o rei de Auradon jamais tocariam.

Nada menos que quarenta goblins ladeavam-na, disputando entre si a chance de segurá-la.

— Por que você faria isso? — Mal questionou, enquanto uns bons sete goblins lutavam para abrir a porta quebrada. — Por que está sendo tão gentil?

— Uma boa ação. Auxílio a uma colega aventureira. Talvez ainda haja uma chance de sairmos desta ilha — justificou o goblin. — Temos enviado mensagens aos nossos parentes anões pedindo anistia ao Rei Fera. Somos perversos há muito tempo, sabia? Fica cansativo depois de um tempo. Eu mataria por um bolo de creme.

— Groselhas — disse um goblin.

— Raspas de chocolate — falou outro.

Mal teve que admitir: ela própria estava começando a se sentir um pouco exausta. Ela sabia disso porque dormira o caminho inteiro de volta para casa sem nem ficar envergonhada por sua cabeça estar apoiada no ombro de Evie.

Quando Mal retornou ao Castelo da Barganha, esperava que sua mãe gritasse ofensas por ter fracassado em sua busca. Abriu a porta lentamente e entrou da forma mais silenciosa que conseguiu, mantendo os olhos no chão.

Tudo isso por nada. Malévola estava em seu trono.

— Então, a filha pródiga retorna — ela disse. Sua voz soava diferente.

— Mãe, eu tenho algo para... — Mal se deteve, erguendo a vista. Olhou fixamente.

E, então, olhou um pouco mais fixamente, em cerca de dez variedades diferentes de choque.

Porque ela se pegou olhando o longo cajado negro com o globo verde no topo que sua mãe estava segurando.

O Olho do Dragão.

— Isso é... — Ela não conseguia falar.

Malévola assentiu.

— Sim, é o Olho do Dragão. E, sim, você fracassou comigo. Mas, felizmente, nem todos os meus servos são tão inúteis quanto você.

Mal ignorou a palavra *servo*.

— Mas como?

Malévola riu.

— Criança tola, o que sabe sobre missões?

— Mas nós o encontramos na Fortaleza Proibida! Acabei de tocá-lo, uma hora atrás! — contou Mal. — Estava na sua própria sala do trono, suspenso na parede, onde você podia vê-lo do ponto em que seu trono costumava ficar. — Sua mãe a mediu com os olhos. Mal não tinha certeza, mas era possível, pelo mais breve de todos os segundos, que sua mãe estivesse um pouco impressionada. — Eu o toquei, e essa coisa me deixou inconsciente.

— Você o tocou? Não me diga — disse Malévola. — Bem, que bom trabalho o seu. Você realmente é tão mole quanto seu pai.

Mal se irritou.

— Não estou entendendo.

— Você tocou no Olho do Dragão, em vez de induzir um dos outros a fazer isso? Mas que fraqueza. Não quis acreditar na notícia quando ouvi. — Malévola bateu seu cajado no chão ao lado dos pés. — Quantas vezes, Mal? Quanto mais você vai me envergonhar? — Ela revirou os olhos. — Eu mandei Diablo atrás de você para recuperar o Olho para mim. Ele deve ter tirado de você enquanto dormia para anular a maldição nele. — Ela balançou a cabeça. — Eu sabia que você não teria coragem de fazer o que precisava ser feito e que não podia correr riscos. Parece que estava certa. De novo.

Diablo grasnou de orgulho.

Então, ela estava certa sobre sentir que estavam sendo seguidos. É claro. Era Diablo.

Mal sentiu vontade de desistir. Não importava quanto tentasse ou o que fizesse, nunca impressionaria sua mãe.

Mesmo agora, a mãe só tinha olhos para o Olho do Dragão.

— O problema é que está quebrado — revelou Malévola, com o cenho franzido. — Veja o olho; ele está morto. — Por um momento, ela soou como a mesma garotinha furiosa que amaldiçoara um bebê por causa de um convite para uma festa. Mal se lembrava muito bem e olhou para a mãe de outra perspectiva.

A ILHA DOS PERDIDOS

— Bem, o domo ainda está erguido — falou Mal, afinal. — Ele mantém a magia afastada. — Fora rompido por um breve momento, mas não haveria magia na ilha tão cedo.

— Talvez. Ou talvez você tenha quebrado o Olho quando o tocou — Malévola a acusou. — Você é uma imensa decepção.

***

Enquanto isso, na Velharias do Jafar, um Jafar furioso repreendia Jay, que retornara para casa de mãos vazias.

— Quer dizer que encontrou o Olho do Dragão, é? Então, cadê ele?

— Desapareceu! — Jay protestou. — Num minuto estávamos com ele; no outro, havia sumido.

— Certo. E isso não teve nada a ver com certa boa ação realizada por certa filha do mal para outra certa filha do mal?

Jay congelou.

— Como é que é?

As palavras *boa* e *ação* eram assustadoras, especialmente na ilha e especialmente quando saíam da boca de seu pai.

— Você acha mesmo que goblins guardam segredos muito bem, garoto? A notícia se espalhou por toda a ilha.

— Eu juro. Foi isso o que realmente aconteceu. Juro sobre uma pilha saqueada de... — Deu um branco em Jay. Ele não conseguia pensar em uma única coisa para roubar no momento.

Mas, para ser honesto, pela primeira vez na vida, ele nem se importou.

— Você é uma verdadeira decepção — Jafar bufou.

***

No Hell Hall, Carlos ouvia uma bronca depois que Cruella enfim encontrou suas peles desorganizadas no armário.

— Quem esteve aqui? Parece que um animal selvagem ficou preso em minhas peles! Que idiota faria uma coisa dessas?

— Um idiota selvagem? — Carlos estremeceu. Ele sabia que era inútil sequer tentar. Não quando o armário estava daquele jeito. Sua resposta foi um grito, e de gelar o sangue. Ainda por cima no tom característico de sua mãe, uma oitava estridente. Carlos choramingou: — Desculpe, mãe. Isso não vai acontecer de novo! Sei quanto você ama suas peles. — As palavras eram quase um sussurro. Ele podia ver as gárgulas da ponte zombando enquanto ele as proferia.

Então, pôde ver Mal, Evie e Jay rindo delas com ele, e teve de se conter para não sorrir secretamente.

Cruella fungou.

— Você é uma maldita decepção!

———

No Castelo do Outro Lado, a Rainha Má lamentava o estado do cabelo de Evie.

— Parece um ninho de ratos! O que aconteceu? Você está com uma aparência horrível.

— Desculpe, mãe, nós deparamos... bem... hã... digamos que eu não consegui encontrar um espelho.

Eu encontrei um, ela pensou. *Só que não do tipo que você quer olhar. Não quando você deveria ser a mais bela de todas.*

— Só me jure que esses rumores que estou ouvindo não são verdadeiros — falou sua mãe. — Toda essa conversa sobre uma boa ação. — Ela estremeceu. — Os goblins estão dizendo coisas terríveis sobre vocês quatro.

— Você sabe que goblins são criaturas horríveis, mãe. — Evie escondeu o rosto. Não sabia o que dizer. Para ser franca, sabia o que pensar. Tinham sido dias bem estranhos.

Não totalmente ruins, mas estranhos.

A Rainha Má suspirou.

— Você se esqueceu de reaplicar o blush de novo. Oh, meu Deus, às vezes, você é uma enorme decepção.

Mal sentou-se na sacada, ouvindo os sons de risadas e caos lá de baixo. Então, um grito.

— Mal! — Jay chamou. — Desça!

Ela correu escada abaixo.

— O que foi?

— Oh, nada, só estamos tentando fugir dos nossos pais e evitar decepcioná-los de novo — falou Carlos.

— Você também? — perguntou Mal. Ela se virou para Jay e Evie.
— E quanto a vocês?

Os três assentiram.

— Venham, vamos ao mercado — disse Evie. — Preciso de um cachecol novo.

— Eu posso conseguir um para você — ofereceu Jay, subindo e descendo as sobrancelhas. — Ah, e Evie... Aqui está — ele disse. — Acredito que isso deva ser seu.

— Meu colar! — espantou-se Evie, colocando o pingente de maçã envenenada em volta do pescoço mais uma vez com um sorriso. — Obrigada, Jay.

— Eu o encontrei.

— No bolso dele — ironizou Mal, mas até ela estava sorrindo.

Fazendo algazarra, os quatro descendentes dos maiores vilões do mundo correram pelas ruas lotadas da Ilha dos Perdidos, causando estragos, roubando e saqueando juntos, enquanto os cidadãos da ilha corriam na direção oposta. Eles realmente não prestavam, de corpo e alma.

Até Mal começou a se sentir melhor.

E, de fato, enquanto riam e cantavam, Mal se perguntava se a felicidade era assim. Porque, mesmo que os quatro ainda não fossem exatamente amigos, eram o que de mais próximo tinham disso.

"Você vai jantar comigo... Isto não é um pedido!"

— Fera,
A Bela e a Fera

Epílogo

Alvorada em Auradon

Enquanto os quatro jovens vilões causavam estrago pelas ruas da Ilha dos Perdidos, o Príncipe Ben olhava pela janela, de seu ponto de vista elevado no Castelo da Fera, perdido ele próprio em pensamentos.

Era verdade que Zangado, o anão, dissera que ele seria um bom rei, mas, em seu íntimo, Ben se perguntava se ele estava mesmo certo.

Mais precisamente, ele se perguntava se tornar-se um bom rei era algo com que se importava.

Isso faz diferença? Com o que ele se importava? O que queria?

Prisioneiro, Ben pensou, contemplando a vasta extensão do reino. *É isso que sou.*

Ele ergueu a vista para o céu, como se ele contivesse as respostas. A vastidão azul estava clara e límpida como sempre, e ele conseguia enxergar toda a extensão até o horizonte distante, onde a própria Auradon se dissolvia em nada a não ser uma costa enevoada e água azul-celeste.

Não.

Nada, não.

Ben pensou em seu sonho com a ilha.

A Ilha dos Perdidos. Era assim que todos a chamavam, até mesmo seu pai.

Considerou mais uma vez como seria viver como eles, presos sob o domo mágico, assim como ele estava em sua vida real.

Eles eram prisioneiros, não eram? Seu pai tentava fingir que não, mas até Ben sabia a verdade. Haviam sido exilados para a ilha por ordem do rei. Assim como Ben tinha condições de viver no castelo porque era filho do rei. *E porque meu pai me ama*, Ben pensou. *E porque eu nasci para isso.*

Era impossível não remoer tal pensamento.

Ele estremeceu.

— Ai — resmungou quando uma agulha o espetou novamente na axila.

— Perdoe-me, senhor. Sinto muito, senhor. — Lumière, que estava tirando as medidas para seu traje de coroação, recuou.

— Está tudo bem — assegurou Ben, que parecia um rei, sem tirar nem pôr, pelo menos de acordo com Lumière, na casaca de veludo azul--real com debrum amarelo. A peça pertencera ao Rei Fera, que a havia usado em sua própria coroação. — A culpa foi minha... eu me mexi.

— Sua mente está em outro lugar, senhor — observou Lumière sabiamente. — Como convém a um futuro rei de Auradon.

— Talvez — disse Ben.

Para um futuro rei, ele ficou surpreso com quão pouco sabia sobre a Ilha dos Perdidos. Como os vilões se viravam abaixo do domo? Como viviam, comiam, cuidavam de si mesmos? Como estavam suas famílias? Quais eram suas esperanças e seus sonhos? O que eles viam quando olhavam pelas janelas do próprio castelo, cabana ou caverna?

Ben lembrou que tinha ouvido falar que alguns deles tinham filhos. Alguns deveriam ter sua idade agora, não? Ele se perguntou como eles lidavam com a vida à sombra de seus infames pais.

Imagino que, para eles, seja muito parecido com isso, ele pensou, olhando para seu anel real de cabeça de fera, aquele igual ao de seu pai. Usar a casaca de seu pai, ajustada pelo alfaiate de seu pai, à janela do castelo de seu pai.

Estamos todos presos. Estou tão preso quanto eles.

Quanto mais Ben pensava a respeito disso, mais sabia que era verdade. Ele não escolhera nascer príncipe e se tornar rei, assim como eles não tinham escolhido quem seriam seus pais. Eram prisioneiros por um crime que eles próprios não haviam cometido.

Esse era o crime maior, não era?

Não é justo. Não é nossa culpa. Não temos voz ativa em nossas próprias vidas. Estamos vivendo em um conto de fadas que outra pessoa escreveu.

Naquele momento, de repente, Ben entendeu por que os ajudantes queriam mais para suas vidas: porque ele também descobrira que queria ainda mais que *isso*.

Ele queria que as coisas mudassem por toda Auradon.

Tudo, pensou. *Para todos.*

Isso era possível? Em contrapartida, como não poderia ser? Como ele poderia manter as coisas como estavam agora?

Ben ponderou sobre isso.

Se seria um rei, teria de ser ele mesmo; sua mãe lhe dissera. E ele era diferente do pai; isso estava claro para todos, até mesmo para Lumière.

Ben governaria, mas governaria de outra maneira. Ele criaria regras e proclamações diferentes.

Sua mente vagou mais uma vez para a imagem da garota de cabelos roxos com olhos verdes brilhantes. A garota de seu sonho.

Quem era ela?

Ele a conheceria?

Será que era uma delas? Uma das almas perdidas naquela ilha amaldiçoada? Ele tinha a sensação de que sim.

E, então, naquele instante, teve um lampejo de inspiração. Uma inspiração que mudaria o destino de Auradon e da Ilha dos Perdidos para sempre.

Por que não?

Já estava na hora.

A decisão estava tomada.

— Senhor! Aonde está indo? — protestou Lumière quando Ben pulou de repente para longe da agulha e da linha, uma enxurrada de alfinetes de costura, giz de alfaiataria e fita métrica voando no ar ao seu redor.

— Encontrar meus pais! Tenho algo para lhes contar, e isso não pode esperar! — declarou Ben. — Tive uma ideia fenomenal!

Agradecimentos

Quando eu era uma garotinha crescendo nas Filipinas, o primeiro filme que vi foi *Cinderela*, o favorito da minha mãe quando criança. Foi o primeiro filme a que assisti com minha filha e também se tornou o filme favorito *dela*. (O *meu* é *A Bela Adormecida*.) A magia da Disney foi uma grande parte da minha infância e agora é uma grande parte da infância da minha filha. Foi maravilhoso assistir aos filmes antigos novamente com ela enquanto eu escrevia este livro, assim como compartilhar o novo filme do Disney Channel que o inspirou. Ainda não consigo acreditar que tive a oportunidade de criar em cima desse universo e com os personagens que definiram minha infância.

Tem sido uma jornada mágica, e devo meus agradecimentos às pessoas que me ajudaram no meu caminho. Minha família editorial — minha editora, Emily Meehan; minha publisher, Suzanne Murphy; e todos na Disney Hyperion, especialmente Seale Ballenger, Mary Ann Zissimos, Simon Tasker, Elena Blanco, Kim Knueppel, Sarah Sullivan, Jackie DeLeo, Frank Bumbalo, Jessica Harriton, Dina Sherman, Elke Villa, Andrew Sansone e Holly Nagel, que me acompanharam em inúmeros livros e lançamentos. Obrigada por continuarem acreditando! Marci Senders, que montou um design incrivelmente incrível; e Monica Mayper, que garantiu que cada malvado particípio pendente se encaixasse no lugar certo. Os maiorais da Disney Consumer Products, Andrew Sugerman e Raj Murari, dão as melhores festas.

Jeanne Mosure é minha heroína. Muito obrigada a Rebecca Frazer e Jennifer Magee-Cook, do Team Descendants, e a todas as pessoas adoráveis do Disney Channel, em particular Jennifer Rogers Doyle, Leigh Tran, Naketha Mattocks e Gary Marsh. Foi emocionante conhecer o diretor Kenny Ortega, o designer de produção Mark Hofeling e as estrelas do filme, Dove Cameron, Booboo Stewart, Cameron Boyce, Sofia Carson e a inimitável Kristin Chenoweth. O roteiro de Sara Parriott e Josann McGibbon foi hilário e inspirador. Meu agente, Richard Abate, é o cara. Melissa Kahn é incrível. Meu amor e gratidão às famílias DLC e Johnston, em especial meus sobrinhos Nicholas e Joseph Green, e Sebastian de la Cruz. Eu sobrevivo com uma ajudinha dos meus amigos, sobretudo da querida Margie Stohl. Meu marido, Mike Johnston, é um gênio criativo, e ele e nossa filha, Mattie Johnston, fazem tudo valer a pena.

Espero que você tenha gostado do livro e que ele tenha criado um novo conjunto de memórias da Disney. Você não vai querer perder o filme. Obrigada por ler!

xoxo

Mel